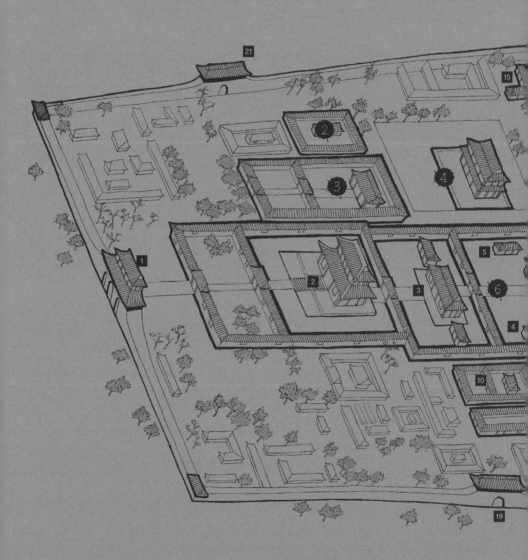

1 열상진원(첫 번째 살인이 일어난 곳)

2 주자소(두 번째 살인이 일어난 곳)

3 집현전(세 번째 살인이 일어난 곳)

4 경회루(네 번째 살인이 일어난 곳)

5 아미산(다섯 번째 살인이 일어난 곳)

6 강녕전(여섯 번째 살인이 일어난 곳)

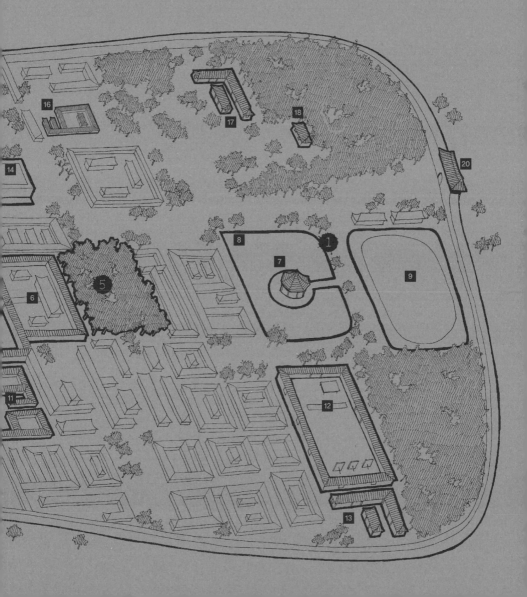

뿌리 깊은 나무 1

* 이 도서의 국립중앙도서관 출판예정도서목록(CIP)은 서지정보유통지원시스템 홈페이지(http://seoji.nl.go.kr)와 국가
자료공동목록시스템(http://www.nl.go.kr/korisnet)에서 이용하실 수 있습니다.
(CIP제어번호: CIP2015022058)

일러두기

1 이 글은 소설이다.

2 책 맨 앞 경복궁 조감도는 지금까지 남아 있는 실제 건물과 역사적 기록을 바탕으로 소설의 내용에 맞
게 저자가 다시 구성했다.

3 소설 내용 중 역사적인 사실은 〈조선왕조실록〉 중 〈세종실록〉에 바탕했으며 일일이 밝힐 수 없는 많은
연구자들의 저서를 참고하였다.

뿌리 깊은 나무

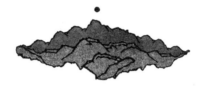

이정명 장편소설

1

은행나무

주자소_두 번째 죽음 · 81

1 궐 안 주자소에 불이 나고
또 다른 학사가 변을 당한다.

2 정별감은 윤필의 죽음을 사고사로 처리하려 한다.
집현전 학사들은 정신적 지주인 장영실이 실각하자 크게 동요한다.

3 검안소의 지하 밀실에서 채윤은 의문의 단서들을 발견하고
윤필이 수행한 업무를 알게 된다.

4 채윤은 이어지는 사건들과 연관된 의문의 여인을 찾아나서지만
사건의 실마리는 얻지 못한다.

5 채윤은 집현전 학사들의 신체를 검열하려 한다.
최만리는 금서의 행방에 대해 알 듯 모를 듯한 말을 한다.

6 채윤은 박연을 찾아가 노래 가사를 수집한 윤필에 대해 묻지만
박연은 자신의 처지를 한탄할 뿐이다.

7 성삼문은 금서에 얽힌 이십 년 전의 옥사사건과
금서를 샅샅이 찾아내 불태운 경위를 이야기한다.

8 채윤은 주자소의 도주자공을 만나 윤필이 비밀리에 추진하고 있던
모종의 일에 대해 알아낸다.

9 채윤은 비서고에 얽힌 귀신의 조화를 밝히고 수수께끼의 인물에게서
분서행의 미심쩍은 부분을 확인한다.

집현전_세 번째 죽음 · 145

겸사복청 사람들

강채윤 궐 안의 연쇄살인 수사를 떠맡은 말단 겸사복. 소심하고 여리지만 놀랄 만한 기지와 집착으로 사건을 끈질기게 추적한다.

정별감 부하를 방패막이로 삼는 기회주의자이지만 채윤의 열정과 순수함에 이끌려 자신의 부끄러운 과거와 이십 년 전의 비밀을 밝힌다.

궁궐 사람들

가리온 외소주간에서 도살을 업으로 하는 반인. 도살을 통해 배운 의술로 검안을 맡지만 그 자신이 거대한 비밀에 연관되어 있다.

소이 학사들과의 치정사건에 연루된 의문의 여인. 풀 수 없는 의혹을 던지는 그녀에게 채윤은 자신도 모르게 빠져든다.

무휼 내시로 왕을 지근거리에서 보좌하는 대전 호위감. 사건과 관련되어 채윤의 거듭되는 의심을 사지만 교묘하게 빠져나간다.

윤후명 금서를 보관하는 비서고를 지키는 장서관. 오랜 세월 금서를 통해 얻은 필적에 대한 놀랄 만한 지식으로 사건 해결에 기여한다.

집현전 사람들

성삼문 냉정하고 이지적인 집현전 수찬. 일련의 살인사건에 불안을 느끼면서도 채윤을 돕는다.

이순지 궁중 천문연구기관인 서운관 관원. 산학과 천문에 뛰어나 천문학을 이용한 놀라운 추리로 위기에 빠진 채윤을 구한다.

최만리 집현전의 초대 학사로 최고수장인 대제학에 오른다. 경학 위주의 보수적 학풍으로 전통적 권위를 지키려는 경학파를 이끈다.

정인지 집현전 부제학. 전통 경학보다는 천문, 기술, 농학, 의학 등을 중시하는 실용학파의 수장으로 최만리와 대립한다.

심종수 집현전 직제학으로 최만리의 뒤를 이을 경학파의 중간 거두. 시전 상인의 영수인 윤길주를 비호하며 최만리의 뜻을 실행한다.

강희안 자유로운 성격의 집현전 학사로 사건의 해결에 결정적인 역할을 하는 의문의 그림을 그린 장본인.

열상진원_첫 번째 죽음

경복궁 후원 북쪽 언덕 아래에서 솟아나는 샘.
차갑고 맑은 물의 근원이란 뜻의 열상진원에서 물이 흘러나와
지름 41cm, 깊이 15cm의 작은 웅덩이에 모였다가 향원정 연못으로 흘러드는데,
이는 서류동입(西流東入)하는 명당수의 개념을 구현한 것이다.

1

경복궁 후원의 열상진원 우물 안에서 칼에 찔린 집현전 학사의 시신이 발견된다.
숙직하던 어린 겸사복 강채윤이 현장을 조사한다.

"진실은 어둠 속에 있다."

채윤은 등줄기에 식은땀이 나는 것을 느끼며 되뇌었다.

"어둠은 진실을 감출 수 있지만 없애지는 못한다."

채윤은 두 눈에 힘을 주어 눈앞의 광경을 바라보았다. 물기에 젖어 깊
고 축축한 어둠, 물방울이 뚝뚝 떨어지는 소리, 밧줄을 감는 도르래가 삐
걱거리는 소리, 어둠 속에 모여든 퀭한 얼굴들, 두런대는 소리……

멀리서 닭 우는 소리가 들렸다. 빈속이 욱 하고 뒤집어졌다.

"시체를 멍석 위로 옮겨놓으시오!"

차가운 침을 꿀꺽 삼키며 채윤이 말했다.

밧줄을 당기던 잡역꾼 하나가 흘끗 채윤의 몰골을 살폈다. 종8품 말단
애송이 겸사복[1]. 사내는 두꺼운 입술을 비틀며 아니꼬운 표정을 짓다가

---

1 兼司僕. 조선시대 기병 중심의 왕실친위군. 주로 왕의 신변 보호와 왕궁 호위를 담당했다. 무술, 용모,
학식이 뛰어난 양반에서부터 특별한 경우 상민에 이르기까지 두루 선발했다.

이내 몸을 움직였다.

두 팔을 앞으로 뻗은 시체는 흠뻑 젖어 있었다. 용을 쓰는 잡역꾼의 거친 숨소리가 들려왔다. 그렇다. 죽은 자는 산 사람보다 무거운 법이다.

채윤은 멍석 위에 누운 사내를 응시했다. 우선은 어둠 속의 혼돈을 수습해야 했다.

편치 않은 꿈자리에서 화들짝 깨어나며 채윤은 무슨 일이 일어났음을 직감했다. 깊은 궁궐의 숙직 겸사복을 깨울 일이라면……

옷고름을 매고 툇마루로 나서자 가늘고 성긴 수염의 사령은 겁에 질려 있었다.

"앞장서시오." 채윤은 그렇게만 말했다.

고개를 주억거리며 앞장선 사령의 발길은 궁궐 우물간에서 멈췄다. 열상진원. 사각형 우물을 에워싸고 둥근 물길이 흐르는 우물터였다. 뒤로는 부챗살 같은 돌 축대가 우물을 둘러싸고 있었다.

밤 귀 밝은 개 한 마리가 짖어댔다. '걱정이로다. 몹쓸 개 짖는 소리에 주상전하 새벽잠을 설치시고저……' 채윤은 걱정스럽게 대전 쪽을 바라보았다.

담벼락 아래에 어린 무수리 하나와 나인이 웅크리고 있었다.

채윤은 사령의 횃불을 낚아채 멍석 위의 사체를 비추었다. 젖은 도포에 물든 붉은 기운은 먼동 때문이 아니었다. 그것은 연한 핏물이었다.

가슴에는 한 자루의 단도가 꽂혀 있었다. 매끈한 가죽으로 자루를 정갈하게 감싼 수제 단도. 예리한 칼끝이 갈비뼈 사이로 파고들어 심장을 꿰뚫었다. 채윤은 죽은 자의 가슴에 꽂힌 칼이 말하는 것을 듣고 싶었다.

'말하라! 어서 말하라!'

채윤은 조급하게 되뇌었다. 조금씩 먼동이 터오고 있었다.

채윤은 우물로 다가가 깊은 어둠을 들여다보았다. 축축한 이끼가 낀 가늠할 길 없는 심연. 그 어둠은 지난밤에 일어난 일을 기억하고 있을까?

죽은 자는 어둠으로 돌아간다. 하지만 이 사내는 어둠에서 끌어올려졌다. 그의 굳게 다문 입은 암흑 속에 묻어버릴 수 없는 그 무엇을 말하고 싶었을까?

채윤은 멍석 위의 사내를 물끄러미 바라보았다. 구부정하게 굽힌 허리, 앞으로 뻗은 두 팔. 물에 불은 얼굴은 흉하게 부풀어 있었지만 하얀 이마와 곧은 콧날은 정갈했다. 흐트러지지 않은 상투 또한 그의 반듯한 성품을 짐작케 했다. 지난밤의 고통을 암시하는 건 공허하게 벌어진 입뿐이었지만, 이제 그 입은 아무 말도 하지 못할 것이다.

하지만 채윤은 알고 있다. 그는 침묵으로 말할 것이며 고요 속에서 보여줄 것이었다. 조금씩 어둠이 빗장을 열고 빛에 자리를 내주고 있었다.

"누구요?"

채윤이 까칠한 소리로 물었다.

"집현전 저작² 장성수네."

저작이라면 정8품 하급관리다. 짧은 평생 글 읽기에 몰두했을 백면서생이 가슴에 칼을 꽂힌 채 궁궐 우물에 처박힐 이유가 무엇인가? 채윤은 꺼져가는 횃불을 우물 안으로 던져넣었다. 횃불은 가물거리며 깊은 어둠 속으로 사라졌다.

"사체를 검안소로 옮기시오. 우물에는 뚜껑을 덮으시오."

---

2 대제학(大提學)으로부터 부제학(副提學), 직제학(直提學), 직전(直殿), 응교(應敎), 교리(校理), 수찬(修撰), 박사(博士), 저작(著作)을 거쳐 정자(正字)에 이르는 집현전 품계 중 가장 말단 품계의 학사.

쿵 소리를 내며 잡역들이 돌 뚜껑을 덮었다. 이제 어둠은 그곳에 잠겨 있을 것이었다.

"변고를 처음 본 자가 누구요?"

채윤은 마른 침을 삼켰다. 누가 나서서 말하지 않아도 알 만했다. 불안과 두려움으로 퀭한 눈빛이 있었다.

열네댓이나 되었을까? 어린 무수리는 아직 새벽의 공포에 짓눌려 있었다. 이런 몹쓸 짓과 맞닥뜨리기엔 너무 어리고 가냘픈 아이였다. 서른이 채 못 된 나인이 치맛자락으로 아이를 감싸 진정시키고 있었다.

"어떻게 된 것이오?"

가쁜 숨을 헐떡이며 아이는 나인의 치마폭 안으로 파고들었다. 나인이 말하지 않는 아이를 대신해 입을 열었다.

"인시[3]를 지날 무렵이었소. 숙직을 마치고 거처로 돌아가는데 얼굴이 하얗게 질린 이 아이가 달려왔다오. 아이는 숨을 헐떡거리며 '피······ 피······'라고 소리치며 우물 쪽을 가리켰소. 약간은 겁이 나기도 했지만 몸을 뒤로 빼는 아이를 다독여 우물로 갔소."

"갔더니? 갔더니 어떻게 되었소?"

"아무것도 없었소. 이년이 나를 놀리는 겐가? 눈초리로 흘쳤더니 겁에 질린 채 대야를 가리켰소. 횃불을 들쳤더니 대야 안에는 하얀 비단 수건이 담겨 있고······ 그 위로 발간 선홍빛 물이 가득······"

나인이 치를 떨며 말을 멈추었다. 채윤은 다시 아이를 바라보았다. 끔찍한 일들이 차곡차곡 정리된 듯 아이의 눈빛은 안정감을 찾고 있었다. '이제 네가 말할 차례다.' 채윤은 눈빛으로 재촉했다.

---

3 새벽 세 시~다섯 시경.

"쇤네는 인시 조금 지나 물지게를 지고 우물가로 왔습니다. 흰 비단 수건을 대야에 띄워 물에 찌꺼기가 뜨지 않는지, 황토가 섞이지 않았는지를 보는데 불그스레한 색이 배어났습니다. 황토물인가? 혹은 지난밤 비에 흙탕물이 배어났을까? 등잔을 가까이 비추었더니…… 피…… 핏물이었죠."

소녀의 아랫입술이 바르르 떨렸다. 채윤은 더 묻는 대신 그 아이의 말을 대신 해주기로 했다.

"자네는 더럭 겁이 났겠지. 그러나 빈 물지게로 돌아가면 불호령이 떨어질 것이고…… 겨우 일어나 등잔불을 우물 안으로 비추었지. 혹 발을 헛디딘 도둑괭이가 빠지지나 않았는지…… 그러나 희미한 등잔불로 비추기에 어둠은 너무 깊었지. 자네는 저고리 고름을 뜯어 등잔불을 옮겨 붙여 우물 속으로 떨어뜨렸지. 불붙은 옷고름이 나풀나풀 어둠 속으로 떨어지자 희미하게 그것이 보였겠지."

소녀의 눈동자가 두려움으로 가득 찼다. 채윤은 다시 한 번 또박또박 말했다.

"핏물이 얼룩진 하얀 도포…… 더 정확히 말해 그 도포를 입은 죽은 사내 말일세."

소녀는 고개를 절레절레 흔들며 눈을 감았다.

"어떻게 보지 않은 것을 본 것처럼 말씀하시오?"

나인이 동그란 눈으로 물었다. 채윤은 대답 대신 성급하게 뜯어낸 아이의 옷고름 자국을 보았다.

보이는 잎은 보이지 않는 뿌리를 말한다. 꽃은 말라 떨어져도 뿌리는 성성한 물기를 간직하고 있으니…… 보이는 것은 보이지 않는 것을 감추고 있다.

조각조각 흩어진 파편들이 모여 진실을 말해줄 것이다. 진실은 항상 현장에 있고 현장은 진실을 말하니까.

채윤은 혼미한 잠에서 깬 후의 모든 기억들을 하나하나 갈무리했다.

혼곤한 잠을 깨우던 사령의 퀭한 눈, 후원에 위치한 열상진원 우물간, 우물 속에서 건져 올린 사내의 불어터진 얼굴, 공포에 질린 무수리와 내시들, 축축한 새벽 공기와 미명, 흐느낌, 고함소리, 그리고 습한 공포의 냄새, 죽은 자의 침묵하는 입.

그리고…… 그리고…… 되살리지 못하는 수많은 작은 것들. 냄새들, 소리들, 어지러운 발자국들……

2

반인 가리온은 검안을 맡고
채윤은 시체의 손아귀에서 사건의 실마리가 될 단서를 발견한다.

죽은 자는 검안대 위에 모로 누워 있었다. 마지막 한 방울의 피마저 빠져나간 몸은 백지장 같았다. 하얀 몸 여기저기에 푸른 멍 자국이 드러났다.

반인[4] 가리온은 피 묻은 손을 흰 천 앞가리개에 쓱쓱 닦았다. 앞가리개에는 억울한 자의 피가 묻어났다. 그리고 피는 말하고 있었다. 가려진 진실을.

"정확하게 심장을 뚫었군." 가리온이 걸걸한 목소리로 말했다. "심장이 뚫리지 않았다면 우물물을 더럽힐 만큼 피를 쏟지 않았을 테니까."

채윤의 시선이 낚싯바늘에 꽂힌 묵직한 숭어처럼 죽은 자의 손에 걸렸다. 모로 누운 채 앞으로 나란히 뻗은 사내의 한쪽 손은 펴져 있었으나 다

---

4 반인은 고려 말엽 중국의 유학을 도입한 문성공 안유에서 연원한다. 고려 찬성사였던 그는 학교가 쇠퇴하자 중국에서 공자와 제자 칠십 인의 초상, 제기, 악기를 구해와 국학을 열었다. 그리고 자신의 노비 백여 명으로 하여금 대사성 이하 교수와 유생들에게 잡역과 식사를 제공하게 하니 그들이 반인이다. 조선이 한양으로 천도하자 수천 명에 이르는 그 자손들도 유생들을 따라와 성균관을 둘러싸고 마을을 이뤘으니 곧 반촌이다. 반촌은 성균관 유생들의 하숙촌인 동시에 과거 보러 올라오는 지방 유생들의 여관촌이기도 했다. 반촌은 또한 소나무를 베거나, 밀주를 담거나, 밀도살을 한 자들이 숨어들어도 추적할 수 없는 특별구역이었다. 육조를 비롯한 의정부와 삼사에 진출한 성균관 출신 관리들의 강력한 보호 때문이었다.

른 한 손은 꽉 주먹을 쥐고 있었다.

주먹은 그의 짧은 생애를 웅변하는 것 같았다. 맹렬한 독서와 융성한 나라를 세우려는 야망, 그리고 느닷없는 운명의 습격에 저항하는 마지막 안간힘.

채윤은 꽉 거머쥔 그 주먹을 펴고자 했다. 이승의 한을 주먹 속에 부르쥐고 저승까지 간다면 젊은 죽음이 너무도 안쓰럽지 않은가? 그러나 이미 굳어버린 손가락을 펴는 것은 쉽지 않았다.

"북관의 전쟁터를 누볐다는 녀석이 어찌 저리 나약한고…… 쯧쯧."

가리온이 혀를 찼다. 채윤이 조심스럽게 새끼손가락과 약지를 펴고 중지를 펼 때였다. 돌바닥에서 경쾌한 소리가 났다. 움켜쥔 사내의 주먹에서 반짝 빛을 내며 무언가가 도르르 바닥을 굴렀다.

"이것은 옥단추가 아닌가?"

가리온이 굴러가던 단추를 주워 건넸다. 반들거리는 옥빛 물건은 덧저고리 단추였다. 누구의 것일까? 이 단추의 주인이 젊은이를 죽였을까? 단추는 젊은이의 죽음에 대해 무엇을 알고 있을까?

가리온은 시신에 눈을 박은 채 무심하게 검안대를 돌았다. 그는 몸을 통해 읽었고, 몸을 통해 보았고, 몸을 통해 들었다. 그리고 몸을 통해 세상을 알았고 몸을 통해 인간을 파악했다. 그것이 살아 있는 몸이든 죽은 시신이든……

죽은 자의 가슴은 예리한 칼날에 오리듯 잘려 있었다. 멈칫하지도 망설이지도 않고 뼈를 피해 한 번에 과감하게 찌른 자국이었다. 핏자국도, 군더더기도 없는 숙련된 솜씨였다.

"이 사내의 가슴에 박힌 칼은 많은 것을 말해주고 있군."

잠시 옥단추에 빼앗긴 관심을 다시 시신으로 돌리는 단호한 말소리였다. 채윤은 옥단추를 꽉 쥐었다. 방금 전 사내가 그랬던 것처럼.

"첫째 이 칼을 쓴 자는 양반집의 인물일 가능성이 높구나. 상어 가죽을 감은 고급스런 칼자루가 말해주고 있지."

"그리구요?"

"둘째, 이자는 왼손잡이일 확률이 높다. 이 칼의 자루는 왼쪽 부분이 손때를 훨씬 많이 타질 않았느냐?"

"또 다른 것은요?"

채윤은 성마른 목소리로 다그치며 덤벼들었다.

"셋째, 놈은 솜씨 좋은 전문가로군. 칼날을 가로로 눕혀 갈비뼈 사이로 쑤셔 넣은 다음, 심장을 꿰뚫은 후 다시 세로로 틀었지. 찢어진 심장이 벌어지면서 피가 콸콸…… 알겠나?"

가리온이 채윤을 돌아보며 '콸콸' 소리에 힘을 주었다.

"하지만 장성수는 칼에 찔려 죽은 것이 아니다."

가리온은 벌어진 상처를 살피며 말했다. 채윤은 화들짝 놀랐다.

"무슨 소리요? 우물물을 붉게 물들일 정도로 많은 피를 흘렸는데……"

"이 시체는 그를 죽음으로 내몬 세 가지 가능성을 말하고 있다. 첫째 가슴에 꽂힌 칼, 둘째, 온몸에 난 멍 자국, 그리고 물에 처박혀 불어터진 몸…… 칼은 심장에 치명상을 주었고, 멍 자국은 맞아 죽었을 가능성을, 불어터진 몸은 익사의 가능성을 알려주지."

"어느 쪽이죠? 칼에 맞아 죽은 것이 아니라면 익사?"

채윤의 채근에 가리온은 싱긋 웃으며 말을 이었다.

"익사자의 폐에는 물이 차 있어야 하는데 가슴이 부풀어오르지 않은 것으로 보아 이자의 폐는 멀쩡하다. 이자를 죽게 한 것은 목 부위의 멍 자국이야. 살인자는 피살자의 목을 졸랐어."

가리온이 사자의 목 앞쪽 검은 멍을 가리켰다.

"그럼 저 칼자국은 뭐죠? 목을 졸랐다면 조용히 그 자리를 빨리 빠져나가는 것이 순리일 텐데…… 왜 군이 칼로 가슴을 찔러 우물을 물들인 거죠?"

"놈은 전문가야. 쥐도 새도 모르게 뒤로 다가가 단번에 목뼈가 부러질 정도의 힘으로 목을 조른 것이나, 시체를 들쳐 메고 우물간으로 옮긴 것이나, 정확하게 심장을 꿰뚫어 피를 뽑은 것이나……"

"시체를 들쳐 메고 옮겼다구요?"

"그렇지. 살인이 일어난 곳은 우물간이 아니었어. 놈이 어디선가 목 졸라 죽인 시체를 들쳐 메고 뛰는 동안 사체가 굳었다. 앞으로 쭉 뻗은 시체의 기이한 자세가 그것을 말해주지. 우물간에 도착한 놈은 시체의 가슴을 찌른 뒤 우물 속에 빠뜨렸어."

가리온이 단호하게 말했다.

"어쩌면 놈은 궁궐의 우물을 피로 물들여 이 죽음을 만천하에 알리려 한 게 아닐까요?"

"어떤 놈인지는 모르지만 키가 보통 사람보다 머리 하나 정도 큰 놈이다. 목에 남은 멍의 위쪽 가장자리가 더 진하고 선명한 것은 힘이 아래에서 위로 가해졌다는 증거고 그자의 키가 보통 사람보다 머리 하나 정도는 높았다는 얘기지."

"죽은 자가 우물에 빠진 시간을 알 수 있나요?"

"무수리가 피에 물든 우물물을 길었던 때가 인시 무렵이고 네가 현장에 당도한 것이 그 직후였다지? 그렇다면 이자가 우물에 빠진 것은 축시가 조금 지난 시간이다."

"그걸 어떻게 알 수 있나요?"

"이 젊은이의 삶과 우물의 삶이 만나는 시간을 계산해보면 알 수 있지. 젊은이의 심장이 뿜어낸 핏물이 우물을 붉게 물들이는 건 잠시뿐이다. 젊은이는 죽었지만 우물은 살아 있었으니까 말이다."

"그게 무슨 말이죠?"

"우물물은 고여 있지만 계속 흐른다는 게지. 핏물은 우물 벽돌 틈으로 흘러들고 새 물이 솟아 정확히 한 시각이면 완전히 새 물이 되는 거야."

"그걸 어떻게 알죠?"

"지난해 여름 장맛비로 완전히 황톳빛이 된 우물물이 정확히 한 시각이 지나자 다시 맑은 물로 들어차더군."

가리온이 검안대 옆을 어슬렁거리며 말했다.

"그러면 저자의 몸에 드러난 푸른 멍 자국들은 어찌된 거죠?"

채윤이 창백한 하얀 몸 여기저기에 난 크고 작은 푸른 멍 여남은 개를 가리켰다. 주로 둔부 쪽에 큰 멍 자국들이 몰려 있었고 가슴과 옆구리, 얼굴에도 멍 자국이 보였다.

"이 멍들은 최소한 두 사람 이상이 두 번 이상에 걸쳐서 낸 자국들이다. 둔부의 멍은 가장 오래된 것이야. 가장자리가 노릿하고 윤곽이 옅은 것으로 보아 사나흘이 넘었다. 무엇엔가 심하게 맞은 자국이군. 가슴과 얼굴, 목의 멍은 생긴 지 얼마 되지 않았어. 지난밤 놈의 습격에 반항한 흔적이겠지."

"그럼 저자가 언제 숨이 끊어졌단 말인가요?"

"자시 무렵이 아닐까 한다. 목줄기의 멍 자국에 아직 푸른 빛깔이 남아 있는 것을 보면 말이다."

가리온의 콧수염 끝자락이 보일 듯 말 듯 바르르 떨고 있었다.

"뭔가 짚이는 게 있죠? 아는 것이 있으면 말해봐요."

"알아낸 것은 그것이 전부다. 진실은 어둠 속에 있겠지."

"어둠은 물러갔어요."

"해가 떴지만 아직 어둠에 잠겨 있는 곳이 있다."

가리온은 턱짓으로 시신을 가리켰다. 그렇겠지. 죽은 자의 몸 안에는 어둠이 들어차 있을 것이다.

"검시를 하자는 말이오? 배를 가르자는?"

가리온은 대답 대신 빙긋이 웃었다. 어차피 대답을 기대한 건 아니었다.

3

겸사복 별감의 간계로 본의 아니게 사건을 떠맡은 채윤은
집현전 수찬 성삼문에게서 피살자가 죽기 전에 한 일을 듣는다.

겸사복청 마루 위 정보관 별감의 낯빛은 초조한 기색이 역력했다. 느지
막한 입궐 길에 집현전 학사 피살사건을 들은 것이었다.

평화롭고 고요하기만 한 궁궐에 살인이라니…… 그것도 주상이 가장
아끼는 집현전 학사라니…… 오금이 저렸다. 사건의 경위를 물으면 답할
말이 없고, 책임을 물으면 피할 길이 없다.

"지난밤 숙직이 어떤 놈이냐?"

성마른 목소리에 굵직한 목소리가 대답했다.

"강채윤입니다."

정보관은 말단 겸사복의 얼굴을 떠올렸다. 윤기 나는 이마, 길고 가
는 눈매, 반듯한 콧날과 단단한 인중, 코 밑과 입술 아래의 보드라운 수
염…… 날렵한 턱에 고집과 예민함을 동시에 지닌 녀석은 열여섯 살 때부
터 북쪽 전쟁터를 떠돌았다. 어깨너머 풍월로 그럭저럭 까막눈을 면했고
머리 회전이 빠른 놈이다.

하기야 녀석이 숙직을 선 것이 어제오늘 일은 아니었다. 성 안팎에 연

고 하나 없는 외톨이였으니 말뚝 숙직이 아니었던가?

"오르라! 기밀을 요하는 일인즉……"

정별감은 던지듯 말하고 대청을 가로질러 방 안으로 들어갔다. 채윤은 엉거주춤 청마루로 올라 미닫이문을 열었다.

"빨리 말하라. 지난밤 무슨 변고가 일어났느냐?"

정별감이 더듬거리며 물었다. 채윤은 두어 번 헛기침을 했다.

"지난밤 인시 무렵 물을 긷던 무수리가 피로 물든 우물 속에서 집현전 저작 장성수의 시신을 발견했습니다. 소인이 현장에 도착하여 시신을 건져 올리고 반인 가리온이 검안한즉 예리한 칼에 심장을 뚫리고 신체 곳곳에서 멍이 발견된바……"

정별감의 두 눈이 점점 커졌다.

"변고로다. 대궐의 우물이 피에 물들다니…… 용안을 무슨 낯으로 뵈올꼬……"

애통함은 살인사건 때문이 아니었다. 십여 년 별 탈 없이 지켜온 별감 자리에 대한 불안감 때문이었다. 하지만, 정별감은 곧 냉정을 되찾았다.

"전하께서 아낀 인재라지만 죽은 사람은 죽은 사람이다. 죽은 사람이 살아 있는 사람의 모가지를 떼어서야 쓰겠느냐? 윗분들의 질문이 있을 것이다. 변고를 막지는 못했으나 잘 수습하고 있음을 보여야 할 것이다."

"더 많은 것을 알아내자면 검시를 해야 합니다."

마음속에 묻어두었던 말이었다. 시신의 배를 째려면 별감의 허락이 떨어져야 했다.

"배를 가르다니? 안 될 말이다! 전하께서 총애하시던 학사의 시신을 훼손했다간 모가지가 달아날 것이다."

채윤은 꿀꺽 마른 침을 삼켰다. 새벽 선잠에서 깬 후로 시간이 어떻게

흘렀는지조차 알 수 없다. 숭늉 한 사발이라도 들이켜 쓰린 속을 달래고
싶었다. 하지만 시신을 본 후로 알량한 식욕마저 가시어 깔깔한 빈속이
었다.

"이렇게 달아나든 저렇게 달아나든 같은 모가지입니다. 검시를 하면
조정의 원성을 사겠지만 검시가 아니면 사망의 원인과 과정을 알 수가 없
습니다. 그 책임이 누구에게 돌아오겠습니까?"

정별감은 끄응 하는 한숨소리를 냈다.

'이 새파란 촌놈이 뉘 앞이라 독살스런 말을 내뱉는가? 오장이 뒤틀리
지만 사건이 마무리될 때까지는 이놈을 앞장세워야 한다. 추궁이 닥치면
이 애송이 녀석을 내세워 소나기를 피하는 것이다. 어차피 한쪽 발이 진
창에 빠졌다면 건너가고 봐야겠지.'

정별감은 애써 마음을 누그러뜨리며 방문을 열어젖혔다.

"검안소로 기별을 보내 사체를 검시하라 일러라!"

"예!"

우렁찬 사령의 대답이 들리자 정별감은 꽉 쥔 두 손을 가볍게 떨었다.

"검시를 하면 뭔가 나오겠지? 그렇지 않나?"

애절한 목소리는 '그렇다'는 위안을 간절히 기다리고 있었다. 채윤은
고개 숙여 "예"라고 대답했다.

"그건 그렇고 아침 조회가 시작될 텐데 어떻게 보고를 해야 하나?" 정
별감이 다시 마른 입맛을 다셨다. "대신들이 다 모인 자리에서 궐 안의 살
인을 고한다면 탄핵을 면치 못할 터……"

채윤은 위안을 갈구하는 정별감을 딱한 눈으로 바라보았다.

"조회 전에 형조판서를 찾아 보고하십시오. 알아서 처결하실 것입니
다."

정별감의 입가에 안도의 미소가 떠올랐다. 옳거니! 형조판서라면 이 일에 상관없는 사람이 아니다. 검사복장에게 책임이 있다면 그를 관장하는 형조판서 또한 책임 없다 하지 못할 것인즉…… 그 또한 빠져나갈 궁리를 할 것이 아닌가?

"그래 채윤이, 너는 전쟁터에서 수많은 시체를 보았으니 별거 아님을 잘 알겠지? 그런데도 궐 안의 꼬장꼬장한 영감들은 무슨 하늘이 무너지는 줄이나 알구……" 정별감은 혼자 중얼거렸다.

"나도 죽고 죽이는 살얼음판에서 젊은 시절을 보냈다. 그 덕에 이렇게 별감 자리까지 꿰찼지."

채윤은 정별감의 이마에 송골송골 맺힌 땀방울을 보았다. 넋두리는 곧 다감한 목소리로 이어졌다.

"채윤아! 네가 이 일을 맡아주어야겠다."

채윤이 방바닥을 짚고 물러나며 손사래를 쳤다.

"아니옵니다. 천한 놈이 어찌 중한 일을 맡겠습니까?"

그러나 가슴속에는 뜨거운 피가 끓었다. 사건의 냄새를 맡으면 어쩔 수 없는 의욕이었다. 그 속을 들여다보기라도 한 듯 정별감이 말했다.

"네가 아니면 나설 자가 없다. 글만 읽은 좀팽이 검사복 놈들은 살인이라면 고개부터 절레절레 저을 것이다. 태어나서 시체는커녕 잡도둑 하나 제대로 맞닥뜨리지 못한 것들이니……"

"소인은 그저 지난밤 숙직으로 현장에 나섰던 것뿐인데……"

"잔말 말고 명을 따르라! 조사관들을 풀어 모든 정보를 제공할 테니 변고를 일으킨 놈을 잡아 대령하라."

애원조로 시작된 목소리는 점점 높아져 단호한 명령으로 끝났다.

상쾌한 아침 공기가 집현전 뜰에 머물렀다. 중얼거리듯 학사들의 글 읽는 소리가 나직하게 울렸다.

집현전. 이 풍요로운 시대를 설계하는 현자들이 모인 곳. 다다를 수 없는 곳을 꿈꾸는 사람들의 집. 그들은 밤새워 강론하고, 힘써 독서하고, 생을 걸고 토론했다. 높이 솟구친 추녀 끝이 날개처럼 펼쳐진 그 집을 채윤은 못내 동경해왔다.

목덜미가 나달나달한 관복 차림의 성삼문은 반듯한 인중을 지닌 사내였다. 그는 지난밤 늦게까지 몰두했던 중국 운서 〈홍무정운〉⁵을 펴 들고 있었다. 늦은 아침 햇살이 서안 위로 쏟아졌다. 책을 덮고 툇마루로 나선 삼문은 이른 시간에 들이닥친 초췌한 채윤을 뜨악하게 보았다. 채윤은 숨을 헐떡거리며 입을 열었다.

"집현전 저작 장성수가 우물터에서 시체로 발견되었습니다."

삼문은 뒷덜미부터 발뒤꿈치까지 찌르르한 한기가 들었다.

"장성수라…… 장성수……"

채윤은 생각했다. 이미 사건에 대해 알고 있을 그에게 장성수의 죽음을 아뢰는 것은 쓸데없는 일이었다. 그를 찾은 것은 아는 것을 말하기 위해서가 아니라 모르는 것을 듣기 위해서였다.

"학사 장성수가 어떤 자였습니까?"

삼문이 반들거리는 숱 많은 턱수염을 매만졌다. 날개를 펼친 새매 한 마리가 까마득한 창공에 떠 있었다. 문득 어지럼증이 일었다.

"천한 것이 여쭙기 외람되오나 사건의 가닥을 잡으려면 사자의 행적을

---

5 명나라 때의 운서. 북경음을 표준으로 평성(平聲)·상성(上聲)·거성(去聲)·입성(入聲) 등 한자의 사성(四聲) 체계를 정했다. 〈훈민정음〉을 만드는 참고자료가 되었다.

알아야겠기에……"

채윤은 몸 둘 바를 모른 채 공손히 허리를 숙였다.

어리다 하나 심지가 있다. 학문 하지 못했다 하나 영특함이 있다. 삼문은 젊은이의 속에서 들끓는 뜨거운 것에 눈이 데이는 것 같았다.

"장성수는 재작년 급제했지만 신분으로도 학문으로도 집현전은 꿈도 꾸지 못할 자였다. 조부가 고려의 벼슬을 지냈으나 그 부친은 변변한 관직에 나가지 못한 채 일찍 세상을 떴다. 홀어미는 어떻게든 아들을 급제시켜 몰락한 가문을 다시 일으키겠다는 생각으로 온갖 고초를 견뎠다더군."

삼문은 눈을 내리깔며 두툼한 입술을 깨물었다.

여인의 원이란 자식의 영달 외에 아무것도 없었을 것이다. 새 왕조를 창업한 지 삼 세대. 저자의 상것들조차 세상은 변했다고 말한다. 같은 땅에서, 한 세상 사는데 왕조의 이름이 무슨 상관이랴? 따뜻한 밥을 배부르게 먹이는 왕이라면 저승사자라 한들 상관없었다. 고려니 조선이니 하는 입놀음이야말로 다스리는 자들의 명분에 불과했다.

그러나 새로운 시대의 공기는 새로운 선택을 강요했다. 돌이킬 수 없는 변화를 받아들일 것인가? 아니면 명분을 앞세워 그것을 거부할 것인가?

이 땅에 사는 누구도 그 질문을 피할 수는 없었다. 누군가는 이쪽을, 누군가는 저쪽을 택했다. 그 선택은 지금도 계속되고 있다. 아직도 당취[6]라는 중의 무리를 비롯해 고려를 떠받드는 세력이 완전히 사라진 것은 아니었다.

삼문은 돌아갈 수 없는 시절을 향한 그들의 무모한 열정이 한편 부러

---

6 고려의 부흥을 꾀하던 승려들의 비밀결사체. 나중에 '땡초'라는 말의 어원이 되었다.

웠다. 그러나 현실에 발붙인 자의 발걸음은 지나온 과거가 아니라 이르지 못한 미래를 향해야 하는 것이 아닐까?

"그런 그가 어찌 집현전 학사가 되었습니까?"

채윤의 물음이 불쑥 삼문의 상념 속으로 뛰어들었다. 삼문은 다시 반듯한 어린 학사를 떠올렸다.

"장성수는 경학과 도학에 밝지 않아 재작년 식년문과에서 떨어진 자였다. 주상전하 치세가 아니었다면 급제는 꿈도 꾸지 못했을 게다."

"학문이 짧은 그가 어떻게 과거에 급제했습니까?"

"과거는 보통 경서의 지식과 문장을 겨루지만 주상전하의 뜻은 달랐다. 역사와 산술, 천문과 같은 잡학을 아우르는 새로운 학풍을 일으키셨지. 잡학에 능한 과락자를 건져내시는 것은 과거의 관례로 굳어졌다. 장성수 또한 전하께서 친히 급제자 명부에 점을 찍어준 자였다."

"그러면 학사 장성수가 집현전에서 어떤 일을 맡았는지……"

"말단 저작이니 허섭스레기 같은 일들을 해야 했다. 책상을 정리하고 서책을 분류하는 일, 문필구를 챙기고 호조에 청구하여 불하받는 일, 연구 일지를 관리하는 일……"

"그것뿐입니까?"

채윤이 바짝 다가들었다. 이 방자한 녀석은 마치 추궁을 하는 것 같지 않은가? 삼문은 윤기 나는 턱수염을 연신 쓰다듬었다.

"말단 학사가 해야 할 일이 그뿐이야 아닐 테지…… 아! 그러고 보면 그 친구가 맡은 가장 큰 일은 분서행…… 책을 불태우는 일이었다."

"지식의 전당이라는 집현전에서 어찌 서책을 불태운단 말입니까?"

"집현전에는 한 달에 백여 권이 넘는 책이 들어온다. 서책을 가까이 하시는 주상전하께서 사신들에게 책을 구해오라는 분부를 내리시지. 사신들이 연경의 고서점과 유력자들의 서관을 헤매고 다니며 구한 중국 서책 뿐 아니라 국내의 유생과 학자들이 쓴 책들 또한 집현전으로 모인다."

"그렇게 많은 책을 다 어떻게 처리합니까?"

"원로학사들로 구성된 검서단이 책들을 분류하여 장서관으로 보낸다. 그러니 장서관은 넘치는 책들로 터져나갈 듯하지."

"그렇다고 귀중한 책을 불태운단 말씀입니까?"

"책 중에는 잡서도 끼게 마련이다. 필사로 끄적거린 음란한 상열지사나 바른 길을 벗어난 책들이다. 잡학과 사술에 밝은 장성수는 분류된 서책들을 정리해왔다."

"구체적으로 어떤 일입니까?"

"정학에서 벗어나도 학술에 필요한 서책은 다시 한 번 검토하도록 목록을 올렸다. 살아남은 서책들은 비서고에 보관했지만 구제받지 못한 서책들은 분서장에서 불태웠다. 말하자면 그 친구는 사형선고를 받은 책들의 마지막 판결자였고 집행자이기도 했지."

"장성수와 같은 애송이 학사가 어찌 그렇게 중한 일을 맡았습니까?"

"케케묵은 학풍이 뼛속 깊이 스며든 학사들은 사서삼경 외의 모든 책들을 학문을 갉아먹는 좀벌레처럼 여긴다. 몰락한 고려의 변변찮은 가문 출신인 데다 나이도 어리니 모두가 꺼리던 일을 떠맡기기엔 안성맞춤이었지."

"그런 수모를 당하면서도 장성수는 불평 한마디 없이 분서행을 계속했습니까?"

"고리타분한 사서삼경에는 그다지 능력도 관심도 없었으니 장성수야말로 하늘이 내린 적임자였지."

"분서행은 어떻게 행합니까?"

"봄 여름 가을 겨울, 절기마다 한 번씩 분서로로 가서 태우지."

"혼자서요?"

"처음엔 두 명의 저작이 교차 감독을 했지만 곧 장성수 혼자 하게 되었지."

"그건 어째서죠?"

"불길한 책 근처에만 가도 옴이 오를 것처럼 안달하는 자들이다. 저주받은 책들을 태우는 분서로까지 가려 들겠나?"

"그럼 장성수가 태워야 할 책을 빼돌려도 감시할 장치가 없군요."

"주리질이 두렵지 않으면 한두 권쯤 빼돌릴 수도 있겠지. 하지만 그런 일에 모가지를 걸 만큼 간 큰 젊은이는 아니었다."

"최근의 분서행은 언제 있었습니까?"

"어젯밤이었다. 그믐에다 겨울로 접어드는 입동이니 분서행에 딱 좋았지." 그렇게 말하던 삼문의 얼굴이 서리가 낀 듯 서늘하게 굳었다. "너는 혹시 성수의 죽음을 분서행과 연관시키는 것이냐?"

"소인 또한 아직은 알지 못합니다."

하늘 위에 까마득히 떠 있던 매 한 마리가 몸을 쐐기처럼 곧추세우고 내려앉았다. 찍 소리와 함께 푸득- 날아오르는 날짐승의 발톱 사이에 생쥐 한 마리가 꼬물거렸다.

"저것이 해청이다. 바람처럼 빠르고, 숲처럼 알 수 없고, 불처럼 거세고, 산처럼 고요하지."

푸득 날개를 치며 멀어져가는 보라매를 채윤은 오래오래 바라보았다.

4

채윤은 현장에 남은 수수께끼의 그림을 발견하고 의문에 휩싸인다.
정별감은 채윤에게 범인이 집현전 학사 윤필이니 취조하라는 지시를 내린다.

분서로는 후원 끝자락의 산기슭에 있었다.

가리온의 말대로 장성수가 어디선가 죽어서 우물간으로 옮겨졌다면 그곳은 분서로일 것이다. 한 절기에 한 번, 선택받지 못한 사악한 책들이 마지막으로 가는 곳.

무엇이 지식이며 무엇이 잡설인가?

설(說)로써 설을 돋우고, 논(論)으로써 논을 지탱하는 것, 한 줄의 문구가 낳은 각주와 해석의 미로를 헤매며 또 다른 미로를 만드는 것, 한 자의 글에 사로잡혀 죽은 관념의 무덤을 헤치는 것, 그것이 곧 식자라 하는 사대부의 경학이었다.

그들은 말과 글로 높은 벽을 치고 그 안에 안거했다. 헤아릴 수 없이 까마득한 관념의 담벼락은 자신들과 다른 주장을 독극물인 양 피하며 사형선고를 내렸다.

채윤은 소매 안에서 거무스름한 재생지 한 장을 꺼냈다. 삼문이 건네준 지난밤 분서 목록이었다.

〈마의찬요〉〈자미원요해〉〈천구일람〉〈도강처녀〉……

들은 적도 본 적도 없는 이상한 제목들이었다. 손바닥에서 배어나온 땀이 까끌까끌한 종이를 적셨다.

움푹하고 편평한 분서장의 기슭 쪽으로 분서로가 있었다. 흙으로 바른 아궁이 뒤쪽으로 난 긴 굴뚝은 도기 굽는 가마와 비슷했다. 아궁이 입구는 어른 남자도 충분히 드나들 만했다.

채윤은 확실히 이 사건을 맡을 적임자가 아니었다. 수많은 책 이름과, 문장의 해석에 익숙하지 않을뿐더러 검서와 분서행, 집현전 학사의 죽음은 낯설기만 했다. 차라리 젊은 문과 급제자나 의금부, 혹은 사헌부에서 조사하는 것이 옳았다.

하지만 일은 엉뚱한 젊은 겸사복에게 미루어졌다. 원래 그런 법이다. 일에는 적임자가 있지만 정작 일을 맡는 자는 비천하고 피할 데 없는 자일 뿐.

그을린 아궁이 문손잡이를 당기자 끼익 하는 쇳소리가 났다. 수많은 책을 불길 속에 삼킨 아궁이가 검은 아가리를 드러냈다. 타다 남은 나무 냄새와 매캐한 연기 냄새, 희미한 종이 냄새가 풍겼다.

그 어둠 속에 무엇이 있을까? 모든 것은 뜨거운 불길 속에 타오르고 녹아서 재가 되었을 터.

채윤은 허리를 숙여 아궁이 속으로 들어갔다.

어둠 속에서 고운 잿가루가 풀썩 일어났다. 목구멍이 탁 막히며 기침이 터져나왔다. 겨우 아궁이 밖으로 기어나와서야 적삼자락의 그을음을 툭툭 털었다.

역시 아무것도 남아 있지 않았다. 잿더미에 뒹군 생쥐 꼴이 되었을 뿐이다. 언뜻 화로 속에서 들었던 짧은 의문이 다시 떠올랐다.

왜 범인은 타는 불 속에 시체를 던져넣지 않았을까? 놈은 분명 이 사건이 궁궐 내에 크게 알려지길 원한 것이다. 무엇 때문에?

팔뚝에 소름이 돋았다. 보이진 않지만 분명히 마주하고 있는 듯한 적의 존재감.

두려웠다. 두려웠지만 맞서야 했다. 아주 작은 실마리라도 찾아내야 했다. 그것이 두려움을 치르고 얻어야 할 대가였다.

채윤은 두 눈을 부라리고 아궁이 주변을 샅샅이 살폈다. 분서로에서 조금 떨어진 곳에 아궁이에서 퍼낸 재를 모아둔 재터가 보였다. 그 재는 궁궐 화단과 채마밭 거름으로 뿌려질 것이었다.

채윤은 분서로 앞 나무 밑동에 털썩 엉덩이를 걸쳤다. 오른쪽 옆에 긴 나무막대기 하나가 아무렇게나 놓여 있었다. 그을린 끝부분에 회색의 재가 묻은 부지깽이였다.

불을 쑤신 부지깽이 끝이라면 검게 탔을 것이다. 재가 묻은 부지깽이라면 불이 아니라 재를 쑤셨겠지……

재터는 가로세로가 사람 키만 했다. 온기를 머금은 듯한 보드라운 재 위에 무언가가 보였다.

채윤은 미간을 찌푸리며 재 위의 그림 쪽으로 몸을 숙였다.

반듯한 아홉 개의 사각형과 알 수 없는 희미한 숫자들. 각각의 칸에는 무언가를 썼다가 지운 획들이 부자연스럽게 얽혀 있었다.

'일곱 칠, 한 일, 석 삼, 여덟 팔, 넉 사…… 누가 그린 것일까? 장성수? 혹은 장성수를 살해한 자? 하지만 우선은 우물간으로 가 몸을 씻고 옷부터 갈아입어야겠다. 이 몰골로는 궁궐을 염탐하는 도적놈의 졸개로 오해받아도 할 말이 없을 터……'

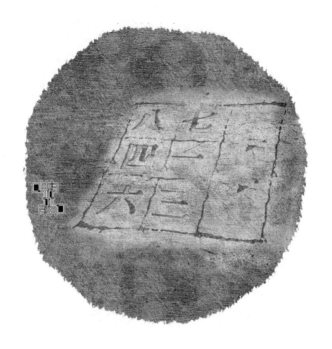

　채윤은 그제야 재투성이 몰골을 깨닫고 얼굴을 비빈다, 옷자락을 털어 댄다 부랴부랴 부산을 떨었다.

　우물간에서 대충 재를 씻은 채윤이 겸사복청 대문을 들어서자 고함소 리가 터져나왔다.
　"이놈! 도대체 어딜 쏘다니는 게야? 이래서야 어찌 너를 믿고 사건을 맡긴단 말이냐?"
　정별감의 파리하고 얄팍한 입술이 초조함을 말해주고 있었다. 방문을 열자 화로에서 피어오르는 숯 냄새가 확 끼쳐왔다.
　"사건을 탐문한 결과……" 채윤이 떠듬거리며 말을 꺼냈다.
　"되었다! 사건은 해결되었어. 네놈도 더 이상 날뛸 필요가 없다."

채윤의 온몸에 맥이 빠졌다. 자신이 모든 증거들이 불타버린 재투성이 소각로를 들쑤시고 있을 때 이 수완 좋은 별감은 아랫것들을 풀어 사건을 해결해버린 것일까? 허탈했다. 하지만 허탈할수록 궁금했다.

"누가 장성수를 죽였습니까?"

정보관은 대답 대신 너털웃음을 지었다. 이렇게 쉽게 해결될 사건이었으면 애송이에게 사건을 맡길 필요조차 없지 않았던가.

"내 집현전에다 검사복 아이들을 풀어 학사들을 샅샅이 훑었다. 검사복이 떴는데 어찌 바른말을 고하지 않겠느냐. 학사들이란 가진 것 없이 자만심만 가득 찬 분별없는 자들이니까······" 정별감이 쯧쯧 혀를 찼다.

"어떤 정보입니까?"

"어젯밤 해시경 장성수를 따라 분서장으로 간 자가 있다 한다."

정보관이 뻣뻣한 수염이 가득한 턱을 쳐들었다. 채윤은 눈을 크게 뜨며 무릎걸음으로 다가들었다.

"장성수가 죽기 전에 마지막으로 만난 자······ 그자가 누굽니까?"

"역시 화근은 집현전! 자고로 글 읽는 자들이 일을 그르치는 법이지. 이번 일도 사사로운 감정을 추스르지 못한 학사들끼리의 패거리 싸움에서 비롯된 것이야. 속 좁은 자들 같으니라고······"

"집현전 학사입니까?"

"그렇다. 박사 윤필이다. 보통 사람보다 머리통 하나가 더 큰 키에 힘도 대단해 '집현전 사천왕'이라 불리는 자다. 무과 급제 후 학사가 되었으나 거친 성깔을 버리지 못하였다."

"윤필······"

채윤은 낯선 외자이름을 되뇌었다. 정별감은 두어 차례 헛기침으로 목청을 가다듬었다.

"어젯밤 숙직을 선 놈은 분서로로 향하는 장성수의 뒤를 밟았다. 분서로에서 장성수의 목을 비틀고 시체를 우물간에 처박았지. 놈은 악행을 저지르고도 아무 일 없다는 듯 집현전의 오전 회합에 참가했다. 하지만 겸사복의 눈을 속일 수야 없지."

채윤은 혼돈스러웠다. 의문을 풀기를 원했지만 더욱 많은 의문들이 솟아났다. 그가 왜 장성수를 죽였는지, 어떻게 죽였는지, 심지어 그가 장성수를 죽이기나 했는지……

"그자가 집현전에서 하는 일이 무엇입니까?"

"궐 안 주자소를 맡아 관리하고 있다."

"주자소라굽쇼?"

"놈은 주자소의 공인들을 관리하고, 새로운 활자를 만들고, 서책의 인쇄를 총괄했다."

"그런 자가 집현전 안에서도 따돌림을 당하던 말단 학사를 죽인 까닭이 무엇입니까?"

"그것까지 내가 말해주어야 하나? 범인의 이름과 지난밤 행적까지 말했으면 살해동기를 밝히고 자백을 받는 건 네놈 일이 아니냐?"

집현전으로 달려가 윤필을 잡아다 족치라는 말이었다. 방문을 나서는 채윤을 보며 정별감은 딱하다는 듯 혀를 끌끌 찼다.

"어찌 저리 멍청할꼬. 아무리 북변 수자리 촌것이라 하지만……"

다갈색 서안 너머의 박사 윤필을 본 채윤은 묘한 배신감에 사로잡혔다. 윤필의 생김새와 분위기가 자신이 추리한 범인과 너무나 달랐기 때문이다.

기실 채윤은 보통 사람보다 머리 하나가 더 큰 거한의 억센 수염과 구릿빛 얼굴을 떠올리며 마음을 단단히 먹었다. 그러나 직접 대면한 윤필은 길고 훤칠한 풍모였다.

흐린 눈썹과 가는 두 눈에선 영리함과 교활함이 동시에 읽혔다. 긴 콧날은 예민한 성정을 드러내고 있었다. 얇은 입술엔 보랏빛이 돌았다. 날렵한 턱 아래에는 성긴 수염이 돋아 있었다.

한 가지 중요한 사실은 보통 사람보다 머리 하나 정도가 더 큰 키였다. 그것은 그가 범인일 수 있는 결정적인 단서였다. 다른 모든 추측이 빗나가더라도 말이다.

서안의 책에서 오랜 곰팡내 같은 것이 났다. 채윤은 문득 그 서책들을 미친 듯 읽어대고 싶어졌다.

책을 생각하면 언제나 배가 고팠다. 육체의 배고픔보다 더욱 자신을 무기력하게 만드는 영혼의 배고픔이었다. 글을 읽는 것은 언제나 가지 못한 길, 부르지 못한 노래, 꾸지 못한 꿈이었다.

채윤은 자신의 영혼이 헐벗었으며 제대로 자라지 못했음을 알고 있다. 박사 윤필의 앞에서 채윤은 깊은 상실감과 열등감을 느꼈다. 어쩌면 그의 상앗빛 관자[7]나 반듯하게 바느질된 관복의 매무새 때문이었는지도 모른다.

"하루 종일 겸사복 놈들이 집현전을 뒤지더니 뭔가를 알아낸 거로군."

"그렇습니다."

"무엇을 알아냈느냐?"

"다른 것은 모르지만 지난밤 장저작을 마지막으로 본 사람이 윤박사라는 것은 알고 있소."

"내가 성수를 죽이기라도 했다는 건가?"

---

7 상투를 반듯이 감싸기 위해 머리에 두르는 망건을 조이는 줄을 꿰는 고리.

"그런지 그렇지 않은지를 알고 싶소. 그렇다면 대가를 받아야 할 것이고 그렇지 않다면 의혹을 벗어야 하겠기에……"

"나는 성수를 죽이지 않았다. 내 그 비천한 출신을 혐오하나 깊은 학문을 사랑하기 때문이다."

윤필이 서안을 탁 치며 벌떡 일어섰다. 흥분한 그의 말소리가 떨렸다.

"잔심부름에다 허드렛일에 찌든 자의 잡학을 말이오?"

"모두 피하는 험한 일을 떠맡은 것은 성수의 인간됨이 크고 넓은 때문이다. 몰락한 고려의 후예라면 누구보다 출세와 문명에 목말랐을 터. 그럴 재능 또한 모자람 없었다. 하지만 그 바보는 저주받은 책 속에 스스로를 가두었다. 학사들의 따돌림에도 그 학문은 홀로 깊어갔으니……"

"그렇게 뛰어난 인재가 어찌 현자들이 모인 집현전에서 따돌림을 당했단 말이오?"

"누군가는 그의 실력을 질투했을 것이고 누군가는 두려워했을 것이다. 역사에 대한 지식의 깊이를 아는 자들은 그를 질투했고 그것이 정학을 흔들 것을 예상한 자들은 그를 두려워했지."

"박사께서는 어느 쪽이었소?"

"나는 다만 그 깊은 학문을 흠모했고 말직에서 따돌림당하는 동병상련을 느꼈을 뿐이다."

"동병상련이라 했소?"

"내 부친은 좌찬성을 지낸 윤, 집자, 주자 대감이시다. 무릇 명문 사대부의 대의란 관직에 나가는 것인데 하찮은 주자소에서 풀무질로 납이나 녹이는 것이 내 신세다. 대장장이나 할 천한 일이 성수가 매달린 분서행과 무엇이 다르겠나?"

윤필은 처마 너머 뉘엿뉘엿 저무는 석양을 보았다. 금빛 덧저고리가 노을빛에 반짝였다. 질 좋은 비단에다 촘촘한 바느질이 품격을 더한 최상품이었다.

"명망가의 자제라 옷차림 또한 정갈하군요. 학사들은 그리 화려한 치장이 드문 법인데……"

"지난겨울 모친께서 지어주신 옷이다. 요 며칠 스산해 방에 두고 쌀쌀한 바람을 막을 뿐이다. 모친께서 어두운 눈 부비며 정성으로 지으셨으니 곁에 두고 입는 것 또한 효가 아니겠느냐?"

윤필의 지극한 효성은 자신이 살인자라는 거스르지 못할 증거를 내보이고 말았다. 덧저고리 앞 솔기에는 호사스런 옥단추가 반짝였다. 한 개뿐이었다.

채윤의 뒷짐 진 손은 연신 반질반질한 옥색 단추를 만지작거리고 있었다. 그 단추가 매달려 있어야 할 윤필의 덧저고리 아랫자락은 비어 있었다. 채윤은 까칠한 입술에 힘을 주며 되받아쳤다.

"장저작을 무슨 연유로 살해한 것이오?"

면도날처럼 번득이는 윤필의 날카로운 눈빛이 심장을 긋는 듯했다.

"다시 말하지만 나는 성수를 죽이지 않았다."

"박사께서는 그렇게 말하지만 현장은 그렇게 말하지 않았소. 장저작의 목에 난 상처는 범인의 키가 보통 사람보다 머리 하나는 더 크다고 말하고 있소. 게다가 박사께서는 지난밤 분서로에서 장저작을 마지막으로 만났소."

윤필의 얼굴에 당황한 기색이 떠올랐다. 하지만 그는 곧 표정을 정리했다.

"내가 어젯밤 분서로에 간 것은 움직일 수 없는 사실이나 분서 목록 중 한 권을 찾아오라는 대제학 영감의 분부에 따른 것이었다."

"어떤 서책이오?"

"〈고군통서〉라는 책이었다."

채윤의 머릿속에 찬바람이 휙 돌았다. '이자는 추잡한 범행을 가리기 위해 집현전의 대현학을 들먹이고 있다.'

"장성수에게 그 책의 행방을 물었으나 이미 불탄 후였다. 모든 선비가 기피하는 분서로에 오래 머무를 이유가 무엇인가? 곧바로 돌아와 직제학께 고하고 독서하다 잠든 것뿐이다."

"그런데 박사의 모친께서 흐린 눈 부비며 지은 덧저고리 단추가 어찌 소인의 손바닥에 있단 말이오?"

채윤의 손바닥에서 옥단추를 발견한 윤필의 낯이 흙빛으로 변했다. 그는 긴 다리로 뒷걸음질을 치며 말했다.

"아니다. 지난밤 나는 덧저고리를 벗어 방에 걸어두고 관복으로 갈아 입었다. 윗분의 부름을 받고 저고리 차림으로 대령할 수야 없지 않느냐?"

"그런데 어찌 이 단추를 장성수가 움켜쥐고 있었단 말이오?"

"그렇잖아도 오늘 아침 덧저고리 단추가 없어져 수상했다. 방 청소하는 잡역들이 몇 푼이라도 될까하여 걷어간 것으로 생각했는데…… 그것이 살인의 증거라니…… 아니다. 이것은 모함이다!"

"사실 여부를 좀 더 명확히 하고 싶소. 겸사복청으로 함께 가주시오."

"네가 어떤 자인지 안다. 변방 전쟁터를 떠돌던 하찮은 병졸 따위가 학사를 겁주려 드느냐!"

윤필이 그르렁대는 목소리로 말했다. 겁주는 쪽은 채윤이 아니었다. 오히려 채윤은 겁을 집어먹고 있었다.

"네 근무 규정을 잊었더냐? 상급 겸사복의 동행 없이는 종9품 하급관리에게조차 오라를 채울 수 없음을 말이다."

카랑카랑한 목소리가 망치질처럼 세게 뒷머리를 때렸다.

"잊지 않았소이다."

"그렇다면 규정을 어기려는 것이냐?"

그때서야 채윤은 자신의 신분과 처지를 다시 떠올렸다. 상놈 출신으로 겸사복이 되었으나 여전히 하급관리 하나도 어쩌지 못하는 신분임을……

채윤은 윤필에게 들키지 않게 깊은 숨을 내쉬었다. 그것은 알량한 자존심을 지키려는 안간힘이었다.

"박사의 말씀대로 소인에게는 체포권이 없으니 내일 아침 다른 겸사복이 올 것이오. 대신 겸사복청에서 오늘밤 퇴궐을 금하는 통지를 집현전으로 띄울 것이오."

채윤은 도망치듯 휘적휘적 독서당을 빠져나왔다.

5

채윤은 수수께끼 그림의 정체를 알아낸다.
주막의 뒷방에 모인 집현전 학사들은 불안과 공포에 떤다.

이순지는 간의대[8] 위에서 신기한 기계와 장치들을 연신 돌보고 있었다.
한번 빠지면 일을 맺을 때까지 주변을 몰라라 하는 이순지였다. 골똘한
궁리에 빠져 마주 오는 영의정을 보지 못해 하례하지 않은 그를 대신들은
탐탁지 않게 생각했다.

한참 후에야 돌계단을 내려오는 그의 발소리가 들렸다.

"이크! 겸사복 나리께서 웬일이신가? 지은 죄 없어도 가슴이 방망이질
을 치누만."

농을 던지는 이순지의 빽빽한 수염 사이로 드러난 고른 흰 이가 시원스
러웠다.

본관은 양성. 호조 참의와 강원도 관찰사, 중추원 부사를 지낸 이맹상
의 자제니 당대의 권문세족이다. 문과 급제 후 동궁행수, 승문원 교리, 봉

---

8 簡儀臺. 관측기구인 간의 등을 설치하고 천문을 관측하던 천문대. 경회루 북쪽에 높은 단을 쌓고 매일
밤 서운관원들이 천문을 관측했다.

상시 판관…… 전형적인 출세가도를 달리던 인물이었다.

그러나 그는 남들이 꺼리는 산학과 수학, 역학에 골몰했다. 마침내 서운관[9] 판사라는 듣도 보도 못한 한직에 머무르면서도 유유자적하는 중뿔난 사내였다. 채 서른도 되기 전에 벼슬과 담을 쌓고 밤이나 낮이나 간의대에 올라 먼 하늘만 쳐다보니 한심할 따름이었다. 그런데도 순지는 서글서글 웃는 얼굴이었다.

"늘 밤낮으로 바쁘시니 몸 간수는 언제 하시렵니까?"

"내 쉴 날은 해와 달과 별이 모두 멈추는 날이다. 밤에는 달과 별이 돌고, 낮에는 해가 돌아 시간과 계절과 기후의 조화를 헤아리니 어찌 쉴 틈이 있겠느냐?"

이순지는 들은 바대로 산학과 우주론의 대가였다. 양반가의 자제이면서도 〈산학계몽〉[10] 〈양휘산법〉[11] 〈상명산법〉[12]에 통달했다.

그의 조부는 손자의 비상한 재능을 아꼈으나 산학과 역학에 빠져들자 숙부의 호적으로 옮겨 종손의 자리를 빼앗았다. 하지만 그는 거추장스런 종손의 자리를 벗어남을 오히려 즐거워하며 더욱 산학과 천문에 골몰했다.

숨어서 산학책을 훔쳐보던 그에게 집현전은 거대한 놀이터였다. 간의대는 발붙인 현실에서 꿈꾸는 미래로 가는 사다리였다. 이룰 수 없는 것에 대한 열망, 닿지 못할 장소에 대한 동경……

---

9 書雲觀. 조선 초 천문과 역법, 기후 관측 등의 일을 맡아보던 관청. 하늘과 땅의 조화를 관측하여 기록하고, 역서를 편찬하며, 절기와 날씨를 측정하고 시간을 관장했다.

10 算學啓蒙. 원대 주세걸이 쓴 수학책. 명대에 소실되어 세종대에 간행된 초간본이 중국으로 역수출되었으며, 일본 수학의 원류가 되었다.

11 楊輝算法. 남송(南宋) 시대의 수학자 양휘(楊輝)의 저서. 삼방진에서 팔방진까지의 방진(方陣)이 소개되어 원나라 서민 수학에 영향을 끼쳤다.

12 詳明算法. 일상적인 가감승제, 창고와 둑의 부피, 농지측량 등을 다루었다. 조선시대 잡과 시험에서 산사(算士)를 뽑는 수학책으로 사용되었다.

"나리께서는 해와 달의 운행에도 밝으시지만 수와 도형의 이론에도 탁월하시다 들었습니다."

채윤은 소맷자락에서 부스럭거리며 무언가를 꺼냈다. 거칠지만 호탕한 천문학사는 머뭇거리는 소심한 젊은이의 손에서 재생지를 낚아챘다. 거무튀튀한 종이 위에 조악한 그림이 드러났다. 분서터에서 필사해온 낙서였다. 순지의 숱 많은 눈썹이 움찔거렸다.

"이것은 마방진이 아니냐?"

"마방진…… 이라굽쇼?"

"간단한 것 같으나 꽤 어려운 산술이지. '방'이라 함은 네모꼴이니 아홉 숫자의 가로, 세로, 대각선의 합이 같도록 배열하는 것이다. 이때 각 숫자는 중복하지 않게 꼭 한 번씩만 써야 한다. 각기 다른 숫자들이 무분별하게 늘어서 있지만 굳이 셈한다면 정밀한 법칙에 따라 하나가 된다."

"이 그림의 연원은 어디입니까?"

"우왕[13]께서 황허의 범람을 막는 제방공사를 하실 때 물에서 나온 거북의 등에 있던 문양이다. 그 거북이 나온 후 홍수가 그쳐 신비로운 문양으로 전해오고 있다."

채윤은 골똘히 아홉 개의 네모 칸에 숫자를 대입해보았지만 곧 머릿속이 혼란해졌다.

"그런데 어찌 집현전 학사가 죽은 현장에 이 그림이 있답니까?"

이순지는 다시 한 번 버릇처럼 짙은 눈썹을 꿈틀했다.

"마방진이 민간의 심심풀이 거리라지만 수의 신비는 많은 자를 매혹했다. 듣기로 마방진은 대상의 행렬을 따라 먼 서역에까지 전파되었다 한다."

---

13 중화사상의 근본이자 성리학적 이상 세계인 요순시대의 추앙받는 성현이자 왕.

"그 그림이 어디에 쓰이는 것입니까?"

"수리에 밝은 자들은 사방, 오방, 육방진까지 만들어 부적처럼 지닌다. 민간에서는 신비적인 주술행위가 된 셈이지."

"궐 안에도 마방진을 아는 사람이 있겠군요."

"그렇다. 총기 있는 나인, 무수리들이 심심풀이 삼아 마방진을 만들어 지닌다고 하더구나."

하기야 천한 무수리들이 사서삼경을 대놓고 읽지는 못할 터. 나인, 무수리들은 고결한 대신, 관료들이 천시하는 잡학에나 매달려볼밖에. 더구나 산학이라면 정연한 논리와 학술적 품격까지 있으니 총명한 자라면 솔깃할 터였다.

"혹여 마방진이나 사술에 밝은 궁인을 아십니까?"

"대전 무수리 중에 소이라는 아이가 있다."

"소이……"

채윤은 혼잣말로 그 이름을 머릿속에 새기듯 되뇌었다.

"머리가 뛰어난 아이인데 육방진의 세 가지 해법을 만들었다는 소문이 들리더군."

"나리께서는 어떻게 그 여인을 아십니까?"

"그 아이가 몇 차례 나를 찾아온 적이 있다. 궁인의 신분으로야 듣도 보도 못했을 문제를 들고 와 푸는 법을 물었지."

"어떤 문제였습니까?"

"가령 〈구장산술〉[14] 1장 방전편에 '둘레가 30보, 지름이 10보인 둥근

---

14 중국의 실용수학서. 토지 면적 계산법, 곡식 교환에 쓰이는 계산법, 등차·등비수열 등 비례법, 도형의 넓이와 변의 길이·지름을 구하는 기하학, 토목공사·납세에 관한 계산법, 1차연립방정식, 직각삼각형에 관한 비례의 정리 등을 실었다.

밭의 넓이는 얼마인가?'라는 문제가 있다. 그 답이 75보라고 말해주어도 풀이법을 가르쳐달라고 마구 떼를 쓰더구나."

"그래서 어른은 어떻게 하셨습니까?"

"그 열의가 기특해 몇 번 풀이법을 가르쳐준 적이 있다. 그러니 혼자 육방진을 만들었다 해도 놀랄 일은 아니지."

이순지는 두 눈을 가늘게 뜨고 미소를 지었다.

"그 무수리를 만나보아도 되겠습니까?"

"사건의 단서를 푸는 데 산술이 필요하다면 산술을 아는 자에게 물어야겠고, 역학이 필요하다면 역학을 아는 자에게 물어야겠지. 하지만……"

순지는 곧 난감한 표정을 감추며 아무 일도 아니라는 듯 헛기침을 해댔다.

"아, 아니다. 직접 만나보면 알 터……"

이조를 비롯한 온갖 관청들이 줄지어 선 광화문 밖 육조거리[15].

어스름이 내리자 거리는 시전 상인들과 행인들로 분주했다. 소가 끄는 수레와 말이 끄는 마차가 번갈아 요란한 소리를 내며 지나갔다. 저녁 술손님을 기다리는 가마솥에서는 더운 김이 무럭무럭 피어올랐다.

무명옷 차림의 사내들, 젊은 한량들, 땔감을 진 종놈들이 바쁘게 골목 안을 오갔다. 말 울음소리와 먼지를 휘몰아가는 바람과 술독의 술이 익는 냄새와 주모의 악다구니가 끈적한 덩어리가 되어 얽혔다. 우마차가 달리는 길에서는 쾨쾨한 소똥냄새가 났다.

강희안은 바쁜 걸음으로 서대문 언덕배기를 내려와 육조거리를 건넜

---

15 궁궐 밖 육조의 관청들이 모여 있는 거리. 현재의 세종로가 있는 자리.

다. 어둠에 젖은 청계천이 거대한 용처럼 번쩍이는 검은 등 비늘을 드러 냈다. 희안은 도포자락을 휘날리며 청계천 뒷길의 추레한 주막 사립문을 들어섰다. 스산한 날씨 때문인지 객은 뜸했다.

주막 평상에 앉아 있던 한 사내가 희안을 맞았다. 이순지의 집에서 일하는 종 막심이었다. 종은 주위를 살피며 축대를 돌아 희안을 뒷방으로 안내했다.

문살이 부러진 허름한 문 밖으로 불빛이 새어나왔다. 조심스레 주위를 둘러본 희안은 문고리를 두드리고 방 안으로 들어섰다. 충직한 종 막심은 아무 일도 없었다는 듯 태연스레 주막 안팎을 살폈다.

구들장이 서늘한 냉골의 방 안에 모인 선비들은 여섯이었다. 추레하고 보잘것없는 모임이었다. 이 누추한 주막이 이들의 회합장이 된 것은 여러 해 전이었다.

그 회합은 사대부의 호사취미 모임인 시계[16]였다. 주상의 등극 후 문물이 일어나고 학풍을 진작하니 팔도의 선비들 사이에 시계 바람이 불었다. 신록이 짙어오는 정자나 단풍 좋은 계곡에서는 어김없이 시계가 열렸다. 여름이면 계곡에 발을 담근 선비들의 시 읊는 소리가 낭랑하게 흘러넘쳤다.

풍류와 멋을 아는 사대부들의 문풍이었다. 명문가 자제나 성균관 유생이라면 한두 개의 시계에 속한 것을 자랑으로 여겼다. 시계에 더 많이 가담하는 것이 자랑인 양 운율조차 모르면서 이 시계 저 시계를 떠도는 자도 숱했다. 어떤 자는 가담한 시계만도 여남은 개가 넘었다.

---

16 詩契. 선비들이 날을 정해 풍치 좋은 곳에서 음식과 술을 먹으며 시를 즐기는 모임. 모인 사람들은 돌아가며 시를 짓는데, 정자 옆 나뭇가지에 드리운 끈 중간에 불을 붙인 향을 꽂고 끝에는 엽전을 달아 그 밑에 놋대야를 받쳤다. 시를 다 짓지 못한 상태에서 불똥이 끈을 태워 엽전이 떨어져 쨍그랑 하는 소리가 나면 벌주를 들이켜야 했다.

그러나 타락한 자들은 언제부턴가 시계를 주색잡기와 노름판으로 격하시켰다. 먹고 노는 놀음판에서 급기야는 투전판으로까지 이어졌다. 시 대신 음담패설이 오가고 고결한 시풍 대신 요염한 기생들의 앙탈이 넘쳤다. 걸쭉한 야담과 술사발이 돌고 취한 망나니들이 계집의 속곳 안으로 손을 쑤셔넣기 일쑤였다. 집문서, 논문서를 챙겨들고 온 대가 자제들은 투전놀음으로 밤새는 줄을 몰랐다.

좁은 봉놋방의 선비들 또한 행색을 보아서는 시계를 핑계 삼아 투전판이나 벌여보자는 양반가의 망나니들쯤으로 보였다. 방문 밖에 종놈을 세워 순라꾼이나 염탐하는 자를 살피는 기색이나 무언가를 숨기는 듯한 의뭉스런 행색이 더욱 그러했다.

"다 모였군. 시간이 넉넉지 않으니 너스레는 그만두겠네."

그중 연장자인 듯한 자가 자못 비장한 눈빛으로 좌중을 둘러보았다. 예문관 관원으로 있다가 집현전으로 온 응교 최항이었다. 다른 이들보다 족히 다섯 살은 연장자인 듯했고 말소리는 다소 직선적이었다.

투전판의 패를 돌리는 긴장감이 좁은 방 안에 흘렀다. 모여든 자들은 몸을 앞으로 숙이며 침을 삼켰다. 그러나 그 긴장은 자신의 투전패에 대한 궁금증 때문이 아니었다.

"어찌 이런 변고가 있는가? 세상의 모든 시계들이 투전판, 기생판, 술판으로 어지러울 때 향기를 잃지 않던 작약시계의 계원이 황망하게 황천길을 뜨다니……"

집현전에 들어온 다음 해부터 사가독서[17]를 함께했던 부교리 박팽년의

---

17 집현전의 신진 학사들에게 일년 동안 독서에 몰두하게 한 제도. 삼각산 진관사에 머물며 일년 동안 독서 정진을 한 신숙주, 박팽년, 이개, 하위지, 이석형은 집현전 안에서도 이론과 실력으로 무장한 핵심 세력이었다.

말이었다.

장성수는 작약시계에 가장 최근에 가입한 신입 계원이었다. 집현전 아궁이에 불 때는 잡역보다 하찮은 말직이지만 글재주와 학문의 깊이는 부족함이 없었다. 그런 성수의 느닷없는 죽음이 황망하기는 모두가 마찬가지였다. 세상에 알릴 수도 없는 지엄한 궁궐 안의 변고이니 답답함이 더했다.

사리 판단이 빠르고 기민한 팽년은 이미 정별감을 만난 터였다. 팽년은 사건의 정황과 어린 겸사복 강채윤이 사건을 맡았다는 이야기까지를 읊어 내렸다.

"내 정별감이란 자에게 한마디 해주었네. 집현전 학사가 궁궐 한가운데서 살해당했는데 어찌 피라미 같은 어린 겸사복을 붙이느냐고 말이야. 하지만 능구렁이 같은 그자를 어찌 당하겠나."

팽년의 말은 숙연한 분위기에 찬물을 끼얹은 것 같았다.

"숙주가 있었다면 이 혼란스런 변고를 한순간에 해결할 수 있을 게야. 숙주는 왜국으로 가지 말았어야 해. 숙주가 왜국으로 간 후 이렇듯 감당하기 힘든 일들이 계속 들이닥치지 않는가 말이야."

깔고 앉은 도포자락을 휙 뒤로 채며 돌아앉는 선비는 이개였다. 가는 이목구비에 성근 턱수염을 지닌 볼품없는 용모였지만 깐깐한 기상이 비쳤다. 고려 조정에 출사했던 대현학 이색의 증손인 그는 신숙주의 단짝이었다.

신숙주가 누구인가? 집현전에서도 재능이 뛰어나 입대지 않는 사람이 없었다. 정인지 학파에 속했으나 최만리의 경학파와도 닿아 통하지 않는 데가 없었다. 그러나 그는 달포 전 왜국으로 떠나는 통신사 행렬의 서장관[18]으로 떠나고 말았다.

그것은 갑작스러운 결정이었다. 왜국 통신사를 수행하는 서장관이라면 예조의 말단 관리에게나 걸맞다 할 자리였다. 학식과 실력으로 치면 숙주는 명나라 사신의 서장관으로도 모자랐다. 그런데 뱃전에서 구역을 참으며 이틀이나 가야 하는 왜국이라니⋯⋯

왜는 주상이 보위에 오른 해부터 조선에 조공하는 처지였다. 이종무 장군이 정벌한 대마도는 이미 조선의 경상도 땅으로 편입되었다. 그런 보잘것없는 나라의 험한 길에 어찌 집현전 수석학사가 나서는 것인가?

출발 하루 전의 전격적인 결정은 갖가지 억측을 불러일으키기도 했다. '숙주의 외람된 행동에 전하께서 격노하신 것이다' '숙주가 모종의 은밀한 명을 받고 왜국으로 가는 것이다' 등. 그러나 숙주는 억측을 뒤로한 채 황망하게 짐을 꾸려 부산포로 떠나고 말았다.

"이 사람 근보[19]. 자네답지 않게 왜 묵언인가?"

이개가 말없는 삼문을 나무라듯 물었다.

농담과 우스개를 잘하는 삼문은 행동에 거침이 없어 예의를 패대기친 불한당으로 눈총 받기도 했다. 그런데 그런 삼문이 오히려 냉정할 정도로 절제된 모습을 보이고 있었다.

"주상전하께서는 숙주를 진정으로 아끼셨기에 왜국으로 보내셨을 게야. 숙주가 있었다면 지난밤 변고의 희생자는 성수가 아니라 숙주였을지도 몰라."

삼문이 숱 많고 굵은 콧수염을 꼬며 나직이 말했다.

18　書狀官. 사신을 수행하는 임시관직. 행렬을 감찰하며 외교문서를 작성하고 견문을 기록해 왕에게 보고했다.
19　성삼문의 자.

"차라리 과거에서 떨어졌다면 저잣거리의 한량으로 늙을지언정 이른 나이에 참담한 죽음을 당하지는 않았을 터인데……"

구레나룻이 얼굴을 덮은 맞은편 사나이가 걸걸하게 말했다. 숙주와 이개, 그리고 삼문과 함께 사가독서했던 이석형이었다.

삼문은 핏발을 세우며 장성수의 등용에 반대하던 육조 관리들의 청을 기억했다. 삼사와 성균관 또한 규정에 없는 인재 등용을 만류했다.

"잡스런 학문이 나라를 다스리고 백성을 안위하게 하는데 어떻게 소용되겠사옵니까?"

그때 주상은 정색하고 일렀다.

"잡설을 모르고 어찌 잡설을 대적할 수 있는가? 학문의 이름으로 떠도는 잡설들을 다스리려면 잡학에 능한 자 또한 필요하다."

삼문은 힘주어 말할 때마다 움찔대는 주상의 윤기 나는 코밑수염을 떠올리며 부드득 이를 갈았다. 이것은 시작에 불과할지도 모른다. 그의 죽음은 거대한 변고의 작은 암시일 뿐……

"겸사복과 내금위[20]는 무엇을 하고 있단 말인가? 집현전 학사가 궁궐 한가운데서 죽임을 당하였는데 어찌 아직도 오리무중이란 말인가."

매처럼 날카로운 눈빛을 반짝이며 팽년이 혀를 찼다.

"점심나절에 강채윤이 찾아왔었네. 어리지만 명민한 친구니 믿고 기다려보아야 하겠지."

삼문이 조심스럽게 말끝을 맺었다.

"근보는 늘 기다리라고만 하지. 우리가 할 수 있는 것이 기다리는 것 말

---

20 內禁衛. 조선시대 궁중 수비를 맡은 부대. 내금위병은 엄격한 시험을 거친 양반 자제로 편성되어 좋은 대우를 받았다.

고 무엇이 있겠나, 쳇."

성정 급한 이개가 다급함을 감추지 못하고 혀를 찼다.

6

시신의 있는 멍의 원인을 알아낸 채윤은 대제학 최만리를 찾아가
장성수가 수행한 비밀스런 업무에 대해 알게 된다.

외소주간 도축장에는 늘 비릿하고 역겨운 냄새가 울컥 달려들었다. 하
지만 채윤은 가리온이 있는 이곳이 넓디넓은 궁궐 어느 곳보다 편하고 안
락했다. 그곳에서 가리온이 건네주는 고기 몇 점으로 배를 채울 수 있었
고 그의 다감한 이야기에서 삶의 깊은 경지를 발견하곤 했다.

"두 가지 새로운 사실을 알려줄 참이다. 사자의 왼 팔뚝에 아침에 보지
못한 검은 점 네 개가 있었어."

가리온은 두 손으로 얼굴을 쓱쓱 비볐다. 수많은 짐승의 껍질과 살코기
와 뼈, 내장과 꼬리가 그의 길고 짧은 칼끝에서 분해되었다. 그 자른 면과
뼈의 마디들이 얼마나 정교한지 다시 원래 자리로 모여 소, 돼지가 벌떡
일어나 부르르 살을 떨며 뜰을 걸어다닐 것만 같았다.

"그 점에 무슨 특별함이 있습니까?"

"자세히 살폈는데 바늘로 상처를 내고 먹물을 넣어 인위적으로 새긴
문신이었다."

가리온은 말려두었던 소가죽 자락에 핏물로 두 개의 점을 찍었다.

"또 하나는 사체의 엉덩이에 난 오래된 멍 자국에 관해서다. 그 상처에서 짚이는 것이 있어 이전부터 교분이 있던 집현전 윤징억 교리를 찾았다."

"윤교리라면 의서와 향약에 관한 서책을 관장하는 학사가 아닙니까?"

"물은즉 사흘 전 걸음 떼기도 힘든 장성수가 찾아왔다고 한다. 살이 터지고 멍들었는데 효험 있는 처방을 부탁하더라는 것이야."

채윤의 머릿속에 찌릿한 무언가가 지나갔다. 장성수가 죽기 전에 누군가에게 심하게 맞았다? 채윤은 침을 삼키며 가리온의 다음 말을 기다렸다.

"깜짝 놀라 연유를 물었더니 사헌부로 끌려가 곤장 서른 대를 맞았다는 것이야. 말이 서른 대지 건강한 청년도 며칠은 기동조차 못할 혹독한 처사가 아니냐?"

"사헌부에서 무슨 까닭으로 집현전 학사를 잡아다 곤장을 쳤답니까?"

"대제학의 지시가 있었다 한다."

"대제학께서 허섭스레기 일을 도맡아 하는 말단 학사를 사헌부까지 넘기시다뇨?"

"장성수는 〈고려사〉[21]를 고쳐 쓰는 일을 했다 한다. 경학만 떠받들 뿐 사서를 깔보는 학사들이니 역사에 통달하고 편년[22]과 강목[23]의 필법에 두루 능한 장성수가 아니면 누가 〈고려사〉를 초할 수 있었겠느냐?"

"그런데 무슨 일로 대제학 어른께서 곤장 서른 대를 치실 만큼 노하셨답니까?"

"며칠 전 장성수가 초하여 올린 〈고려사〉 개수본에서 오자가 발견되었다는 것이다. 감수하던 대제학이 책을 집어던지며 노하셨다고 한다."

"전하께 올릴 서책에 오자라니 그냥 넘어갈 일은 아니나 그렇다고 학사에게 물고를 냈단 말이오?"

"단순한 오자가 아니라 선대의 필법을 마음대로 뜯어고쳤다는 것이다."

"어떤 부분을 어떻게 뜯어고쳤기에……"

"문제된 구절은 고려 태조를 기술할 때 '짐'이라는 호칭을 쓴 것이다. '짐'이란 황제가 스스로를 높여 부르는 호칭이니 천자가 아닌 각국 제후들은 왕이라 불러야 옳다. '하교'라 해야 할 왕의 명을 '칙'이라 한 것, '자'라 해야 할 왕자를 '태자'라 한 것도 마찬가지다."

---

21 고려의 역사, 문화를 기술한 사서. 정도전의 〈고려국사(高麗國史)〉는 조선 건국을 합리화하기 위해 정적들을 깎아내리고 사대주의에 입각하여 고려의 주체적, 자주적 사실을 삭제하였다. 세종이 유관, 변계량에게 개수를 명하였으나 고려 왕들의 묘호(廟號)를 삭제했고, 왕실 용어도 고쳤다. 그 후 간행된 〈수교고려사〉 〈고려사전문〉도 편찬자가 자기 조상에 대해 왜곡했고, 청탁을 받아 고쳐 쓰는 등 소홀함이 많았다. 1449년(세종 31년) 다시 김종서, 정인지에게 종래의 편년체에서 기전체로 편찬하도록 하니 마침내 1451년(문종 1년) 총 139권의 〈고려사〉가 완성되었다.

22 編年體. 역사적 사실을 연, 월, 일, 시 등 연대순으로 기록하는 객관적 역사 서술법.

23 綱目體. 중요하다고 생각하는 사건 순으로 기록하는 주관적 역사 서술법. 큰 글씨로 쓴 중요한 부분이 강(綱)이고, 아래에 설명하는 부분이 목(目)이다.

"그 문제라면 있었던 사실을 그대로 쓰라는 전하의 하교가 있지 않았습니까?"

"장성수가 고려 유신의 후손이라는 점이 대제학의 화를 돋우었을 것이다. 가문의 영달을 위해 고려 왕조를 두둔하는 기사로 사실을 왜곡했다고 생각했겠지."

장성수가 〈고려사〉 편수의 실무자라는 것은 처음 듣는 말이었다. 가리온이 아니었다면 그 사실을 알 수 없었을 것이다. 하지만 새로운 사실은 해답이 아니라 다른 의문을 던졌다. 두 개의 새로운 사실은 두 개의 새로운 의문이 되었다.

왜 대제학은 주상의 윤허가 있었던 일을 문제 삼아 장성수의 볼기를 쳤을까? 장성수의 팔뚝에 있다는 문신은 무엇을 의미하는 것일까?

모든 것은 안개 속처럼 희미하고 진실은 어둠처럼 검기만 하다.

"대제학을 만나야겠소!"

부러뜨리듯 말하며 채윤은 그 자리에서 벌떡 일어섰다.

고래 기름을 먹인 심지가 찌지직 타는 소리를 내며 등잔의 불꽃이 일렁였다. 늙은 최만리의 주름 잡힌 얼굴에 드리운 깊은 그늘이 흔들렸다.

밀랍처럼 하얀 최만리는 어두컴컴한 방 안에 바위처럼 앉아 있었다. 마침내 회백의 수염을 가르고 회오리처럼 섬뜩한 목소리가 달려들었다.

"겸사복이 나를 찾은 까닭이 있으렷다!"

가르릉거리는 목소리가 숨골을 긁고 지나갔다.

"장성수의 죽음과 관련하여 두 가지를 여쭙고 싶습니다."

"말하라!"

"첫째는 사체 둔부에 검은 멍 자국이 있어 연유를 알아본즉 죽기 사흘

전 서른 대의 장형을 받은 것을 알게 되었는데……"

등불 너머로 날카로운 눈빛이 번득였다. 사흘 전의 명을 밝힌 데다 그 내용까지 아는 어린놈이 비상할 뿐 아니라 끈덕지기조차 하다고 최만리는 생각했다.

"그 형벌이 장성수의 죽음과 연관이 있다 생각하느냐?"

날카로운 눈빛에 쏘인 듯 등골이 찌릿하며 식은땀이 흘렀다.

"대제학께 어찌 그런 건방진 생각을 하겠습니까? 다만 죽은 장성수의 사람됨을 엿보고 싶습니다."

"장성수…… 그 총기로 경학을 파고들었으면 걸출한 실력가가 되었을 터인데…… 가르치는 자가 변변치 않아 발을 잘못 들이고 말았다."

"미련한 소인이 알아본 바로는 장성수가 초한 〈고려사〉의 비뚤은 문맥과 오자로 곤장을 맞았다 하는데……"

끙 소리를 내며 최만리가 다리를 바꾸어 포개 앉았다. 주름투성이 눈가에 약한 경련이 일었다.

"전하라는 용어를 폐하로 쓰고 세자를 태자로, 교서를 칙으로 씀은 전하의 윤허가 있었던 일입니다. 그 사실을 모르시지 않을 대제학께서 새삼 곤장을 치신 까닭이 무엇인지요?"

세상모르는 망아지 같은 새파란 겸사복이 대제학 앞에서 내뱉을 수 있는 말이 아니었다. 답변은커녕 곤장을 맞을 망발이었다. 하지만 어차피 뽑은 칼이요, 내지른 주먹. 채윤은 틈을 주지 않고 말을 이었다.

"소인의 좁은 깜냥에 오자는 명분일 뿐, 장저작은 그보다 더한 잘못을 저지른 것이 아닌지요?"

채윤은 분노로 쩌렁거리는 목소리를 기다리며 머리를 조아렸다. 하지만 들려온 목소리는 의외로 부드럽고 낮았다.

"네 말대로 장성수를 벌함은 〈고려사〉의 오자 때문이 아니라 학문을 대하는 그자의 그릇된 태도 때문이었다. 학사가 연구나 저술 중에 일으키는 크고 작은 실수야 어찌 탓할 수 있겠느냐? 하지만 그자는 학사로서는 볼 수 없는 끔찍한 책을 지니고 탐독했으니 어찌 용서를 바랄 것인가."

채윤은 꿀꺽 소리가 날 정도로 침을 삼켰다. 무언가 묵직한 것이 팽팽한 줄 끝에 걸리는 느낌이었다. 그것을 잘 다루어야 했다. 자칫 실낱 같은 추리의 팽팽한 줄이 끊어지면 진실은 영원히 검고 깊은 어둠 속으로 가라앉을 것이었다.

"그것이 어떤 서책입니까?"

"이것이다!"

시큼한 곰팡내를 풍기며 한 권의 책이 툭 던져졌다. 닳을 대로 닳아 반쯤 찢겨져 나간 표지에는 〈오장산법〉이라는 빛바랜 먹자 제목이 보였다.

"허튼 자들이 심심풀이 파적거리로 고안해낸 숫자놀음이다. 숫자로 숫자를 더하고 빼서 그 해를 같게 하고 복잡한 도형으로 머리를 어지럽힌다. 학사라는 자가 잡스런 책에 마음을 빼앗긴다면 어찌 그 죄를 가볍다 하겠느냐?"

가랑가랑한 목소리가 울리는 동안 분서장 재 위의 그림이 떠올랐다. 장성수는 서른 대의 곤장을 맞아 곤죽이 되어서도 그 숫자놀음을 놓지 못했던 것이다.

"또 한 가지 여쭙고 싶은 것은 박사 윤필에 관해서입니다. 죽기 전 장성수를 마지막 본 자가 윤필인데 그자의 말로는 대제학께서 분서 목록에 들어 있는 서책 한 권을 수습해오라 하셨다고……"

최만리의 눈 밑에 늘어진 살이 가볍게 떨렸다. 채윤은 머리를 조아린 채 차갑고 날카로운 첫소리를 기다렸다.

"나는 그자에게 그런 말을 한 적이 없다."

그 말은 명백하고도 단호했다. 무어라 덧붙이거나 뺄 필요도 없는 명백한 사실을 진술하는 어조였다. 더 이상 물어볼 말이 없었다.

윤필과 최만리. 둘 중에 한 명이 거짓말을 하고 있다. 장성수는 그 손에 윤필의 덧저고리 단추를 쥐고 그 둔부에 최만리가 새긴 멍 자국을 지니고 죽었다. 누가 거짓말을 하는 것일까?

"황송하오나 윤필은 그리 말하였으니 혹 대제학께서 기억하지 못하시는 것은 아닐는지요?"

"네 의혹이 정 그러면 돌아가라. 날이 밝으면 윤필과 함께 너를 대질할 것이니 진실이 밝혀질 게다."

최만리가 긴 숨을 내쉬자 등잔불이 흔들렸다. 검은 그림자가 방 안 구석구석에 일렁거렸다.

7

향원지 호숫가에서 아픈 과거를 회상하던 채윤은
은밀히 그곳을 지나던 뜻밖의 인물과 맞닥뜨린다.

집현전을 벗어났을 때는 어둠이 짙게 드리워져 있었다. 멀리 목멱(지금
의 남산)의 등성이가 거대한 짐승의 등줄기처럼 웅크리고 있었다.

새로 지은 건물 옆을 지나면 마르지 않은 송진 냄새가 은은하게 풍겼
다. 달빛을 머금은 은빛 연못이 눈앞에 펼쳐졌다. 향원지였다. 잘 축조된
사각형의 연못 가운데에 둥그런 섬이 떠 있었다. 백련은 이미 철이 지났
고 물은 고요한 어둠을 머금고 있었다.

채윤은 어두운 수면을 내려다보았다. 장성수가 죽은 열상진원은 향원
지의 서쪽 모서리에 있다. 언제나 차고 맑은 물이 솟는 둥그런 돌샘.

연못 가운데 둥근 섬에는 팔각의 정자가 서 있다. 취로정이라 했다. 취
로정으로 이어지는 긴 돌다리 난간에는 오롯이 등잔불이 빛나고 있었다.
소슬한 바람이 잔잔한 수면을 흔들었다.

이 적요한 궁궐로 들어온 지도 두 해가 흘렀다. 그러나 이 이물스런 공간
은 아직도 몸에 맞지 않는 갑옷처럼 무겁고 거추장스러웠다. 수많은 문과
급제자와 왕족들, 고관대신들을 먼발치에서 볼 때마다 채윤은 이곳이 자신

이 있어야 할 곳이 아님을 실감했다. 오래전의 행복한 한때가 떠올랐다.

여덟 살 무렵, 채윤의 아비는 경상도 상주 땅의 제법 큰 양반댁 소작을 부치고 있었다. 넉넉지 않은 형편이지만 양반댁에 매여 사는 노비들에 비하면 그나마 나은 사정이었다. 아비는 비록 무지렁이 농군이었지만 부지런히 어깨너머로 글을 익혔다. 어느 해인가 집을 떠난 아비는 꼬박 사흘 낮밤을 걸어 한 권의 책을 필사해왔다. 〈농사직설〉[24]이었다.

아비는 양반댁을 찾아다니며 모르는 글자를 한 자 한 자 물었다. 상놈이 무슨 글공부냐는 종자들의 주먹질에 입술이 터진 날이 하루이틀이 아니었다. 그렇게 돌아온 날에도 아비는 밤을 밝혀 글을 읽었다.

일 년이 지나서야 아비는 그 서책의 뜻을 익혀 농사를 지었다. 채윤은 그해 풍성한 소출을 기뻐하던 아비의 환한 얼굴을 아직도 잊지 못한다.

채윤이 열두 살 되던 해 삼남에 왕명이 내렸다. 누대로 오랑캐와 중국의 변방 세력에 밀려온 영토를 회복하기 위한 사민정책[25]이었다.

보위에 오른 주상은 나라의 땅을 회복하는 데 전력했다. 남으로 이종무 장군을 보내 대마도를 토벌했다. 북으로는 이징옥 장군을 보내 두만강 어귀 최북방에 영북진을 개척했다. 그 후 김종서 장군을 보내 새 진을 설치하였으니 그것이 회령, 경흥, 온성군이다. 이로써 조선은 오랑캐에게 짓밟혔던 실지를 회복하게 되었다.

하지만 변방은 마음 놓을 수 없는 땅이었다. 관군이 잠시라도 떠나면

---

24 세종 11년 정초, 변희문이 찬술한 농서. 각 도 관찰사에게 명을 내려 경험 많은 농부들에게 물어 조선의 기후와 토양에 맞는 농사법을 모았다. 종자 준비법, 땅을 일구는 법을 비롯해 벼, 보리와 밀 등 십여 종의 작물 재배법이 실려 있다.

25 세종 때 북방 개척으로 추진된 이민정책. 함길도 지역의 여진족 출몰을 막기 위해 함길도 남부 지역과 충청·경상·전라도에서 지원자를 받아 이주하게 했다. 이주자가 양인이면 관직을 주고 천인은 양인으로 삼았다.

다시 시도 때도 없이 출몰하는 야인의 땅이었다. 해결책은 우리 백성이 뿌리를 내리는 것뿐이었다. 경상·전라·충청 지역에 방이 붙었다. 북관으로 이주하면 농토를 분배받아 개간을 해서 자신의 농토를 만들 수도 있다는 것이었다. 부지런한 자라면 자신의 전답을 갖게 되는 것이고 큰 소출을 올릴 수도 있었다. 종살이하는 노비들에게는 곧 면천이었고 손바닥만 한 밭뙈기를 일구는 소작농들에게는 가멸(富)을 이룰 기회였다. 게다가 수확에 대한 공출 세금까지 면제하니 그 또한 큰 이득이었다.

그럼에도 사람들은 선뜻 나서지 않았다. 그 땅의 척박함과 기후의 불순함, 그리고 무도한 야인들을 두려워한 때문이었다. 수령의 명으로 강제로 뽑힌 자들은 손목을 자르는 자해를 하면서까지 이주를 피하려 하였다.

하지만 뜻있는 자들은 달랐다. 그들은 새로운 기회의 땅을 향해 떠났다. 일한 만큼 얻을 수 있는 땅을 꿈꾸며 짐을 꾸렸다. 탐욕스런 지주의 수탈에 시달리느니 거칠고 위험하지만 오히려 희망이 있는 땅을 택한 것이다.

아비 또한 왕명에 감읍하며 짐을 꾸렸다. 아내와 어린 아들 둘, 딸 하나가 딸려 있었다. 나라에서 하사한 소 한 마리가 끄는 달구지에 짐을 싣고 보퉁이를 이고지고 보름 길을 걸었다. 북관에 당도한 식구들을 맞은 것은 무서리가 덮인 하얀 땅이었다.

"저 얼어붙은 땅에 어찌 씨를 뿌리고 농사를 짓는단 말이오? 당장 돌아갑시다."

어질지만 황량한 땅에 질린 아내가 탄식했다. 그 얼어붙은 땅을 바라보며 아비는 말했다.

"비록 농사짓고 돌보는 사람이 없어 척박하나 주인 없는 처녀지요. 땅은 사람이 일구기에 달려 있으니 잘만 가꾸면 옥토가 될 것이오."

아비는 하얀 입김을 내뿜었다.

"이제 우리도 우리 땅이 생기는 거야요?"

일곱 살배기 막내 여동생 희아가 손뼉을 쳐댔다. 아비는 돌과 자갈투성이의 메마르고 거친 땅을 바라보며 어린 딸을 안았다.

"그래, 저 앞에 보이는 땅이 우리 땅이다. 우리가 저 땅의 주인이 된단 말이다."

채윤은 아직도 그 메마른 땅을 바라보던 아비의 젖은 눈을 잊을 수가 없다.

그러나 상황은 순조롭지 않았다. 수확철에는 수시로 야인들이 출몰했다. 살을 에는 겨울 추위에 죽어나가는 자들이 부지기수였다. 여름 가뭄과 겨울의 혹한으로 수백 명이 죽어나가고 역질이 덮쳐 마을 하나를 몰살시켰다. 얼어 죽는 소와 돼지도 부지기수였다.

개간을 하기 위해 꼭 필요한 소가 죽자 사람들은 다시 남쪽으로 발길을 돌렸다. 하지만 아비는 맨손으로 돌밭의 돌덩이를 가려내고 맨몸으로 쟁기를 끌어 거친 자갈밭을 개간했다.

무엇보다 두려운 것은 시도 때도 없이 들이닥치는 야인들이었다. 수확철이면 마을로 쳐들어온 야인들은 애써 지은 곡식을 싣고 사라졌다. 관군들은 전광석화 같은 놈들의 기민함을 따라잡지 못하였다. 아비는 마을 사람들과 활과 화살을 만들고 칼을 구해 놈들과 맞섰다.

채윤이 열다섯 살 나던 해 가을에도 놈들은 어김없이 들이닥쳤다. 몇 안 되는 마을 사람들이 변변찮은 무기로 맞섰지만 결과는 참담했다. 대항하던 아비는 결국 놈들에게 당하고 말았다. 놈들은 보복으로 마을에 불을 지르고 아녀자들까지 죽이고 달아났다. 겨우 살아남은 채윤은 마침 달려온 관군들에게 구조되었다. 그때부터 끝없는 복수가 시작되었다.

온성에서 회령으로, 다시 경흥으로…… 야인이 출몰하는 곳이라면 채윤은 어디건 달려갔다. 화살이 빗발치는 전쟁터를 달렸고 몰려드는 적들에 맞섰다.

놈들에게 당한 가족의 피는 수백 배 수천 배로 갚아도 지워지지 않았다. 오로지 죽이는 것만이 유일한 목적이 되었다. 쓰러진 자들이 내뿜는 피를 볼 때마다 더욱 분노가 끓어올랐다.

채윤은 병졸들 중에서도 가장 뛰어난 병졸이었고 싸움꾼 중에서도 가장 강한 싸움꾼이었다. 병졸들은 명령을 따라 싸웠지만 채윤은 복수를 위해 싸웠다. 병졸들에게는 돌아갈 고향이 있었지만 채윤은 돌아갈 곳이 없었다.

어떤 전투에서는 장딴지에 독화살이 박혔고, 어떤 전투에서는 가슴이 베였다. 하지만 상처가 아물기도 전에 다시 전쟁터로 달려갔다. 어느 여름, 어깨에 화살을 맞은 채윤은 진흙탕에 쓰러졌다. 어렴풋한 의식 속으로 단단한 음성이 들려왔다.

"사사로운 원한이나 복수를 위해 목숨을 아끼지 않는 무모한 짓을 말라."

채윤은 상처 입은 어깨에 바글거리는 구더기들을 털어주는 손길을 느꼈다. 김종서 장군이었다. 채윤은 그길로 김종서 장군의 휘하에 들었다.

조금씩 말을 달리는 평원이 넓어질수록 나라가 커지고 있음을 몸으로 느꼈다. 육진의 방비가 강건해지고 야인들의 도발도 뜸해질 무렵, 김종서 장군은 느닷없는 명을 내렸다.

"너는 곧장 한양으로 가서 성삼문이라는 자를 찾으라."

궐 생활은 몸에 맞지 않는 갑옷처럼 답답했다. 좁은 우리에 갇힌 들짐승처럼 채윤은 하릴없이 불안한 눈으로 서성댔다.

채윤은 이 나라 최고 권부의 실력자라 할 권신 사대부들을 똑똑히 보았다. 그들은 하나같이 새로 들어선 명(明)에 화친하려는 생각으로 가득했다. 사사로운 이야기를 주고받을 때도 알아듣지 못할 중국 말투를 흉내 냈다.

영토를 지키기 위해 북관의 눈보라 속에서 죽어가는 자들은 어느 나라의 백성이며 적요한 궁궐에서 관념의 성을 쌓고 안거하는 자들은 또 어느 나라의 백성인가?

멀리 북촌 어느 민가에서 개 짖는 소리가 들렸다. 어둠은 완전히 깊었고 사방은 고요했다. 겸사복청 쪽으로 발길을 옮길 때였다. 전각 담벼락을 따라 횃불이 너울거렸다. 내각사[26] 북쪽 후원은 낮에도 사람들의 통행이 뜸한 곳이다. 그런데 이 밤에 무슨 일일까? 점점 다가온 불빛에 비친 얼굴을 알아본 채윤은 황급히 허리를 숙였다.

"무휼 나리 아니십니까?"

갑작스레 등장한 채윤을 알아본 내시부 호위감 무휼이 흠칫 놀랐다.

"겸사복이 이 밤에 여기서 무엇을 하느냐?"

무언가를 하다 들킨 듯 당황한 무휼이 나무라듯 소리쳤다.

"대제학 어른을 뵙고 겸사복청으로 돌아가는 길입니다."

"궐 안이 흉흉하다. 일몰 후에는 통행을 삼가도록 하라!"

날카로운 핀잔을 준 무휼이 다시 바쁜 걸음을 옮겼다. 채윤은 엄청나게 큰 사내의 뒷모습을 바라보았다. 무휼은 곧장 주자소로 가는 모퉁이를 돌았다.

26 　경복궁 남서쪽에 궁궐 내 관청과 관원들이 생활하는 공간이 있던 지역. 왕을 측근에서 보필하며 학문과 행정업무를 담당했던 정무관서와 왕실의 생활을 보좌한 실무관서, 궁궐 수비를 맡은 군무관서 등이 있었다.

'주상전하를 지근에서 모시는 호위무사가 해진 후원에 웬일인가? 주자소라면 근정전에서 얼마 되지 않는 거리인데 어찌 후원을 둘러 간단 말인가? 게다가 이곳은 하급 잡역이나 무수리, 나인들의 통행이 잦은 곳이라 높은 벼슬아치들은 발걸음조차 꺼리는데……'

채윤은 고개를 갸웃거리며 겸사복청으로 발길을 옮겼다.

8

정별감은 까끌한 두 눈을 부릅뜨고 방문을 활짝 열었다. 싸늘한 밤바람이 찬물처럼 밀려들었다. 채윤에게 사건을 맡긴 것이 실수는 아니었을까? 성마르고 집착이 끝간 데 없는 놈이다. 그러나 천방지축 날뛰는 놈의 고삐만 잘 다룬다면 꽤 괜찮은 말이었다.

끼이익 하는 소리와 함께 대문이 열렸다. 정보관은 다탁 위의 식어버린 찻잔을 냉큼 들어 마셨다.

"이놈아! 어디를 싸돌아다니다가 이제야 오는 것이냐? 너를 기다리다 퇴궐 시간조차 놓쳤다. 성문이 닫혔으니 이제 꼼짝없이 겸사복청에서 나야 할 것 아니냐?"

정보관은 안달이 났다. 남촌 별채에서 더운 밥상을 차리고 기다릴 소실의 얼굴이 떠올랐다. 하지만 대궐에 큰일이 났으니 퇴궐은 언감생심 꿈도 못 꿀 형편이다. 당장 윗전에서 부르시면 범인을 잡아 대령하든지 아니면 목이라도 내놓아야 할 판이었다. 그는 이래저래 끓는 부아를 아랫것에게 퍼부었다.

채윤은 윤필을 만난 일과 최만리 대감을 찾아 집현전으로 간 일을 고했다. 정보관의 얼굴이 하얗게 질렸다. 정승 판서는 물론 대간들조차 함부로 하지 못하는 대현학의 면전에서 천한 겸사복 따위가 살인사건을 입에 올리다니…… 귀밑터럭이 바짝 서면서 소름이 오소소 돋아났다.

"네놈의 무례함이 끝이 없구나. 궁궐 뒷전 천것이 어찌 대제학 앞에서 살인을 들먹였느냐?"

채윤은 고개를 숙였다. 무례를 인정하기보다는 자신의 처지가 가엾어서였다.

겸사복청의 말단에게 걸맞지 않은 사건이 맡겨진 데에는 필시 이유가 있을 것이었다. 그러나 진실을 알려고 하면 할수록 점점 옥죄어오는 무엇이 있었다.

"윤필은 대제학께서 〈고군통서〉를 수습하라 하셨다 하고 대제학께서는 그런 일이 없다 하셨습니다. 천하의 대제학께서 거짓을 말할 리 없으니 이는 윤필이 자신의 죄를 덮기 위한 것이 아닐는지요?"

정별감의 두 눈이 휘둥그레졌다.

"〈고군통서〉라니? 허허!"

정별감이 헛기침으로 초조함을 드러냈다.

"그 저주받은 서책이 스무 해 전에도 궐 안에 평지풍파를 일으키더니 또다시 피를 부르는구나."

정별감의 목소리는 탄식이 되어 있었다.

"그 서책이 어떻게 되었습니까?"

"궐 안 비서고에 있던 그 책이 이틀 전에 감쪽같이 사라졌다는 고변이 들어왔다."

채윤은 뒤통수를 심하게 얻어맞은 느낌이었다.

"깊고 깊은 비서고에 숨겨둔 비밀의 서책이 사라지다뇨? 이틀 전이라면 장성수가 죽기 전날이 아닙니까?"

"비서고 서장관이 대제학께 책이 사라졌다는 고변을 올렸고 대제학께서 그 서책의 행방을 찾으라는 지시가 있었다."

무언가 아귀가 맞지 않았다. 대제학은 이미 사라진 책을 수습하기 위해 윤필을 분서장으로 보냈다는 말인가? 도대체 그 끔찍한 책의 정체는 무엇이란 말인가?

"〈고군통서〉가 어떤 책입니까?"

정보관의 얼굴에 핏기가 가셨다. 어째서 젊은 것들은 자신의 두 눈을 찌를지도 모를 위험에 마음을 빼앗기는가?

"아서라! 그 서책이라면 알 필요 없다. 더구나 너처럼 맹렬한 젊은 녀석이라면 말이다. 그 저주받은 책은 전도양양한 젊은 것들에게 오히려 치명적이다."

"도대체 무슨 서책인데 말도 못 꺼내게 하십니까? 어디 사람이라도 잡을 책입니까?"

채윤이 무릎걸음으로 한 걸음 다가가며 말했다.

"그래 말 잘했다. 그 서책이라면 사람을 여럿 잡고도 남았지. 지난 수십 년간 그 허황된 서책으로 목숨을 잃은 철없는 사대부가 몇이며 유배의 길을 떠난 자가 또 몇이더냐? 그러니 더 이상 묻지 마라. 네 명을 부지하지 못할까 두렵다."

정별감의 대답은 단호했다. 하지만 채윤의 집요함도 뒤지지 않았다.

"죽은 장성수는 그 책을 태우려 했고, 박사 윤필은 그 책을 수거하기 위해 장성수를 따라갔습니다. 그 책에 대해 알지 못하고는 단 한 치도 나아갈 수 없습니다."

정보관의 짙은 눈썹이 꿈틀거렸다. 이 녀석의 말에 틀림이 없다. 사건을 해결하는 결정적인 열쇠였다. 게다가 그 사연이라면 이미 십여 년이 지난 일이고 궐 안팎에서 알 만한 사람은 다 아는 일이 아닌가?

"그 서책에 대해 말하는 것조차 떨리고 망극하다. 사건 조사에만 국한하되 이 자리에서 듣고 잊어라. 역적죄로 사지가 찢기고 싶지 않거든 말이다."

채윤은 비감한 표정으로 고개를 숙였다. 정보관은 거친 곱슬수염을 잡아당기며 말을 이었다.

"내 궐 겸사복청 졸병 시절이었다. 어디서부터 온 것인지도 모를 한 권의 서책이 궐 안팎에 평지풍파를 일으켰다."

"조용한 궁궐 안에 평지풍파라니요?"

〈고군통서〉란 책을 읽은 숱한 사대부 자제들이 문초를 받고 장독으로 죽어나갔다. 의정부와 육조에서 나서고 성균관 대사성[27]까지 나서서 금서를 탄핵했다. 상왕전하께서는 문제의 서책을 모두 찾아 불태우고 그 서책을 집필한 자를 찾아 극형으로 다스리라는 하교를 내리셨다."

정보관이 잠시 두 눈을 감았다. 생각하면 할수록 치가 떨리고 소름이 돋았다.

"무도한 분서갱유도 아닌 바에야 어찌 서책을 불태우고 선비를 잡아들여 죽인단 말입니까?"

"왕실을 능멸하고 돌아가신 상왕전하를 폄훼하며 왕조를 뒤엎을 엄청난 내용이니 입에 담기 거북하다."

정보관이 눈썹을 여덟팔자로 일그러뜨리며 혀를 찼다.

---

27 성균관의 최고위 수장으로 실질적인 책임자. 정3품 당상관의 높은 벼슬이다.

"그토록 위험한 금서를 쓴 자는 누구입니까?"

채윤의 얼굴이 몹시 초조해 보였다. 정보관은 고개를 가로저었다.

"겸사복청과 의금부에서 샅샅이 뒤진 후에야 겨우 사건이 마무리되었다."

"그때 수합한 모든 필사본들은 어떻게 되었습니까?"

이미 답은 알고 있다. 최만리에게 들은 답을 다시 한 번 확인하듯 채윤은 물었다.

"엄격한 검서 절차를 거쳐 남김없이 분서되었다."

채윤은 거대한 열풍의 모래먼지 소용돌이 속에 서 있는 듯 어지러웠다. 수많은 의문들이 머릿속에서 혼란스럽게 맴돌다 명멸하고, 충돌하고, 다시 스러지기를 반복했다.

"그러면 그 서책은 단 한 권도 남아 있지 않단 말입니까?"

"마지막 남은 한 권의 원본이 궐 내 비서고 깊은 곳에 보관되어 있다."

정별감은 바쁘게 돌아가는 채윤의 머릿속을 들여다보듯 응시하며 칼로 무를 자르듯이 말했다.

"누구도 함부로 출입할 수 없는 곳이니 더 이상 그 서책에 대해 알려고도, 들으려고도 하지 말라."

채윤은 부르르 손을 떨었다. 겸사복이라지만 어디까지나 북관의 촌놈. 알아서는 안 될 일과 몰라야 할 일들투성이였다.

수수께끼는 더욱 복잡해졌다. 이십 년 전의 옥사사건과 저주받은 금서, 그리고 지난밤 분서터에서 일어난 살인사건…… 그것들은 어떤 고리로 연결되어 있는 것일까?

"변괴로다. 확실히 이것은 사람의 짓이 아니다."

정보관이 고개를 절레절레 흔들며 중얼거렸다.

"사람의 짓이 아니라면 귀신의 짓이란 말입니까?"

"네놈이 칠락팔락 대제학전을 어지럽히는 동안 직제학이 다녀갔다. 그 어른에게 이 사건과 관련된 제보를 들었으니 실마리를 삼도록 하라."

느긋하게 채윤을 내려다보는 정별감의 뿌듯한 얼굴이 이렇게 말하고 있는 듯했다.

'네놈이 아무리 밤을 새워 뛰어다녀봐야 허탕만 칠 뿐이다. 이렇듯 대청마루에 앉아서도 사건의 맥락을 정확히 파악하고 결정적인 단서를 확보하는 것이 겸사복청에서 잔뼈가 굵은 나의 신통한 재주다.'

"너는 달포 전부터 궁궐 안에 떠도는 황당한 소문을 알고 있느냐?"

채윤은 두 눈을 껌벅거렸다. 정별감이 그럴 줄 알았다는 듯 못마땅한 표정으로 호통을 쳤다.

"궐 안에 귀신이 돌아다니며 갖가지 변고를 일으키고 내시와 궁인들을 놀래키며 집현전 학사들에게까지 위해를 가한다 한다."

"대명천지 지엄한 궐 안에 귀신이라뇨?"

정보관의 목줄기에 힘줄이 불거졌다.

"다른 사람도 아닌 직제학의 말을 어찌 못 들은 척하겠느냐? 내 아랫것들을 풀어 소문을 캐낸바 확실히 귀신의 조화로밖에 생각할 수 없다. 천추전 쪽에서 밤만 되면 희한한 소리가 나고 사람 형상의 귀신들이 움직인다는 것이다."

당찮은 말에 채윤은 자신도 모르게 설핏 웃음이 났다.

"천추전이라면 주상전하 침소인 강녕전[28]의 부속전인데…… 그렇게 지

---

28 강녕전이란 이름은 정도전이 지었다. 홍범구주에 나오는 수, 부, 강녕, 유호덕, 고종명 등 왕의 오복 가운데 세 번째 복인 강녕을 딴 이름이었다.

밀한 곳에 귀신이 출몰하다니요?"

정별감이 못마땅한 듯 눈을 흘겼다.

"흠경각이라 하는 새 전각을 짓고부터 변고가 생겼다 한다. 기괴한 형상의 귀신들이 한밤중에 때가 되면 스스로 움직이고 소리를 낸다 한다. 처녀귀신은 요령을 흔들고, 무사는 북과 종을 치며, 십이지신이 돌아다닌다는 것이다."

"소문에 휩쓸린 궁인이 잘못 본 것이거나 허깨비일 수도 있습니다."

"헛것이 아닌 것이 근처의 궁인들 또한 그 소리를 들었다 한다. 한밤중에 귀신들이 덜거덕거리는 소리에 소름이 끼치는데 그럴 때마다 어디선가 물 흐르는 소리가 철철 들린다니 물귀신이 아닌가 한다."

"그 시각이 언제입니까?"

"매일 바루종[29]이 울릴 때가 되면 어김도 없이 귀신들이 깨어난다는 것이다."

"그러면 귀신들이 깨어나 움직이는 시간이 학사가 죽은 시간과 연관이 있다는 말씀입니까?"

"맹추 같은 놈! 이제야 내 말을 알아듣는구나."

"하오나 귀신이 한밤중에 학사를 살해한다는 말은 믿기 어려운데……"

"미련한 토 달지 말고 해괴한 귀신의 조화를 밝혀라. 귀신이면 썩 쫓아낼 것이고 귀신을 빙자한 악한 자의 수작이라면 반드시 죄를 물을 것이다!"

---

29 새벽에 물시계의 계측이 끝나는 파루(罷漏)에 맞추어 울리는 종. 저녁에는 인경 종소리와 함께 궁궐 문을 닫고 새벽에는 바루종을 쳐서 궁굴 문을 열어 통금을 해제했다.

가리온은 배가 고프다고 했다. 아침부터 있었던 검시 때문인 것 같았다. 이 살집 좋고 우람한 반인은 긴장할 때면 허기를 느꼈다.

채윤은 멀뚱한 눈으로 거칠고 우람한 사내를 바라보았다. 온 얼굴을 뒤덮고 있는 검고 억센 수염, 무엇 하나 크지 않은 것이 없는 얼굴과 눈, 코, 귀, 우람한 솥뚜껑 같은 억센 두 손……

"선달님은 대전 내시부 호위무사 무휼을 아십니까?"

가리온은 씹고 있던 육포를 퉤 뱉었다.

"대전 내시부 일을 어찌 나에게 묻는 것이냐?"

역정이 섞인 고함에 채윤은 찔끔했다. 이 마음 여린 반인이 왜 이리도 역정을 내는 것일까?

"여쭙기 면구스럽지만…… 고자가 되면 몸과 마음이 여인처럼 연약해지는 것이 아닙니까?"

가리온이 고개를 끄덕여 대답을 대신했다.

"그런데 어찌하여 무휼 나리는 고자로서 힘센 장정들도 하기 힘든 호위무사가 되었습니까? 무예란 강하기가 바위 같고 빠르기가 번개 같아야 하는데 연약한 여인 같은 몸으로 어찌 제대로 된 경지에 오를 수 있습니까?"

정녕 몰라서 묻는 말이 아니라 아는 사실을 확인하는 물음이라는 것을 가리온은 알고 있었다.

"예부터 당송의 강호명인들 중에도 거세한 자들이 많았다. 무예의 강함이 극에 달하면 그것이 오히려 유함이 되는 것이다. 강하고 빠른 것이 극에 달하면 유하고 느림만 같지 못하니 절대 고수들은 부드러움과 느림을 아우르는 방편으로 거세를 했다."

"거칠고 굳센 기운의 원천인 불알을 까고 부드러움과 유함을 취했다는 말이군요."

"절대 무공의 지극한 경지에 이를 수 있다면 고자 되기를 서슴지 않았던 것이다. 무휼의 경우도 그런 것이 아닐까 생각한다."

"하오나 무휼은 명예욕과 탐욕이 남달라 출세를 위해 고자가 되었다는 소문이 궐 안에 파다하더군요. 불알을 팔아서 권력을 얻었다는 소문이……"

"무슨 소리냐?"

"그는 주상전하께서 보위에 오르시기 전 세자익위사[30]의 병졸이 아니었던지요? 주상전하께서 보위에 오르신 후 대전위사로 가지 못하자 거세를 하여 내시부로 들어갔다 들었습니다. 결국 주상전하를 가까이에서 모시며 권력의 중심부로 나아갔다고……"

가리온이 눈살을 찌푸렸다.

"네가 뭘 안다고 나서느냐! 이놈아, 무휼이 세자익위사의 위사였을 때 너는 세상 빛도 보지 못했다."

"일몰 후 향원지에서 그자를 만났습니다. 주상전하를 바로 옆에서 모셔야 할 자가 어찌 한밤중에 후원을 헤맨단 말입니까? 게다가 수하조차 거느리지 않고 혼자 도둑고양이처럼 말입니다."

채윤의 눈은 이틀 만에 퀭하게 들어가 있었다. 집착은 사건에 달라붙어 모든 것을 잊게 했다.

"미심쩍은 면이 없지 않으나 네가 과민한 탓일 게다. 별일 아닐 터이니 혼란스런 정신이나 수습을 하려무나."

가리온이 찬장 미닫이를 열고 사발에 담긴 검은 액체를 내밀었다.

---

30 世子翊衛司. 세자를 경호하던 관청. 소속관원은 동궁위사(東宮衛士)라 하여 세자를 근접 경호했다.

"갖가지 약재를 곤 탕이니 머리가 어지럽고 혼란스러운 데 효험이 있을 것이다. 쭉 들이켜고 한잠 푹 자두어라. 내일 아침이 되면 또 내일의 해가 뜰 것이다."

채윤은 가리온이 내민 약사발을 들이켰다.

주자소_두 번째 죽음

조선시대 활자를 만들어 책을 찍어내던 곳.
1403년(태종 3년) 처음 설치했을 때는 지금의 충무로 근처에 있었으나
1435년(세종 17년) 경복궁 안으로 옮기고 집현전 학사를 파견하였다.
그때부터 조선의 인쇄술은 비약적으로 발전하게 되었다.

1

퀄 안 주자소에 불이 나고 또 다른 학사가 변을 당한다.

타닥타닥. 마른 나무가 타들어가는 소리가 들렸다. 마을이 거대한 불덩이가 되어 타오르고 있었다. 개마고원을 넘어온 건조한 바람이 훅훅 불어닥치자 불길은 너울을 이루며 초가지붕과 낟가리를 덮쳤다. 야인들의 말발굽 소리가 절그렁거리며 귓전을 어지럽혔다. 타닥타닥 소리를 내며 서까래가, 곧은 들보와 기둥이, 문설주가 타들어갔다.

"오마니!" "아바지!"

넋이 나간 채윤은 목청껏 소리치며 발을 굴렀다. 붉은 불길이 눈앞에서 날름거렸다. 숨 쉬기조차 답답하고 후끈거리는 온몸은 땀으로 끈적댔다.

악몽이었다. 채윤은 땀에 젖은 이마를 훔치며 머리맡의 자리끼를 들이켰다. 문풍지 사이로 싸늘한 바람이 땀에 젖은 가슴을 선득하게 지나갔다. 퇴궐하지 못한 채 잠든 좁고 초라한 숙직각. 불편한 잠자리에 들 때마다 아비와 어미를 잃었던 열다섯 살 무렵의 악몽이 떠올랐다.

등잔조차 없는 깜깜한 어둠 속에서 채윤은 오들오들 떨었다. 방문 밖에는 추적추적 빗소리가 들렸다. 문득 창밖이 불그스름해졌다.

날이 새려는 것인가? 어둠을 더듬어 문고리를 밀었다. 싸한 바람이 추적거리는 빗소리를 몰고 들어와 이마의 땀을 식혀주었다. 정신이 확 든 채윤의 두 눈이 커졌다. 캄캄한 하늘 한쪽이 벌겋게 달아올랐다.

"불이야!" 길게 꼬리를 늘어뜨린 혜성 같은 목소리가 어둠을 건너왔다. 채윤은 옷고름을 추스르며 댓돌 위를 굴러 내렸다.

불이 난 곳은 집현전 근처 주자소 쪽이었다. 어둠 속을 달리자 악몽이 다시 떠올랐다. 불타는 마을, 혼비백산한 사람들의 비명소리, 불길이 타들어가는 소리, 아우성과 혼돈, 그리고 죽음, 죽음……

머릿속이 하얗게 비어갔다. 하늘 위로 거세게 날름거리는 불길이 보였다. "불이야!" 소리를 지르며 채윤은 진창이 된 길바닥을 마구 달렸다.

중문을 열고 들어서자 불길에 휩싸인 주자소가 보였다. 혼비백산 잠에서 깬 잡역들이 뜰을 내달렸다. 몇몇 금군과 순시병들이 다른 건물로 불이 옮겨 붙지 못하도록 필사적으로 달려들었다.

채윤은 정신없이 퍼 나른 함지박의 물을 타들어가는 전각 안으로 퍼부었다. 비는 차가웠고 타오르는 불길은 뜨거웠다. 채윤은 그 차가움과 뜨거움의 접점에서 혼란스러웠다.

점점 굵어진 빗발이 그나마 불길을 잡아주었다. 아우성과 비명소리가 조금씩 잦아들었다. 약해진 빗발에 흠뻑 젖었을 때 먹물이 풀어지듯 미명이 다가오고 있었다.

채윤은 진흙탕이 된 몸을 벌떡 일으켜 사람들이 몰려 있는 곳으로 달렸다. 녹인 납을 거푸집에 부어 활자를 성형하는 주물방이었다. 앞뜰에 나뒹군 도가니에서 검은 납물이 뜰을 가로질러 흘렀다. 그리고 그 끝에 검고 붉은 덩어리가 엎어져 있었다. 관자놀이가 시큰하며 머리칼이 쭈뼛했다.

곁에 선 잡역의 횃불을 빼앗아 들이대자 참혹하게 일그러진 한 사내의 얼굴이 나타났다. 온갖 고통을 새긴 그 얼굴은 저물 무렵 보았던 학사 윤필이었다.

시신은 엎어진 도가니에서 두어 걸음 떨어진 곳에 있었다. 입고 있던 덧저고리가 타면서 온몸의 대부분은 심한 화상을 입었다. 두 손은 고통에 맞서려는 듯 굳게 주먹을 쥐고 있었다.

"누가 이 화재를 맨 처음 보았소?"

채윤은 눈살을 찌푸리며 나직이 말했다.

"날세!"

엉겁결에 옷가지조차 제대로 챙겨 입지 못한 주자소 공인이 나섰다. 가는 골격에 하관이 날렵하게 빠진 남자였다. 수염이 희끗희끗한 것으로 보아 마흔은 넘은 듯 보였다. 횃불이 흔들리며 사내의 얼굴 위에서 번들거렸다.

"주자소 맞은편에 잡역들이 거하는 합숙각에서 설핏 잠이 들려다 빗소리에 일어났지. 뜰 앞에 싸리비와 기둥을 보수할 재목들을 쌓아두었거든. 물을 먹으면 싸리비는 무거워지고 재목들은 뒤틀리니까 치워야겠다 싶어서…… 방문을 열고 나오는데 맞은편 주자소가 훤해지며 온통 불길에 휩싸인 거야."

"그렇다면 저 시신은 어떻게 된 것이오?"

"공인들이 혼비백산해서 물을 길어온다, 싸리비와 가래로 불을 끈다 난리였는데 정신을 수습해보니 윤필 박사님이 덜컥 걱정이 되는 게야."

"왜 하필이면 윤필 박사요?"

"원래 야근자가 셋인데 두 사람이 합숙각으로 돌아왔더군. 윤박사께서 오늘은 당신이 숙직을 설 테니 쉬라 하셨다더군. 지난 몇 달 동안 새 활자 연구로 제대로 자지 못한 공인들이 안쓰러우셨던 것이지. 인성이 어찌나 맑고 고우셨던지…… 우리 아랫것들에게도 함부로 하는 것을 본 적이 없는데……"

말을 맺지 못한 공인이 참혹한 시신에서 눈길을 외면했다.

"비가 오기 시작한 시각을 정확히 기억할 수 있겠소?"

"기억하다마다…… 내일 있을 전각 보수공사의 연장과 재목을 다 준비해두고……" 공인이 잠시 말을 끊고 멈칫거렸다. 채윤이 재촉하듯 눈에 힘을 주었다. 공인은 난감한 듯 입맛을 다시며 다가들었다.

"이건 자네만 알아야 하네. 만약 알려지면 내 모가지가 달아나게 될 테니까……" 공인이 겸연쩍은 듯 성긴 수염을 쓰다듬으며 말을 이었다.

"사실은 이리 무참한 일이 일어날 줄 모르고 이 미욱한 것이 잡역들의 투전판에 끼어들었다네. 집문서 땅문서가 오가는 큰 노름판은 아니야. 그냥 하루 일이 힘들고 처자식 떨어져 궁궐 안에서 지내는 신세라 긴 밤 파적거리 삼아 놀아본 것이라네. 투전패가 열두어 순배 돌았으니 꽤 시간이 지났을 게야. 방으로 돌아와 막 잠들려다 빗소리에 놀라 나갔더니 그 사단이 벌어진 게야."

"투전판을 끝내고 합숙각으로 돌아올 때는 비가 오지 않았다는 말이오?"

"그렇다네. 그나마 하늘이 도우시어 밤 소나기를 내려 불길이 번지는 것을 막으셨나보이."

공인이 감격한 어투로 하늘을 쳐다보며 말했다.

"혹 그때 천추전 쪽에서 이상한 소리를 듣지 못했소?"

"그렇지 않아도 천추전 쪽에서 징소리와 북소리가 들리고 물이 철철 흐르는 소리가 들렸네. 그것이 무슨 소린지 내내 궁금했는데 혹 자네는 아는가?"

"귀신이 깨어나는 소리였소."

채윤은 매캐한 연기 속에서 중얼거렸다.

날이 새자 현장은 빛 아래 드러났다. 빛은 어둠이 가리고 있던 진실들을 하나하나 말하기 시작했다.

검게 탄 전각은 빛 속에서 더욱 흉물스러웠다. 불에 그을린 기둥과 무너져내린 기와지붕이 을씨년스러웠다. 엎어진 도가니와 뜰 이곳저곳에 활자들이 널려 있었다. 빗물이 마르지 않은 뜰에 어지럽게 흩어진 발자국들은 지난밤의 아비규환을 말해주었다. 사람들은 이리 뛰고 저리 뛰었으며, 넘어지고 구르고 비틀거리며 뜰을 어지럽혔다.

"이건 아수라가 따로 없구먼…… 무슨 비가 갑자기 와서 증거를 쓸어가고는 진흙탕을 만들어버렸어."

헐레벌떡 달려온 정별감이 쯧쯧 혀를 찼다.

"진흙탕은 흔적을 남기지요. 마른 땅에는 남지 않는 움직일 수 없는 흔적을 말입니다."

채윤은 혼잣말처럼 중얼거리며 어지러운 발자국들을 조심스레 살폈다. 주자소 담 아래에 쪼그리고 앉아 줄자로 발자국의 폭과 길이를 쟀다. 그러고는 재생지와 허리춤의 세필을 꺼내 먹통의 먹을 묻혀 조심스레 본을 떴다.

"이 녀석아! 주자소 뜰에다 금덩이라도 묻어놓았나? 발자국들은 살펴서 무얼 하려고?"

채윤은 정별감을 윤필의 시체 앞으로 이끌었다. 어느새 달려온 가리온이 시신을 수습할 방도를 궁리하고 있었다.

"날이 밝는 대로 대제학 영감과 대질을 하려던 참이었는데 이 꼴이 되고 말았소."

가리온이 잡역 두 명을 시켜 사체를 옮겼다. 만신창이가 된 시신을 겨우 들것에다 옮긴 가리온이 입을 열었다.

"불에 탄 시체는 다른 시체보다 훨씬 가볍지. 숯덩이처럼 말이야."

채윤은 헛구역질을 참으며 눈살을 찌푸렸다. 들것 위 사체의 반쯤 탄 덧저고리 앞섶에는 옥단추가 보이지 않았다. 채윤은 사체가 들려나간 바닥을 세심하게 내려다보았다. 시체의 아랫배가 닿았던 바닥에 무언가가 반짝였다. 윤필의 옥단추였다.

"이놈아! 금덩어리라도 찾은 듯하더니 짝 잃은 덧저고리 단추 하나를 무엇에 쓴단 말인고."

"짝 잃은 단추가 아닙니다. 죽은 자의 단추 둘이 모두 제 손에 있으니……"

채윤은 두 개의 단추를 손바닥에 함께 놓고 까불렸다. 옥단추들이 부딪칠 때마다 잘그락잘그락 기분 좋은 소리를 냈다.

"이리 내거라. 이놈아!"

정벌감이 홱 옥단추를 낚아채갔다. 채윤은 조심스럽게 시체가 있던 자리를 살폈다. 시체 주위의 그을음을 경계로 안팎의 흙이 다른 색을 띠고 있었다.

"이상하지 않습니까? 시체가 있던 부분만 비에 젖지 않았습니다."

"아마도 불에 타면서 그 열기에 땅이 마른 게지."

채윤은 뚜벅뚜벅 주자소 아궁이로 다가가 불이 덜 꺼진 장작개비 하나를 들고 들어왔다. 그리고 한 손을 내밀고 그 위에 불붙은 장작을 스쳤다.

"보십시오. 불꽃의 열기는 아래쪽으로는 번지지 않습니다. 불길이 위로 타오르는 것은 그 열기가 위를 향해 흐르기 때문이죠. 그것은 물이 아래로 흐르는 이치와 다를 바가 없습니다."

"그럼 어찌 그 땅만 말라 있다는 게냐?"

"시체가 그곳에서 불타던 시각이 비가 오기 전이기 때문입니다. 그런데 화재를 발견한 공인은 불은 비가 온 후에 났다고 했지요."

"무언가 짚이는 것이 있단 말이렷다?"

"이 죽음은 화재 사고가 아니라 살인입니다. 윤필은 비가 오기 전에 숨이 끊어졌습니다."

"살인이라? 말조심을 하렷다! 이놈!"

"무휼 나리에 대한 의구심을 못내 떨칠 수가 없습니다. 그 시간에 주자소에 있을 사람이 아니니까요."

"아서라! 무휼 나리는 주상전하의 사람이다. 일을 그르치면 네가 다치게 될 것이다. 게다가 너는 그 사실을 증명할 아무런 증거도 없다. 무엇으로 네 말을 증명할 테냐?"

"그것을 증명하는 일은 소인에게 달려 있지 않습니다. 가리온 어른께서 하실 테니까요."

가리온은 검시를 부탁하는 말이라는 것을 알아차렸다.

"검안소로 사체를 옮기시오"

가리온의 말에 두 명의 순시병이 들것을 들고 일어섰다. 채윤은 일이 쉽지 않다는 사실을 절감했다.

겸사복이라 하나 육모방망이 하나 제대로 쓸 수 없는 신세다. 벼슬과 상관없이 양반이라고 하면 고개를 숙여야 한다. 사람을 죽이는 장면을 빤히 보아도 양반의 감투를 쓰고 있으면 체포할 수가 없다.

그런데 하물며 주상의 오른팔이라 할 호위감이라니……

2

정벌감은 윤필의 죽음을 사고사로 처리하려 한다.
집현전 학사들은 정신적 지주인 장영실이 실각하자 크게 동요한다.

연 이틀 제대로 자지 못한 데다 악몽에 시달렸던 탓일까? 명치께가 지르르하며 속이 쓰렸다. 겸사복청 정잿간에 들른 채윤은 후덕한 찬모가 챙겨주는 누룽지 한 사발을 후루룩 퍼 넣었다. 더운 기운이 들어가자 온몸이 나른하게 풀리며 피곤이 몰려왔다.

"아무리 쇠로 된 몸뚱어리라도 그렇게 굴렸다간 어지간히 골병들겠구만. 네놈 눈을 보니 실핏줄이 터져 말이 아니구나. 거기 잠시 눈 좀 붙여라. 누가 찾으믄 냉큼 깨워줄 테니⋯⋯"

채윤은 그 소리를 듣는 둥 마는 둥 "그럼⋯⋯ 아지매, 나 잠깐 눈 좀 붙일게" 하며 불쏘시개 더미 위에 풀썩 쓰러졌다.

"칠칠치 못한 놈. 젊은 거 하나 믿고 설치다 제명에 못 죽는 줄 모르구설랑⋯⋯" 찬모가 연신 혀를 끌끌 차며 솥뚜껑을 닦아냈다.

얼마나 시간이 지났을까? 용수철 튀듯이 벌떡 일어난 채윤이 매무새를 고치며 서둘러 나섰다. 총총 사라지는 채윤의 뒷모습을 찬모는 안쓰러운 눈으로 쳐다보았다.

겸사복청 누마루 위의 정별감은 느긋했다. 뜰 아래 엎드린 채윤에게 건들거리며 말했다.

"내 새벽부터 조사관들을 풀어 화재의 원인과 경위를 밝혔으니 용안을 바로볼 낯이 생겼다." 채윤의 두 귀가 쫑긋했다. 정별감은 억센 수염을 쓰다듬으며 고개를 쳐들었다.

"윤필은 장성수를 죽인 살인자가 분명하다."

"어찌 그렇습니까?"

"어젯밤 너의 보고도 있고 해서 내 직접 대제학 어른을 뵈었다. 윤필을 분서터로 보낸 적이 있느냐고 여쭈었는데 부인하셨다. 집현전을 이끄는 대제학께서 어찌 거짓을 입에 담으시겠느냐?"

"한 사람의 증언만으로 종결할 사건이 아닙니다."

"아둔한 놈! 네놈이 현장에서 확보한 증거가 여기 있지 않으냐? 보아라! 이 옥단추는 윤필이 장성수를 죽인 움직이지 못할 증거가 아니냐?"

정별감의 말은 사실이었다. 채윤 또한 장성수가 쥐고 있던 옥단추와 윤필의 단추를 확인하며 윤필을 범인이라고 굳게 믿었다. 윤필이 죽기 전까지는.

"지난밤 퇴궐을 금하는 겸사복청의 전갈을 받고 숙직각에 머물던 윤필은 자신의 범행이 탄로날 것이 두려워 고민하다가 깜빡 잠이 들었다. 그러던 차에 심지를 키워둔 등잔불이 서책에 옮겨 붙는 바람에 불이 났고 그 불이 몸에 옮겨 붙었다. 놀라 날뛰며 뜰로 뛰쳐나오다가 도가니를 엎었던 것이다."

어딘지 아귀가 맞지 않았다. 윤필이 장성수를 죽여야 할 이유가 무엇인가? 장성수의 시체를 우물에 던져넣은 의도는 무엇이었는가?

윤필의 죽음 또한 이해가 가지 않기는 마찬가지였다. 윤필의 시체가 있던 자리의 마른 땅은 무엇 때문인가? 그리고 시체 주변에 흩어져 있던 활자들의 정체는?

갖가지 의문이 머릿속을 맴돌지만 의문은 의문일 뿐이었다.

"정황으로 보면 그렇지만 윤필이 장성수를 죽여야 할 동기가 없습니다."

"그것 또한 분명하니 한 무수리에 대한 연정 때문이다. 교활하고 음탕한 무수리 년에게 두 명의 집현전 학사가 동시에 마음을 빼앗긴 거야."

"그 근거가 무엇입니까?"

"두 학사의 피살 현장이 명백히 증명해주고 있다. 장성수의 피살 현장에는 소이라는 무수리가 골몰했다는 마방진의 그림이 그려져 있지 않더냐?"

"그러면 윤필이 그 여인에게 마음을 빼앗긴 증거가 나왔습니까?"

"겸사복청 조사관들이 윤필의 방에서 찾아낸 문집 속에 무수리를 흠모하는 여러 행의 시구를 발견했다. 눈먼 욕정이 두 사내를 나락으로 떨어뜨린 것이다."

"저는 그렇게 생각하지 않습니다. 윤필이 장성수를 죽였는지는 확실치 않지만 윤필은 분명 누군가에게 죽음을 당했습니다. 교살당한 장성수가 익사로 위장된 것처럼 윤필 또한 화재로 인한 사고사로 위장되었습니다."

"그것을 무엇으로 증명할 것이냐?"

"증명할 길은 없으나……"

"증명할 수 없는 심증은 소용이 없다. 너는 명백하게 드러난 증거와 증언을 의심하느냐?"

채윤은 입을 다물었다. 별감의 고집을 꺾는 방법은 한 가지뿐이다. 그것은 증거였다. 부인할 수도 거부할 수도 없는 증거. 움직일 수 없고 사라지지 않는 명확한 증거. 증거는 어디에 있는가?

그 증거는 한 식경이 지나지 않아 두 사람 앞에 나타났다. 검시를 주재한 반인 가리온이 보낸 한 통의 소견서였다.

사자는 집현전 박사 윤필로 9월 스무이레 축시 무렵 절명한 자다. 몸의 거죽 사분지 삼이 불에 그을리고 얼굴과 등, 그리고 허벅지 부분이 거의 전소하여 탄화되었다. 다행히 배와 양팔은 화상 정도가 미미하여 개복절개한즉 사자의 폐에 이물질이 발견되지 않고 정상적인 기능을 한 것으로 보아 화재 현장에서 화연과 매연을 흡입한 흔적이 없다. 이는 사자가 화재 전에 이미 사망하였고 무호흡하였다는 강력한 증거다.

정별감은 다시 초조해졌다. 기껏 내린 결론이 다시 원점으로 돌아가고 말았다. 다 해결된 듯한 사건에 또 한 건의 살인사건이 보태진 격이었다. 하지만 채윤은 담담했다.

여전히 사건은 오리무중이고 단서는 허황하고, 의문은 쌓여가지만, 한 발 한 발 조심스럽게 딛는 발걸음은 느리지만 조금씩 빛을 향해 가고 있다는 확신 때문이었다. 그 빛의 끝이 어디인지 모른다. 하지만 갈 뿐이다. 확신을 가지고 한 걸음씩.

집현전 독서당은 정적 속에 가라앉아 있었다. 뜰 앞에 모여든 사람은 성삼문과 이개, 이석형이었다. 심각한 표정으로 서로를 바라보지만 누구도 먼저 말을 꺼내지 못했다. 한참 후에야 침묵을 깬 사람은 연장자 이개였다.

"이틀 동안 두 학사가 죽었다. 우리들 중 누가 다음 차례인가? 근보 자네인가? 아니면 석형인가?"

모두가 묵묵부답이었다. 침묵 속에서 불안감이 커져갔다. 모두가 일어나지 않기를 빌었던 일이다. 그러나 그 일은 일어나고 말았다. 설마설마 불안해하던 학사들은 그 참혹한 죽음이 자신들을 향해 조여오는 거대한 그림자 같았다.

"도대체 어떤 작자가 이렇게 무엄하고 참혹한 짓을 저지른단 말인가?"

다혈질에 괄괄한 이석형이 안절부절못해했다. 지난밤 장성수의 죽음을 염려했으나 날이 밝자 희생자는 둘로 늘었다. 이제 다음 희생자를 걱정해야 할 판이었다.

"검사복청에서는 성수와 필의 변고를 치정으로 보고 있더군. 두 사람의 피살 현장에서 같은 여인을 의미하는 단서가 나왔다는 것일세. 혈기에 들끓는 젊은 학사들이니 있을 수 없는 일은 아니겠지. 별감은 어떻게든 이 사건을 여기에서 마무리하려 들고 있어. 자신의 목이 걸린 일이니 당연하겠지."

삼문이 조용히 고개를 숙이며 말을 맺었다. 그 판단이 오히려 다행일거라고 생각한 것은 삼문만이 아니었다. 죽은 두 학사에게는 미안하지만 단순한 두 사람의 치정 때문에 벌어진 일이라면 죽음은 지난밤으로 끝날 것이었다. 그렇다면 더 이상 불안해할 일도 없었다.

중문 쪽에서 삐걱 소리가 났다. 벌컥 문짝을 밀치고 뛰어든 사람은 관복도 입지 않은 이순지였다. 입술은 바싹 말랐고 불안으로 동공이 커져 있었다.

"큰 변고가 생겼다네. 대호군…… 장영실 어른께서…… 벼슬을 뺏기고 하옥되셨다네."

이순지의 말은 좌중에 찬물을 끼얹었다. 누구 하나 어떻게 된 일인지 물어볼 엄두를 내지 못했다.

"대호군은 주상전하께서 손발처럼 아끼시는 분이 아닌가?"

이석형이 분에 겨운 목소리로 나섰다. 이순지가 더듬거리며 말을 이었다.

"보름 전 대호군께서 감독하여 만든 안여(임금이 타는 가마)의 뒤쪽 용머리 장식이 부러진 죄를 물었다는 것일세."

"수십 명의 나졸들이 메는 큰 안여의 작은 장식 하나 부러진 일이 뭐가 대수인가? 주상전하의 안위와는 전혀 상관없는 그깟 사소한 실수로 어찌 대호군을 파직하고 투옥까지 시킨단 말인가? 그렇다면 이 궁궐의 녹을 먹는 모든 관리들이 투옥되고 물고를 당해야 하겠거늘……"

박팽년이 야윈 뺨을 쓰다듬으며 말했다.

대호군 장영실. 주상의 대군 시절부터 상의원[31] 직장을 지낸 공장. 천문과 의기와 금속을 궁리하여 물시계를 만든 장인이었다. 중국에 두 번이나 유학한 그의 손끝에서 수많은 기술과 의기와 격물들이 비롯되었다.

궁궐 안에 간의대를 축조하고 관측의기를 만들었으며 해시계, 물시계, 별시계를 만들고 악기, 무기 개량과 고강도의 합금으로 만든 금속활자에까지 그의 손길이 미치지 않은 것이 없었다. 이태 전에는 종3품 대호군 벼슬까지 하사받지 않았던가?

"주상전하의 안위를 해하는 죄는 열 배 백 배 곱하여 벌하는 불경죄이니 쉽게 넘어갈 수야 없지만……"

이석형은 흥분이 가라앉지 않은 듯했다.

"그렇다 해도 옥체가 상하신 것도 아니고 봉변을 당한 것도 아니니 곧

---

31 왕의 의복 및 궐내의 재화, 보물 등 물품을 맡아보던 관청.

풀려나고 복직될 거야."

박팽년은 역시 사태를 긍정적인 쪽으로 파악했다. 그의 말은 모두에게 실낱같은 안도를 주었다.

정인지가 젊은 실용파 학사들의 학문적 주춧돌이라면 장영실은 그들의 정신적인 지주였다. 그는 젊은 학사들에게 실용적인 격물의 지식을 끊임없이 전해준 대스승이었다. 모두는 박팽년의 말대로 사태가 하루빨리 수습되어 원래의 자리로 돌아오기만을 바랐다. 그러나 이순지는 겁먹은 눈을 깜빡이며 고개를 가로저었다.

"일이 그렇게 쉽지가 않아. 주상전하의 안위에 관련된 일이라 그냥 넘어갈 수 없다는 상소가 빗발쳤다네. 중신들뿐만 아니라 성균관 유생들까지 들고 일어났네. 곤장 팔십 대를 친 후에 궁궐에서 쫓아내라는 상소를 올리고 있어."

이순지의 격앙된 말을 삼문은 입술을 지그시 깨물며 듣고 있었다.

"곤장 팔십 대면 젊은 장정들도 초죽음이 되는데 쉰을 넘은 어른이 어찌 버티시겠나? 이는 주상전하의 손발을 자르려는 모략이야."

삼문은 턱수염을 잡아당기며 고개를 가로저었다.

"자네는 어찌 그리 패배적이고 실없는 소리를 입에 올리는가? 그분이 무슨 잘못이 있어 삭탈관직을 당하고 장독을 품은 채 궁궐을 떠나야 하는가?"

성정 급한 이석형이 손바닥을 치며 소리쳤다. 삼문은 그럴수록 목소리를 낮추어 말했다.

"오래전부터 대호군은 중신들에게 눈의 티끌 같은 존재였네. 대호군은 궁궐 곳곳에 천문을 탐구하는 간의대를 비롯한 물건들을 설치했으니까……"

삼문의 나직나직한 말이 화원을 떠돌았다. 가만히 듣고 있던 팽년이 말을 받았다.

"근보의 말이 옳아. 대호군은 그 출신이 천한 기생의 아들이 아니던가? 도천법³²으로 출사했으나 중신들은 그것 또한 못마땅했겠지. 게다가 주상전하의 총애를 독차지했으니 질시가 오죽했을까?"

"대호군의 선조는 원나라 사람으로 고려 조정에 출사했던 권문이었네. 그러니 어찌 기생의 아들이라 천히 여길 수 있는가? 게다가 주상전하께서는 그를 관노의 신분에서 면천시키시고 종3품의 벼슬까지 내리시지 않았나?"

"관노의 자식이 종3품의 중신이라니 볼멘소리가 나올 만도 했겠지. 눈엣가시처럼 대호군을 노리던 그들이 작은 잘못을 빌미삼아 숙청하려 든 것이야."

삼문의 말에 누구도 입을 열지 못했다. 삼문은 그 자리에 감도는 두려움의 정체를 뚜렷이 알 수 있었다. 이틀 전 죽은 장성수와 지난밤 죽은 윤필, 그리고 직첩을 빼앗기고 하옥당한 채 출궁의 위기에 몰린 대호군 장영실……

그들을 노린 칼끝이 또한 자신들의 목줄기를 겨누고 있다는 사실을……

---

32 천민 중에 능력 있는 인재를 등용하기 위한 제도.

3

검안소의 지하 밀실에서 채윤은 의문의 단서들을 발견하고
윤필이 수행한 업무를 알게 된다.

검안소 밖 돌절구에 걸터앉아 육포를 질겅거리던 가리온이 진홍색 육
포를 쭉 찢어 건넸다.

"씹어보아라. 최상급 안심을 그늘에서 꼬박 열흘 동안 말렸다."

육포 한 조각을 구겨넣고 씹는 채윤을 흐뭇하게 바라보며 가리온은 말
을 이었다. "구수한 맛이 일품인 데다 원기를 북돋워주지. 원나라 놈들이
전쟁에 나갈 때 말 잔등에 꼭 싣고 나가는 것이다. 이것 한 덩이면 왼종일
을 굶어도 끄떡없으니까……"

채윤은 가리온이 내민 육포를 북 찢어 입속에 구겨넣었다.

"사체에 뭔가 특별한 건 없나요? 공식적인 검안소견 말고……"

"윤필이란 그 작자 장성수와 같은 곳에 비슷한 문신이 있더군."

"지금 어디 있죠? 볼 수 있나요?"

가리온이 두툼한 엉덩이를 툭툭 털며 일어섰다.

검안소는 해가 중천에 떠오른 대낮인데도 적요했다. 이곳이 어떤 곳이
라는 걸 아는 사람은 누구도 얼씬하지 않았다. 검안실 안으로 들어서자

으스스한 기운이 온몸에 감돌았다. 가리온은 빙긋 웃으며 부싯돌을 꺼내 방 한구석에 걸린 등잔에 불을 붙였다.

"대낮에 무슨 등잔이오?"

"이 맹랑한 친구야. 어둠은 밤에만 있는 것이 아니야."

가리온은 등잔을 들고 벽 한쪽의 문을 열었다. 어두운 통로에서 서늘한 바람이 쏟아져나왔다. 등잔 불빛이 후루룩 흔들렸다. 가리온은 말없이 문 안으로 들어갔다. 채윤은 섬뜩한 기분을 애써 누르며 가리온의 뒤를 따랐다.

문 안에는 아래쪽으로 이어지는 계단이 이어졌다. 채윤은 일렁이는 불 그림자를 쫓으며 계단을 내려섰다. 계단이 끝나자 어둠에 싸인 밀실이 나타났다.

"수라상에 진상하고 남은 고래 고기로 짠 기름이다. 보통 등잔보다 두 배는 밝지." 고래 기름 등잔에 불을 켜자 주위가 밝아왔다.

"여기가 어디죠?" 채윤이 떨리는 목소리로 물었다.

"시체를 잠시 보관하는 장소다. 사자는 땅 아래 어둠 속에 있어야 가장 편한 법이 아닌가? 땅을 세 길이나 팠으니 여름에도 부패할 염려가 없고 겨울에는 얼어 터지지도 않지."

밀실 가운데 침상에 덮인 하얀 광목천을 젖히며 가리온이 말했다.

채윤은 얼굴을 찡그리며 소스라치게 놀랐다. 참혹하게 그을리고 뒤틀어진 윤필의 시체였다. 지난 새벽 황망중에 보았지만 이 낯설고 음험한 공간에서는 섬뜩함이 더했다.

가리온은 반쯤 그을린 시신의 팔뚝을 가리켰다. 그곳에는 장성수의 시신에서 발견했던 것과 유사한 문신이 있었다.

"처음에는 불에 그을린 자국인가 했는데 자세히 보니 인위적으로 새긴 문신이 분명했다. 모양은 다르지만 장성수의 문신과 공통점이 있는 것 같아."

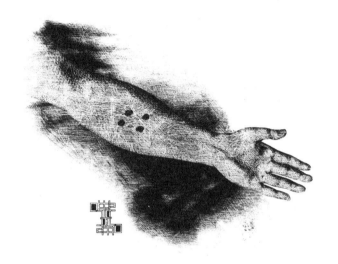

채윤은 문신을 뚫어지게 바라보았다.

시신에서 무언가를 더 발견해야 했다. 모든 살인은 증거를 남기고 모든 사체는 침묵으로 웅변한다. 죽은 자는 말하지 않지만 드러내 보이고 있다. 그것을 발견하는 것이 채윤의 몫이었다.

채윤은 사체를 이 잡듯이 관찰했다. 불끈 쥔 사자의 주먹은 온몸을 다해 불온한 운명에 저항하는 듯했다. 그 주먹 속에 분노와, 고통과, 억울함과, 지키고 싶은 모든 것이 들어 있을 터였다.

채윤은 꽉 쥔 시신의 손가락을 펼쳤다. 옥단추를 들고 있던 장성수처럼 윤필 또한 그 주먹 속에 무엇을 쥐고 있을지 알 수 없었다. 하나 둘 힘겹게 손가락을 펼치자 작은 쇳조각 같은 것들이 흔들리는 불빛에 반짝였다. 채윤은 잠자리를 잡는 소년처럼 조심스럽게 금속조각을 집어올렸다.

"활자다."

채윤이 중얼거렸다. 그것은 물 수(水)자를 뒤집은 모양으로 주조한 활자였다. 채윤은 깨알을 주워 모으듯 윤필의 손아귀 안에서 반짝이는 활자들을 주워 모았다. 양손에서 모두 열한 자의 활자가 나왔다.

根, 之, 木, 風, 亦, 源, 之, 水, 旱, 亦, 渴.

어젯저녁 윤필은 말했다. 대장장이처럼 주자소의 주물이나 만지는 일이 가문의 명예에 외람되다고. 그러나 그는 자신이 그토록 경멸하던 활자를 부여쥐고 마지막 순간을 맞았다.

이 활자들의 의미는 무엇인가? 윤필은 왜 죽는 순간까지 이 활자들을 놓지 않았을까?

머리가 아파오며 구역이 치밀었다. 밀폐된 지하실이어서일까? 시신 때문일까? 채윤은 손으로 입을 막고 구토를 억누르며 계단을 뛰어올랐다.

삼문은 착잡한 듯 입술을 깨물었다. 짙은 눈썹 아래 맹수 같은 눈빛이 빛을 발했다. 그 눈빛은 무모한 젊은 겸사복을 찌르는 듯했다. 채윤은 애써 아무렇지도 않은 척 물었다.

"학사 윤필에 대하여 소인이 알아야 할 사실을 말씀해주십시오."

"그자는 지난 경자년 문과 급제 후 집현전으로 왔다. 권문세족인 윤집주 대감의 장자로 장래가 촉망되는 인재였다. 집현전에서 활자를 새로 주조하고 인쇄기를 쇄신하라는 전하의 교지를 받들어 서책 간행을 주관했다."

"뜨거운 쇳물과 씨름하며 모랫더미 속에서 활자를 헤집는 주자소 일은 대장장이나 할 일이지 문과 급제한 사대부의 일은 아니지 않습니까?"

도발적인 질문이었다. 삼문은 귀찮은 듯 얼굴을 찌푸렸다.

"학사의 업무에 귀하고 천함이 어디 있으며 어명을 따르는 데 어찌 호불호를 따지겠느냐?"

"소인은 나리께 소인이 알고 있는 것이 아니라 알아야 할 것을 말씀해달라 청하였습니다."

"내가 네 앞에 무엇을 숨기고 있다는 말이냐?"

"장성수가 〈고려사〉 편찬에 관여했다는 말씀을 빼놓으셨습니다."

삼문은 난감한 듯 먼 산으로 눈길을 돌렸다. "소인이 그 사실을 알아서는 안 됩니까? 아니면 숨겨야 할 다른 까닭이 있습니까?"

채윤의 목소리가 떨렸다. 삼문의 얼굴에 당황스런 빛이 떠올랐다.

"아서라! 이놈! 젊은 놈이 허망한 영예를 좇아 현자를 윽박지르려 하느냐? 사건과 관련이 없는 일로 혼선을 빚지 않으려 했는데 나의 허물을 묻는 게냐?"

채윤은 상관치 않고 말을 이었다.

"소인은 아무것도 보려 하지 않을 것입니다. 다만 진실을 보고 싶을 뿐."

삼문은 채윤의 눈을 피했다. 그렇다. 이 어리고 곧은 젊은이에게는 잘못이 없다. 잘못이 있다면 오점 없는 이 영혼을 더럽힌 나이든 자들에게 있을 뿐.

삼문이 결심한 듯 입을 열었다.

"도움이 될지 모르겠다만 윤필에 대해 네가 모르는 사실이 있다."

채윤의 목울대가 꿀꺽 움직였다.

"윤필은 최근 오래된 여요를 필사하고 수집하는 데 몰두했다."

"여요라면 음탕한 데다 인간의 희로애락을 그대로 노출하였다 하여 금지된 고려가요 아닙니까?"

"며칠 전 윤필이 나를 찾아와 여요 몇 자락의 필사본을 내밀며 들은 적이 있냐고 물었다."

"귀한 가문의 자제이자 집현전 학사가 어찌 시전잡배들도 입에 담기 꺼리는 상열지사를 채집하였습니까?"

삼문은 난감한 듯 수염을 휘휘 쓰다듬을 뿐이었다. 채윤은 등골이 서늘함을 느끼면서도 자신도 모르게 한마디를 던지고 말았다.

"그것은 혹시 거역하지 못할 명 때문이 아닙니까?"

삼문의 표정이 험악하게 굳어졌다. 집현전 학사에게 거역하지 못할 명이 무엇인가? 어명 외에는……

"네놈의 오만이 도를 넘었구나. 물러가라!"

채윤은 허리를 숙이고 물러났다. 젠장할…… 양반이란 것들은 켕기는 게 있으면 고함부터 지르게 마련이다.

4

채윤은 이어지는 사건들과 연관된 의문의 여인을 찾아나서지만
사건의 실마리는 얻지 못한다.

교태전 뒤편 후원은 겸사복 따위에게야 그나마 마음 편한 장소였다. 대신
이나 관원들의 발길이 아예 닿지 않는 데다 무수리, 나인들의 왕래조차 뜸한
한적한 곳이었다. 후원으로 통하는 통문을 지나자 가을의 향기가 코끝을 찔
렀다. 구수한 낙엽 냄새와 매캐한 연기가 낮은 돌담을 따라 감돌았다.

중문을 들어서자 눈이 부셨다. 뜰 가득 널린 새하얀 빨랫감 때문일까?
아니다. 커다란 함지박 앞에서 빨래를 부비는 한 여인 때문이었다. 반듯
하게 쪽진 머리, 단아한 이마. 두 눈은 맑았고 뺨에는 홍조가 어려 있었다.

사실을 말하자면 채윤은 여인 앞에서는 고개도 들지 못하는 숙맥이었
다. 수많은 나인과 무수리 들이 여자로 보인 적도 없었다. 그들은 곧 주상
의 여인들이었다. 그 얼굴을 똑바로 보는 것만으로도 씻을 수 없는 불충
일 것이다.

그런데 한 여인이 눈 속으로 빨려들어오고 있었다. 장성수가 남긴 마방
진을 풀었다는 무수리. 윤필이 적은 시구 속에 등장하는 그 의문의 여인.

젖은 손을 앞치마 자락에 닦는 여인의 눈길은 약간의 경계심을 드러냈다.

"궐내 겸사복 강채윤이오. 대전 상궁 무수리 소이를 만나야 하겠기에……"

여자가 절제된 동선으로 자신의 표정 없는 얼굴을 가리켰다. 의사를 표현하는 간단한 몸짓은 우아하기까지 했다.

"남녀칠세부동석이라 하나 살인을 캐는 수사이니 분명하게 답하시오."

여자가 단아한 눈빛으로 고개를 끄덕였다. 그 몸짓이나 표정이 자신을 놀리는 것 같아 은근히 부아가 치밀었다. 대전 무수리 따위의 콧대가 이리 높단 말인가? 살인사건을 조사하는 겸사복의 취조를 어찌 콧방귀로 대하는가?

채윤은 품속에서 구겨진 종이 한 장을 꺼내 내밀었다.

"이 그림이 무엇을 뜻하는지는 알 것이오."

여자가 얼음처럼 무표정하게 눈을 내리깔고 종이를 보았다. 무슨 말이 나오기를 기다렸지만 여전히 침묵뿐인 미소였다.

"대전 상궁의 세도가 높다 하나 겸사복청으로 압송할 수도 있소. 옥간에서 곤욕을 치르고 싶소!"

여자가 당혹스런 표정으로 발갛게 부르튼 손을 가로저었다. 그때서야 소이를 만나겠다는 말에 난감해하던 이순지의 '직접 만나보면 알 터'라는 알 듯 모를 듯한 대답이 생각났다.

순지가 난감해한 이유는 그녀의 입이 열리지 않기 때문이었다. 정확히 말하면 입이 열리기는 했으나 말이 나오지 않았다.

배신을 당한 것처럼 난감했다. 두 사건 현장에서 공통적으로 발견된 단서의 장본인이 말을 하지 못하다니……

여자는 채윤의 마음을 읽고 있는 듯 서두르지도 재촉하지도 않았다. 그녀는 말하지 않으면서 말하는 법을 알고 있는 듯했다. 채윤은 혼란스런 머릿속을 수습하며 그녀를 똑바로 보았다.

"이틀 전 학사 장성수가 죽은 현장에 있던 그림이오. 그리고 어젯밤 죽은 학사 윤필의 서책에는 그대를 칭하는 시구가 남겨져 있었소. 그대는 이 점에 대해 대답하여야 할 것이오."

그녀는 대답하지 않았다. 그 눈빛에서 무언가를 읽어내려 애썼지만 허사였다. 그 눈빛은 지금 이곳이 아닌 먼 세계를 떠돌고 있는 듯이 보였다.

그녀는 허리춤에서 작은 먹통과 세필을 꺼내들었다. 말하지 못하지만 알아들을 수는 있는 것 같았다. 가는 붓끝이 움직일 때마다 글씨가 나타났다.

"不知(알지 못하오)."

채윤은 그녀의 단호한 눈빛에서 말하지 않는 무언가를 보았다. 죽은 자들과 이 여인을 묶어 생각한다면 한 걸음도 나아갈 수 없었다. 대신 이 여인이 할 수 있는 대답을 구해야 했다.

"그대가 알듯 이것은 마의 숫자놀음이오. 사문난적의 죄를 물을 사술을 다른 사람도 아닌 집현전 학사가 즐기고 있었소. 대전 무수리인 그대 또한 그 죄를 벗을 수 없을 것이오."

주춤하는 사이 그녀가 세필로 쓴 종이를 내밀었다.

"數 無 意(수에는 뜻이 없소)."

마방진은 단순한 숫자의 나열일 뿐 마법과는 상관없다는 뜻일까? 하기야 숫자에서 무슨 의미를 찾는단 말인가? 단 석 자의 글은 그녀의 가슴속에서 들끓는 생각을 웅변하고 있었다.

이 여인이 아는 글자라고는 백 자를 넘지 않을 것이었다. 不, 可, 數, 知…… 그것은 그녀가 삶을 영위하는 데 반드시 필요한 의사소통의 수단이었다. 선비들이 하루 종일 마주하고 읽어대는 책상 위의 죽은 글자가 아니라 살아서 움직이는 글자, 자신의 뜻을 누군가에게 전할 수 있는 글자였다.

"이런 형태의 삼방진이 있을 수 있소?"

"不(아니오)."

글자는 숫자처럼 간략했지만 명확했다. 말하는 자들은 말로써 말을 만들고 말을 짓밟는다. 말로써 거짓과 아첨을 밥 먹듯이 하고 사람을 속이고 죽이기까지 하는 것을 채윤은 똑똑히 보아왔다. 그러나 수는 거짓을 모른다. 하나에 하나를 더하면 둘이 되고 하나에서 하나를 빼면 아무것도 남지 않는다. 이 여인 역시 수와 셈의 그 정확성과 명료함에 천착하는 것일 터이다.

채윤은 주절주절 늘어놓는 자신의 말이 부끄러웠다. 하지만 반드시 들어야 할 말을 듣기 위해서는 말해야 했다.

"이 방진의 그림으로 두 가지 유추를 할 수 있소. 하나는 마방진을 풀던 장저작이 여러 숫자를 대입시키던 중 살해당했다는 것이오." 여인은 무언가를 들킨 것처럼 초조한 낯빛이 되었다. "이 경우 장저작은 마방진의 해법을 전혀 몰랐을 것이오. 또 한 가지는……"

채윤이 말을 끊었다. 맑은 눈빛이 보일 듯 말 듯 흔들렸다. 그러나 흔들림은 수면을 스치는 제비처럼 순식간에 지나고 이내 거울처럼 잔잔해졌다.

"이것이 마방진이 아닐 수도 있다는 것이오. 그림들이 숫자가 아닌 다른 기호일 수도 있을 것이오."

여인은 애써 초조함을 감추려는 듯 채윤을 빤히 쳐다보았다.

"我 不知(나는 알지 못하오)."

글씨를 쓰는 그녀의 손끝이 떨리고 있었다.

거짓을 허용하지 않는 숫자와 셈처럼 그녀 또한 거짓말을 하지 못했다. 이로써 채윤은 그녀에게 묻고 싶었던 질문의 대답을 얻어냈다.

'학사들의 죽음과 이 여인이 관련 있는가?' 대답은 '그렇다'였다.

"마지막으로 묻겠소. 이 수 배열이 틀리다면 정답은 몇 가지요?"

"唯一(단 한 가지요)."

관자놀이에 뜨거운 피가 확 소용돌이쳤다. 삼방진의 정답은 단 한 가지.

"그 배열을 보여줄 수 있겠소?"

"自解."

채윤은 그 두 개의 글자를 지그시 내려다보았다. 스스로 풀릴 것이다? 혹은 스스로 풀어라? 어느 쪽이든 좋다.

그렇게 생각하며 채윤은 돌아섰다.

5

채윤은 집현전 학사들의 신체를 검열하려 한다.
최만리는 금서의 행방에 대해 알 듯 모를 듯한 말을 한다.

중문을 들어서는 채윤을 정별감은 떨떠름한 눈길로 바라보았다. 저 건
방진 놈을 바로잡을 때가 바로 지금이다.

"윤필의 죽음이 살인이라 했겠다? 그 말을 증명할 증거가 나왔더냐?"

정별감이 피식 웃으며 채윤의 핏발 선 눈을 쏘아보았다.

"반인 가리온의 검시소견 외에 어떤 증거를 원하십니까?"

정별감의 털끝이 바르르 떨렸다. 방자한 놈. 역시 어린 녀석에게 일을
맡기는 것이 아니었다. 혈기만 믿고 방자하게 날뛰다가는 화를 자초할 것
이다.

"윤필을 죽인 자를 내 앞에 데려오너라. 아니면 여기서 사건을 접어
라."

궁에서 지낸 삼십 년은 아무 일도 없는 것이 가장 좋은 것이라는 믿음
을 강고하게 만들었다. 가능한 한 일을 벌이지 않는 것이 현명했다. 문제
가 좀 있더라도 견딜 만하면 그대로 견디는 것이 나았다. 조금만 운신을
잘못해도 어디서 어떤 칼날이 날아올지 알 수 없었다. 죽은 듯 엎드려 아

랫것들을 간수하는 것이 지엄한 곳에서 명을 보전하는 유일한 길이었다.

윤필의 죽음은 어쩌면 하늘의 보살핌이었다. 장성수를 죽인 윤필이 다음 날 사고로 죽었으니 일은 말끔히 끝나는 것이다. 그가 장성수를 죽였는지 그렇지 않은지는 중요한 것이 아니다. 죽은 자들이야 억울하겠지만 집현전은 다시 두 명의 학사를 뽑아 정원을 채우면 될 일이다.

그런데 이 무모한 녀석이 일을 그르치려 드는 것이다. 거기다 비렁뱅이 같은 반인 가리온까지 합세를 했다. 곤란해진 쪽은 오히려 정별감 자신이었다.

"원하시는 대답은 아니지만 새로운 사실을 알았습니다."

정별감의 눈이 번쩍 뜨였다.

"무엇이냐?"

"두 사람의 검안 과정에서 비슷한 문신이 나왔습니다."

"그것이 두 사람의 죽음과 무슨 상관이 있느냐?"

"두 사람이 같은 이유로 같은 사람에게 죽음을 당했을 수 있습니다."

"그럴 수 있다는 말은 그렇지 않을 수도 있다는 말. 물증으로 증명해야 할 것이다."

정별감의 께름칙한 목소리가 가슴을 긁었다.

"이것은 사슬처럼 이어진 연쇄살인입니다. 다만 한 사람을 살해한 사람이 다른 사람에 의해 살해당한 것인지, 아니면 같은 사람이 여러 사람을 살해한 것인지를 알 수 없을 뿐입니다."

"아서라 이놈! 지엄한 궁궐에서 연쇄살인이라니…… 변경 무지렁이 처지가 딱해 곁에 두었거늘 하잘것없는 잔머리로 평지풍파를 일으키려느냐?"

정별감의 노기 띤 음성이 뜰 안을 울렸다. 채윤의 가슴이 문풍지처럼 펄럭였다.

"죽은 학사들의 문신이 사건과 연관 있으니 모든 학사들의 신체를 검열해야 합니다."

채윤이 고개를 조아렸다. 정별감은 기가 찼다.

"이놈아! 집현전이 어떤 곳이냐? 궁궐 한구석 겸사복 놈이 서른 명 학사들의 팔뚝을 걷으라며 돌아다녀봐라. 물고를 낼 일이 아니냐?"

"집현전 학사가 서른 명이나 됩니까?"

채윤이 두 눈을 둥그렇게 뜨고 물었다.

"그것을 아직도 몰랐단 말이냐? 이 미련한 놈아! 헛소리를 그치고 돌아가라! 사건은 종결되었다."

정별감 또한 학사 한 사람 한 사람을 따라다니며 헤아려본 적은 없다. 그러나 겸사복청의 궐내도에는 전각마다 근무하는 사람의 수와 책임자의 직함과 이름이 씌어 있다. 집현전이라면 대제학 최만리의 이름과 三十이라는 숫자가 씌어 있다.

"송구합니다. 소인의 어리석음을 탓할 뿐입니다."

그제야 정별감의 얼굴에 화기가 돌았다. 상대의 심상을 읽는 눈치 또한 채윤을 아끼는 이유이기는 했다. 문득 천고의 무친한 아이에게 목소리를 높인 것이 슬쩍 무안해졌다.

"겸사복청 침방으로 가서 몸을 지지며 쉬거라. 지난 이틀 밤낮을 애쓰느라 몰골이 상했다." 부드러운 정별감의 말에 채윤은 가슴이 찌르르했다.

"소인의 관심사는 천한 몸 편히 쉬는 것이 아닙니다."

"그렇다면 너의 관심사가 무엇이더냐?"

"세 번째 희생자가 누구인가 하는 것입니다." 정별감의 팔뚝에 싸늘한 소름이 돋아났다.

"윤필을 마지막으로 사슬이 끊어지기를 바라오나 이것은 사슬형의 연쇄살인입니다. 몸에 문신을 한 학사가 있다면 변고는 그치지 않을 것입니다." 채윤이 말끝에 힘을 주었다.

"대제학 영감께서 어눌한 겸사복의 심증만으로 학사들의 팔뚝을 걷는 일을 허락하실 듯싶으냐?"

정별감에게 지금 중요한 일은 두 가지였다. 범인을 잡고 사건을 해결하는 것과 대제학의 성미를 건드리지 않고 무리 없이 일을 해결하는 것. 우선순위를 택하라면 당연 후자 쪽이었다. 하지만 사건이 번져나가는 것을 막지 못한다면 그것 또한 무사하지 못할 일이다.

정별감은 초초한 듯 입술을 핥았다.

"너의 말을 들으니 모든 가능성을 두고 방책을 준비하는 것이 나쁘지 않을 듯하다. 하지만 집현전은 얼치기 겸사복이 들이닥칠 곳이 아니다."

"하면 소인이 어떻게 해야 합니까?"

"우선 대제학 영감을 뵙고 간곡히 사정을 여쭈어라. 허락하신다면 다행이나 그렇지 않다면 심기를 흐리지 말고 곧장 물러나야 한다."

정별감은 탁월한 조치라고 스스로 탄복했다. 채윤을 앞세우면 깐깐한 노인네를 직접 대면하지 않고도 사건 해결을 위한 조치를 했다는 구실을 얻을 수 있었다. 대제학 영감이 허락을 하면 좋겠지만 만에 하나 그렇지 않아도 둘러댈 핑곗거리가 생긴 것이다.

"서두르지 말고 최대한 겸양하여야 한다!"

벌써 중문 너머로 사라지는 채윤의 뒤꼭지에 대고 정별감은 고래고래 소리를 질렀다.

대낮의 집현전은 적막했다. 전날에 비해 눈두덩에 약간의 부기가 올랐을 뿐 대제학의 눈매는 여전히 날카로웠다. 튀어나온 양쪽 광대뼈를 축으로 민활하게 빠진 뺨은 오목하게 살집이 없었다.

"이틀 동안 두 학사를 잃으니 무능한 늙은이가 덕 없음을 한탄하노라."

"대제학 영감께 지난밤 변고에 관해 여쭙고 싶어 찾아뵈었습니다." 채윤이 고개를 조아렸다.

"후학을 지키지 못한 죄 많은 늙은이가 무엇을 바라겠느냐. 거룩한 학문의 전당을 어지럽힌 자들을 발본색원한다면 무엇이든 하겠다."

"혹 대제학께서는 변을 당한 두 학사가 공식적인 업무 외에 다른 일을 하고 있음을 아셨는지요?"

느닷없는 질문에 대제학은 잠시 어리둥절했다.

"장성수가 〈고려사〉를 초한 것은 모르지 않으나 윤필에 대해선 아는 바가 없다. 대제학이 모르는 학사의 업무가 있을 수 없을 터. 너는 어디에서 그런 소리를 들었던고?" 대제학이 넌지시 물었다.

"아닙니다. 혹시 장저작의 경우처럼 소인 놈이 모르는 또 다른 업무가 있을까 하여……"

등줄기에 땀이 솟았다. 심문을 하는 쪽은 대제학이었고 오히려 채윤이 심문을 당하는 쪽이 되고 말았다.

"북변에서 오랑캐와 싸웠다 했느냐?"

"그저 덕 있으신 김종서 장군 휘하의 보잘것없는 병졸입니다."

"소학을 배운 적이 있느냐?"

"어깨너머로 몇 자 익혔을 따름입니다."

"네가 오랑캐와 싸웠다면 중화의 큰 은덕을 입은 것이요, 소학을 터득했다면 중화의 혼을 몸으로 습득하였음이다. 하물며 중화혼을 깨닫지 못한 못된 오랑캐를 맞서 싸웠으니 기특할 따름이다."

노인의 머리끝부터 발끝까지 중화의 말과 글을 체화한 당당한 자부심이 뿜어져나왔다. 그는 주자의 글귀들을 온몸에 빽빽하게 새기듯 익힌 학사 중의 학사였다.

"청하올 말씀이 있사오니 한시라도 빨리 학사들의 신체를 검열하게 허락하여주옵소서."

"학사들의 몸을 조사하겠다는 것이냐? 무슨 연유로?"

"변을 당한 두 학사의 몸에 알 수 없는 문신이 있었습니다. 문신을 새긴 다른 학사가 있다면 한시라도 빨리 보호하여 더 큰 변을 막아야 합니다."

최만리의 눈빛이 날카롭게 빛났다.

"집현전 학사들은 조선 팔도에서 모인 뛰어난 인재들이다. 그릇된 믿음으로 부모에게 물려받은 소중한 뼈와 살을 상하지 않을 것이다."

"소인이 직접 보았습니다."

"시신에서 못 볼 것을 보았다지만 변고와 어떤 연관이 있는지도 모르고 무작정 학사들의 팔뚝을 걷어붙인다면 우스운 꼴이 아니겠느냐?"

그것은 본능적인 흥분을 오랜 경륜으로 억누르는 의지. 즉 뜨거운 감정과 차가운 이성이 맞서 싸우듯 카랑카랑한 목소리였다. 그 목소리에 이미 채윤은 제압당하고 있었다.

더이상 입을 떼면 상황은 꼬일 뿐이다. 집현전 수장을 적으로 두고서야 어찌 수사에 도움이 될 것인가? 어차피 흘러간 물이라면 연연하지 않기로 했다. 그것 말고도 해야 할 것은 무수히 많으니까.

"학사들의 신체 검열을 허락할 수 없다면 근무명부만이라도 열람하게 해주십시오."

최만리는 영 찜찜한 표정이었지만 그것마저 거절하지는 못했다. 아주 잠시 안도한 채윤은 다시 목소리에 날을 세웠다.

"혹 영감께서는 〈고군통서〉라는 서책에 대해 알고 계신지요?" 최만리의 눈썹이 움찔했다.

"그 서책이라면 그만 입을 다물어라. 내 윤필에게 그런 명을 한 적이 없음을 이미 밝혔거늘⋯⋯"

최만리의 입가에 불쾌한 주름이 잡혔다.

"소인이 여쭙는 것은 오래전 그 필사본들이 분서될 때의 일입니다. 그때 대제학께서 몸소 그 필사본들의 분서를 관장하셨다기에⋯⋯"

"그러하다. 당시 집현전의 교리였던 나는 그 요서의 필사본 서른두 권을 불태워 없앴다."

"필사본 서른두 권을 분서하셨다면 그 원본은 분서를 면했습니까?"

대제학의 눈빛이 놀란 듯 잠시 떠올랐다.

이미 이십 년 전에 마무리된 일이다. 없앨 것은 없앴고 처단할 자들은 처단했다. 그런데 그 책의 이름이 새파란 놈의 입에서 튀어나오다니⋯⋯ 아직도 그 요망한 책의 저주가 이 궁궐을 떠돌고 있다는 말인가?

최만리는 또 한 번 거대한 풍파가 몰려오는 것 같아 심히 걱정스러웠다. 그러나 이 젊은이는 보이지 않는 것을 보고 들리지 않는 것을 듣는 재주가 있다. 내일을 예측하고 어제를 짐작하는 지혜도 있다.

최만리는 체념한 듯 이십 년 전의 이야기를 조심스럽게 꺼냈다.

"그렇다. 서른두 권의 필사본은 모두 태웠지만 한 권의 원본은 간신히 분서를 면했다."

"금지된 서적의 원본을 남겼단 말입니까?"

"혹세무민하는 금서지만 그것조차 후세에 남겨 반면교사로 삼으라는 주상전하의 하교 때문이었다."

"그렇다면 그 서책은 지금 어디에 있습니까?"

대제학은 찌를 듯한 눈빛으로 채윤을 쏘아보았다.

"그 서책이 핵심적인 단서입니다. 행방조차 모르고 어찌 사건을 밝힐 수 있겠습니까?"

대제학의 깊은 눈매에 그늘이 드리워지는 찰나 등 뒤에서 절걱거리는 쇳소리가 들려왔다. 대제학은 곤란한 질문을 피할 핑계를 얻게 되었다. 턱수염을 휘이 쓰다듬으며 대제학이 다가오는 거한에게 예를 갖추었다.

얼굴의 반이 검은 수염으로 덮인 거한은 철사로 엮은 갑옷을 입고 있었다. 그것은 북변의 어느 전쟁터에서도 볼 수 없는 갑옷이었다. 남들보다 머리 하나가 더 큰 사내의 우람하고 장대한 몸은 보는 사람을 주눅 들게 만들었다.

최만리는 천천히 허리를 숙여 예를 갖추었다. 몇 마디의 알 수 없는 대화가 오갔다.

"이번에 새로 오신 명나라 사신의 호위감이시다. 오늘 저녁 집현전에서 연회가 있으니 이만 일어서야겠다. 너는 내가 한 말을 예사로이 듣지 말고 사건을 해결하는 데 전력하라!"

대제학은 성큼성큼 발걸음을 옮겼다. 거한은 기분 나쁜 표정으로 채윤을 흘끗 돌아보았다.

혼자 남게 되자 채윤은 어디로 가야 할 것인가를 생각했다. 수많은 수수께끼가 있고 그 답은 궁궐곳곳에 흩어져 있다. 이 넓은 궐 안의 어디부터 먼저 뒤져야 한단 말인가?

채윤은 가까운 곳에서 할 수 있는 일부터 시작하기로 했다.

당장 할 수 있는 일은 집현전 학사의 근무명부를 확인하는 것이었다. 입·퇴궐 시간과 그날의 연구과제, 야근 여부까지 적힌 명부였다.

6

채윤은 박연을 찾아가 노래 가사를 수집한 윤필에 대해 묻지만
박연은 자신의 처지를 한탄할 뿐이다.

박연은 가는 골상에 긴 눈을 가진 오십 대의 중늙은이였다. 맑은 피리
소리와 낭랑한 편경소리가 들려왔다. 넓은 누마루 아래에 당도하자 대쟁
의 현이 떨리는 소리를 냈다. 나직한 음률들이 지친 심신을 쓰다듬었다.

"윤이 아니더냐? 나에게 무슨 볼일이 있는 게로구나."

누마루 위에서 대쟁의 열다섯 줄을 긋던 긴 활을 세우며 박연이 반색했
다. 채윤은 성삼문을 통해 몇 번 박연을 본 적이 있다.

박연은 자신의 생각을 바로 내뱉는 담백한 사람이었다. 누구에게라도
해야 할 말은 가리지 않고 하는 곧고 부러지는 성격이었다. 채윤은 그것
이 조선 최고의 악사라는 자존감에서 비롯된다고 생각했다. 때로 괴팍하
고 예측할 수 없지만 음률에 대한 실력과 기예는 누구도 따를 수 없었다.
음악을 알지 못하는 채윤에게도 그의 연주는 흠 없이 완벽하게 느껴졌다.

"음률과 가사에 대해 짧은 가르침을 청하고자 찾아뵈었습니다."

"네가 올 줄을 이미 알고 있었다. 그것은 윤필의 죽음 때문이렷다?"

채윤의 두 눈이 놀라움으로 휘둥그레졌다. 이 악사는 이미 자신이 찾아

올 것을 알고 있었다. 그것은 윤필이 고려가요를 수집하고 있었다는 것도 안다는 말이다.

"그렇습니다."

"그 일이라면 사람을 잘못 찾았다. 이 늙은 악공, 평생을 지낸 봉상시를 떠났으니 음률에 관한 일이라면 나의 손을 떠났다."

박연이 팔을 내저었다. 서두르면 일을 그르칠 수도 있었다. 바로 가지 못할 길이라면 맞닥뜨리기보다 돌아가는 편이 빠를 수도 있었다. 채윤은 윤필의 일에서 화제를 멀리 옮겼다.

"대감께서도 집현전 교리를 지냈던 문사라 들었는데 사실입니까?"

잠시 머뭇거리던 박연이 고개를 끄덕였다.

"주상전하께서 의영고에서 의녀들과 노닥거리던 나를 악학별좌로 뽑아 올리셨다.[33]"

"고매한 집현전의 학사로서 어찌 천한 음률의 일을 맡으셨습니까?"

박연의 목줄기에 굵은 핏발이 섰다. 예악과 음률이라는 말만 들어도 피가 끓고 가슴이 방망이질했다. 평생을 골몰해온 음률에 관한 한 누구에게도 내줄 수 없는 자존심이었다. 박연은 마른 입술을 적시고 입을 열었다.

"예악이 무엇이냐? 〈예기〉[34]에 이르기를 '예는 천지의 질서이며 악은 천지의 조화다. 고로 예악을 제정함은 입과 귀와 눈의 욕망을 위해서가 아니라 사람의 도가 바르게 돌아가게 함이라' 했다."

"그러면 악이란 무엇입니까?"

33　젊은 시절 박연은 의영고(義盈庫, 기름, 꿀, 밀, 채소, 후추 등의 식료품을 조달하던 호조 산하의 관청) 부사로 제생원(濟生院, 백성의 질병 치료와 구호, 의녀 양성, 향약재 수납, 의학서 편찬을 하던 의료기관) 의녀들에게 글을 가르치는 말직을 지냈다. 그러나 음악과 악장에 대한 뛰어난 재주를 높게 산 세종은 그를 예조의 악학별좌로 임명했다.

34　禮記. 유가 5경(五經) 중 하나로 예악에 대한 경전.

"악에는 성, 음, 악의 세 가지 경지가 있다. 성으로써 음을 알고, 음을 살펴 악을 알고, 악을 살펴 정치를 알면 바른 다스림이 이루어진다."

박연의 말은 단 한치도 일그러짐이 없었다. 단조로울 정도로 담백하였으나 구절구절 고전을 곁들이며 음악에 대한 신념을 설명했다.

"악학을 정비함이 나라를 다스리는 근본이라는 말씀입니까?"

"왜 아니겠느냐? 나라를 다스림에는 반드시 악이 뒤따라야 할 것이다. 그러니 학사가 악학에 골몰함은 당연하다 할 터⋯⋯"

"학사가 악학을 연구함을 당연하다 하시면서 어찌 향악을 연구한 학사의 일을 모른다 하십니까?"

"향악에 대한 윤필의 열정은 나를 능가했다. 그 재능을 아꼈기에 향악에 골몰함을 그토록 말렸거늘⋯⋯ 그 불타는 향학에의 열망 때문에 목숨을 잃을 것을 왜 몰랐던고⋯⋯" 박연이 탄식하듯 읊조렸다.

"학사가 이 땅의 백성들이 부르던 노래를 수집하여 예악을 풍성케 하려던 학사의 뜻이 어찌 목숨을 내놓아야 할 일입니까?"

"예악이 다스림의 근본을 이룬다는 것은 경학파 학자들 또한 잘 알고 있다. 다만 예악에 대한 그들의 생각이 다른 것이 화근일 뿐⋯⋯"

"하나의 예악을 보는 눈에 어찌 하늘과 땅만큼의 차이가 있습니까?"

"개가 짖는 소리, 새가 지저귀는 소리를 성이라 한다면 저잣거리의 노래를 음이라 할 것이다. 또한 궁중 아악의 경지를 악이라 할 것이다. 경학파들은 얄팍한 민간의 노래가 어찌 깊고 넓은 치국의 법도인 아악을 따를 수 있겠느냐 하는 것이다."

"백성의 노래인 음을 잘 살펴야 비로소 다스림의 근본인 악을 알 수 있다 하시면서 어찌 민간의 노래를 다만 입과 귀와 눈과 배의 욕망을 충족시킬 뿐이라 하십니까?"

"그렇다. 민간의 노래 중에도 오륜에 맞아 권장할 것이 있다. 그래서 나는 향악 오십여 노래를 아악으로 지어 궁중제례에 써왔다. 그 일 때문에 이곳으로 쫓겨났는지도 모르지만 말이다."

"동방의 악성인 영감이 하루아침에 악학별좌에서 물러나심은 이해하기 어렵습니다."

"내가 주상전하의 명으로 음률을 떠맡았을 때 조선의 예악은 말이 아니었다. 상왕전하께서 돌아가신 후 삼 년 동안은 일체의 음악이 금지되었으니 썩고 깨진 악기 몇 개밖에 남아 있지 않았다. 중국 사신을 통해 기본적인 아악기라도 구하려 하였으나 돈으로 구할 수 있는 것이 아니었다."

"그것은 어찌 그렇습니까?"

"아악은 중국 천자만의 것이며 악기 또한 천자의 허락이 없으면 얻을 수 없었다. 주상전하께서 그 점을 통찰하시고 예조에 악기도감[35]을 설치하셨다. 또한 허술한 악서들을 새로 편집하고 오류를 수정하였으니 이는 우리의 음에 맞게 악보를 복원하려 함이었다."

채윤은 그 깊은 경지를 따라잡느라 잠시 혼돈스런 머리를 가다듬고 겸연쩍게 물었다.

"이 나라의 재료로 악기를 만들고 이 나라의 백성이 즐겨 부르는 노래를 정제한 일이 어찌 자리를 쫓겨날 일입니까?"

"저들은 썩어빠지더라도 천자가 내린 아악기로 중국의 악을 연주하길 원했다. 천박한 민간의 음률이 궁궐에 울리는 데 반감을 품었다. 그러니 나의 음악은 궁중 법도와 우아한 아악의 경지를 허무는 소음에 불과했겠지."

---

35 우리 땅의 우리의 재료로 만든 우리의 악기로 음률을 정비하기 위한 관청. 소리 좋은 돌이 나는 경기 남양에 옥 다듬는 사람을 보내 열두 개의 석경을 만들고 옹진에서 나는 기와 흙으로 와경을 만들어 우리 소리를 재현했다. 또 금과 슬, 대쟁, 아쟁, 현금, 당비파, 향비파 등의 악기를 새로 만들었다.

박연이 내젓는 관복의 솔기에 쓸린 대쟁의 열다섯 줄이 그렁그렁 소리를 내며 울었다.

"정4품 중추원 첨지사라면 말직인 종5품 봉상시 판관에 비교조차 되지 않는 영전이 아닙니까?"

"악학 하는 자가 봉상시를 떠남은 물고기가 물을 떠남과 마찬가지다. 봉상시가 무엇 하는 곳이더냐? 궁중제례나 연회에서 쓰이는 음률을 관장하고 악사들을 연습시키는 곳이다. 내게 중추원은 감옥이나 다름없다. 하릴없이 이곳 누마루 위에서 대쟁을 켜고 생황을 불며 분기를 가라앉힐 뿐……"

"그렇다면 혹 학사 윤필의 죽음 또한 그가 그토록 열정적으로 향악을 쫓아다녔기 때문인지요?"

멀리 돌아온 끝에 묻고 싶었던 질문을 꺼냈다. 박연은 홀쭉한 하관을 쓰다듬으며 입을 열었다.

"윤필은 각 고을의 낯 뜨거운 노래를 수집하고 가사까지 기록하였다. 노래 가락이나 가사를 막론하고 짝 없는 사내나 한 많은 여자의 천박한 노래까지 샅샅이 찾아나서니 저들의 눈에 어찌 요사스런 일이 아니겠느냐?"

채윤은 생각했다. 향악에 골몰함이 악성인 박연을 봉상시에서 끌어내릴 정도라면 집현전의 말직 박사는 목숨을 내놓아야 할지 모를 일이라고. 채윤은 자신이 있어야 할 자리를 떠나 쓸쓸히 세월을 죽이고 있는 늙은 악성을 바라보았다.

등 뒤에서 애절한 생황의 가락이 자꾸만 발걸음을 잡는 것만 같아 채윤은 걸음을 서둘렀다.

7

성삼문은 금서에 얽힌 이십 년 전의 옥사사건과 금서를 샅샅이 찾아내
불태운 경위를 이야기한다.

검안소의 가리온은 병 주둥이를 대고 거꾸로 들이부었다. 화끈한 기운
이 목젖을 타고 넘어가며 온몸에 따뜻한 기운이 감돌았다. 이제야 정신을
조금 수습할 수 있게 되었다.

언제나 그렇게 조금 취해 있는 편이 가리온에게는 더욱 자연스러웠다.
술기운이 떨어지면 조금씩 손이 떨리고 입이 마르는 것 같았다. 어느덧
술이 없으면 긴장되고 성미가 급해졌다. 가리온은 묵묵히 들이켜던 소주
병 뚜껑을 막았다.

윤필의 동생이 시체를 수습해갔지만 검안소에는 기분 나쁜 죽음의 냄
새가 가시지 않았다. 작은 창으로 오후의 햇살이 비쳐들었다.

궁궐에서 보낸 날도 벌써 십 년이 넘었다. 자유로운 성정과 거침없는
기질의 그에게 궁궐 생활은 창살 없는 옥살이였다.

"또 술이군요? 궐 안이 온통 살인사건으로 뒤숭숭한데 어른은 또 술타
령이라니……"

바짝 마른 입술을 하고 터덜터덜 다가온 채윤이 힐책했다. 가리온의 얼

굴에 낭패감이 스쳤다.

"쳇, 또 들켰군. 시체 만진 손을 닦을 겸 손떨림을 달랠 참으로 몇 방울 들이켠 것뿐이다. 허허……"

혼잣말처럼 중중대는 가리온을 채윤은 딱한 눈으로 바라보았다. 그를 나무랄 수만 없는 일이다. 신분의 굴레를 벗어나지 못하고 신흙바닥에 뒹굴고 있는 그는 곧 채윤 자신의 모습이기도 했다.

가리온이 누구였던가? 소를 도살하는 일을 업으로 삼는 반인 출신이다.

반인들의 삶은 성균관 유생들과 떨어질 수 없었다. 소의 도살을 법으로 금했으나 유생들만은 예외였다. 유생들의 식사를 맡은 반인들은 합법적으로 소를 비롯한 짐승을 도축하는 특권을 누리게 되었다. 그러니 양반가에서도 고기를 구하려면 반촌을 찾아야 했다.

성균관 주변의 반촌은 완전히 폐쇄된 다른 세계였다. 시전 장사치들도 가까이 가려 하지 않았다. 자연 반인들은 보통 한양민들과는 풍속이나 태도가 달랐다. 억센 자들은 노름판을 돌며 협객 노릇을 했다. 싸움이 일어나면 칼로 가슴을 긋고 허벅지를 찔러 무릎 인대를 끊어놓기도 했다. 여자들은 화려한 송도 말을 썼고 남자들의 옷은 사치스럽고 화려했다.

가리온은 그 반촌에서 어린 시절을 보냈다. 도살을 평생의 업으로 했던 아비에게서 어렸을 때부터 도살을 배웠다. 열여섯 무렵이 되었을 때 길고 짧은 칼과 가늘고 굵은 칼을 마음대로 사용하게 되었다. 인대와 내장과 머리와 꼬리를 분해하는 일은 눈을 감고도 할 수 있었다.

그의 앞에 끌려온 수소 한 마리는 순식간에 삼백예순다섯 부위로 해체되어 혹은 성균관 유생들의 저녁상에 올랐고 혹은 영의정 대감의 보신상에 올랐다. 반촌에서도 소문이 난 그의 칼솜씨였다.

"웬일이냐? 윤필의 시신을 볼 양이면 늦었다. 동생 윤익이 거두어갔느니라."

"시신 때문이 아닙니다요. 물어볼 것이 있어서 왔습니다."

"무엇이냐?"

"혹 비서고라는 곳에 대해 들은 바 있습니까?" 가리온이 흠칫 놀라듯 채윤을 돌아보았다. "무얼 그리 놀라십니까?"

"그곳은 궐내의 궁인들도 발걸음을 꺼리는 저주받은 책들의 묘지다. 버려진 책들, 사형선고를 받은 책들이 마지막으로 가는 곳이지."

"책들의 사형선고?"

"사람 중에 좋은 사람과 나쁜 사람이 있듯이 책들 중에도 좋은 책과 나쁜 책들이 있다는 것이다."

"책을 심판하고 처벌한다는 말씀입니까?"

"그렇다. 독버섯을 뽑아내는 것처럼 분기마다 나쁜 책들을 가려내어 없애는 것이 성균관 대사성과 사헌부, 집현전의 원로학자들의 업무다. 사형선고를 받은 책들은 인쇄본이든 필사본이든 가리지 않고 수거되어 비서고로 모인다. 거대한 책들의 무덤인 셈이지."

"보지 말아야 할 서책이 어찌 서책일 수 있습니까? 서책 중에서 보지 말아야 할 서책을 가려낸다는 것이 가능하기나 한 일인가요?"

"저들은 문장이 음탕하다 하고, 내용이 사악하다 하여 수많은 책들을 불쏘시개로 태워버렸다. 음탕하고 사악하다지만 새로운 깨달음을 준다면 가치 있다 할 터…… 걸음마보다 먼저 천자문을 외우고 평생을 학문에 천착한 사대부에게 사문난적이 어떻게 있을 수 있단 말인가?"

"산골 무지렁이들이야 평생 책 한 권 만져보지 못하질 않습니까? 좋으면 좋은 대로, 나쁘면 나쁜 대로 기능하는 것이 서책인데 보아야 할 서책과 보지 말아야 할 서책을 나누는 사치라니……"

채윤은 전쟁터에 나부끼는 군기에 새겨진 글자를 물어 익히던 시절을 떠올렸다. 언제나 글과 책에 목말랐던 나날이었다. 송판에 숯을 긁어가며 글을 익히지 않았던들 하늘천 따지도 모르는 무지렁이로 늙어갔을 것이다. 피비린내가 풍기는 전쟁터에서 창끝으로 고인 핏물을 찍어 한 자 한 자 익힌 문자였다. 그런데 저들은 멀쩡한 서책을 무덤으로 보내고 있다.

"그곳을 내 눈으로 보아야겠어요."

가리온은 히뜩 채윤을 돌아보았다. 사람 좋아 보이는 깊게 쌍꺼풀진 커다란 두 눈이었다.

"아서라. 그곳은 아무나 드나들지 못하는 비밀스런 곳이다. 한낱 말단 겸사복은 말할 필요도 없다."

"두 학사의 죽음을 부른 서책이 거기 있어요. 사건의 전모를 밝히려면 마땅히 그곳에서 시작해야 합니다."

"말하지 않았느냐? 그곳은 책들의 묘지라고 말이다."

"말장난일 뿐이죠. 한낱 닥나무 뭉치인 책에 어찌 생명이 있으며 죽음이 있겠습니까?"

"모르는 소리! 궐 안의 궁인 누구나 그 음침한 비각에 깃든 책들의 망령을 알고 있다." 채윤의 두 눈이 호기심과 두려움으로 둥그렇게 커졌다. 가리온은 음험한 표정으로 말을 이었다.

"듣기로 비서각은 위험한 금서들을 담은 나무관으로 꽉 차 있다고 한다. 요사스런 주술서나 사악한 금문, 잡스런 요서들이다."

"위험한 것은 서책이 아니라 책 속의 자구만을 내세워 교리로 사람을 옭아매는 완고한 자들이지요."

"그리 간단한 일이 아니다. 불타지도 못하고 읽히지도 못한 책들이 조화를 부리는데 꼭 귀신들린 것처럼 기괴하다 하더라. 그 조화를 겪은 자들은 다시는 근처에 얼씬하지 않는다고 한다."

"어떤 조화길래 책이 귀신 붙은 조화를 부린답니까?"

"비서고의 서가들이 혼자 스르릉 스르릉 움직인다고 한다. 외인이라도 들어가면 금방 깔아뭉갤 듯 달려든다."

"그런 거짓부렁이가 어디 있습니까?"

"달려드는 서가를 피하지 못하고 팔목이 부러진 자도 있다니 거짓은 아닐 게다. 게다가 그곳에 있는 흉측한 몰골의 사내는 귀신을 떠올리게 한다는구나. 다 빠져버려 성긴 머리카락은 상투조차 틀 수 없어 산발을 하고 공중을 떠서 미끄러져 다닌다더라."

"그렇다면 정말 가보지 않을 수가 없군요."

"아서라. 귀신의 조화에 네 연약한 심성이 견뎌낼 법하겠느냐?"

"지엄한 궐내에서 귀신의 조화라면 마땅히 내쫓아야 할 것이고 귀신이 아니라면 어떤 자가 그런 조화를 부리는지 알아야 할 것 아닙니까?"

달려들듯 당차게 묻는 채윤에게 가리온이 중얼거렸다.

"술을 먹은 건 난데 어찌 네놈이 취한 것이냐?"

삼문은 천천히 발걸음을 옮겼다.

"학사들의 변고에 대한 실마리는 잡혀가느냐?"

뒤따르던 채윤은 묵묵부답 고개를 떨구었다. 할 수 있는 것은 없었다. 단지 이 참담한 변고의 진상이 빨리 드러나기를 기다리는 수밖에.

채윤은 완전히 지쳐 있었다. 눈두덩은 푹 꺼졌고 볼에는 깊은 골이 패었다. 눈동자는 초점을 잃었고 바짝 마른 입술은 터져 있었다. 하지만 삼문의 물음에 답하는 목소리만큼은 윤기가 흘렀다.

"알아낸 것이 있으나 모르는 것이 얼마나 남았는지는 알 수 없습니다."

겸사복 별감의 방패막이가 된 혈혈단신 어린 겸사복이 할 수 있는 일이라곤 없었다. 누군가를 심문하는 일조차 쉽지 않은 일이었다. 양반을 심문할 때는 허리를 숙이고 머리를 조아려야 하는 법도를 지켜야 하니 무엇을 캐어낼 수 있으랴?

하지만 채윤은 포기하지 않았다. 고지식하고 무모한 줄은 잘 알았다. 하지만 고지식하고 무모함밖에는 다른 방법이 없었다.

"〈고군통서〉에 얽힌 이십 년 전의 일에 대해 알고 싶습니다."

삼문은 놀라움을 내색하지 않았다. 이 젊은 겸사복은 〈고군통서〉만을 골똘히 생각하며 오전을 보냈을 것이다. 떠올리고 싶지 않은 일이긴 하나 그 무모함 앞에 고집을 꺾지 않을 수 없었다.

"수많은 젊은이들이 그 비서를 베끼다 죽음을 당했고, 그 서책을 지녔다가 참형을 당했으며, 그 책을 구하려다 봉변을 당했다. 그런데도 너는 그 서책에 대해 알고 싶으냐?"

삼문이 집어삼킬 듯 채윤을 쏘아보았다.

"그렇습니다."

그 눈빛은 맹렬히 타오르고 있었다. 그것은 어딘지 알 수 없지만 가닿아야 할 먼 기슭을 내다보는 사공의 시선 같았다. 학문하는 자가 그 끝이 어딘지 모르듯 이 순진한 떠꺼머리는 그곳이 어딘지도 모른 채 가닿으려는 열망에 휩싸여 있었다.

"그 책의 내용이 궁금한 것이냐, 내력이 궁금한 것이냐?"

"둘 다입니다요."

삼문은 굴복한 장수처럼 자신이 아는 것들을 말하기 시작했다.

"그 서책은 대역의 죄를 짓고 주살당한 영의정 심온의 죽음을 안타까워하며 그를 죽음에 이르게 한 저간의 사정을 기술한 내용이다."

강렬한 호기심이 벌레처럼 온몸을 꾸물꾸물 기어다녔다.

"심온이라면 영의정까지 지낸 명신에다 주상전하의 장인이 아닙니까?"

"심온 대감의 사사는 주상전하께서 보위에 오르신 바로 그해에 일어난 엄청난 옥사사건 때문이었다."

"주상전하 보위에 오르신 해라면 이십 년 전이 아닙니까?"

"그렇다. 무술년 8월 상왕전하께서는 신하들이 통곡하는 가운데 세자로 책봉된 지 두 달된 충녕대군에게 왕위를 물려주셨다. 대군께서는 밤새 부왕의 침전 앞에서 사양했으나 다음 날 전하께서는 익선관[36]을 대군의 머리 위에 직접 씌우셨다."

"국왕이 된다 함은 의정부와 육조, 삼사와 지방수령들까지 관장하심이 아닙니까? 그러면 상왕전하는 어찌 되셨습니까?"

"상왕전하께서는 모든 왕권을 넘겼지만 군사에 관한 한은 주상전하께서 장년이 되기까지 친히 살피기로 하셨다. 갑작스레 등극하신 새 주상전하의 짐을 덜어드리려는 배려였겠지."

"그런데 어찌 새 주상께서 보위에 오른 지 한 달도 못 되어 엄청난 옥사가 있었습니까?"

"즉위하신 보름 후 병조에서 주상전하께 한 건의 보고를 올렸다. 전하께서는 군사 문제를 직접 관장하시겠다던 상왕전하의 뜻에 따라 보고를 물리치셨다. 하지만 그 사실을 듣고 노하신 상왕전하께서는 병조참판 강상인과 관리 여섯을 잡아들였다. 강상인은 상왕전하께서 아끼던 삼십 년

---

36 翼善冠. 왕이 평소 집무 시에 곤룡포 차림으로 썼던 관. 중간에 턱이 져 앞턱은 낮고 뒤턱은 높았으며, 두 뿔이 뾰족하게 솟아 있다.

가신이므로 일은 일단락이 되었다."

"그런데 어찌하여 물 아래로 잠긴 사건이 다시 불거진 것입니까?"

"두 달 후 상왕께서 병조판서 박습과 강상인을 다시 불러 문초하게 하셨다. 박습은 '강상인이 모든 군무를 주상께 아뢰라 했다'고 진술했다. 그 옥사의 불똥이 영의정 심온 대감에게 튀었던 것이다."

"심온 대감께서는 사은사로 갔다 들었는데 어찌 그 일에 연루되셨습니까?"

"강상인이 '심온이 군사가 한곳에 모여야 한다고 했다'고 진술한 것이었다. 좌의정 박은은 그 진술을 근거로 '심온이 불온한 생각을 하고 있다'고 상왕전하께 고했다."

"압슬의 고통을 이기지 못해 내뱉은 억지 자백을 근거로 무고했군요."

"칡넝쿨처럼 엮여 나온 심온의 동생 심정 또한 압슬을 이기지 못하고 '형이 군사는 마땅히 한곳에서 명령이 나와야 된다고 해서 내가 형의 말이 옳다고 했다'는 억지 자백을 하고 말았다. 결국 다음 날 강상인, 박습, 이관, 심정이 한꺼번에 주살당했다."

"심온 대감은 그때 어디 계셨습니까?"

"새로운 주상전하의 등극을 명 황제에게 고하고 북경에서 돌아오던 심온은 의주에서 영문도 모른 채 압송되었다. 결국 압슬과 매질을 이기지 못한 그는 '다른 사람들의 자백과 같이 병권을 홀로 잡으려 했다'는 진술을 뱉고 말았다. 사흘 후 심온은 사약을 받았는데 그의 나이 마흔넷이었다."

"그러면 그의 가솔들은 어떻게 되었습니까?"

"장모와 처가 식구들은 천민으로 쫓겨나 관노가 되었다. 그러니 그 일은 조정에서도 쉬쉬했고 발설하는 자 또한 무사하지 못했다. 주상전하의 처가가 연루된 역모를 어찌 입에 담겠느냐?"

채윤은 마른 입술에 침을 적셨다. 터진 입술이 화끈하며 따가웠다. 보위에 오르신 그해에 장인이 사사되고 처가 식솔들이 천민이 되어 흩어지는 멸문의 화를 입었다. 한 나라의 군왕이…… 이런 망극할 데가 어디 있는가?

"그 후 심온의 식솔들은 겨우 면천하고 목숨을 부지했다. 하지만 대역죄를 쓴 심온은 지금까지도 복권되지 못하고 있다. 중전마마 또한 그 일이 있은 지 십 년이 넘어서야 겨우 명나라로부터 왕비로 인정받을 수 있었다."

"그 일과 금서가 무슨 관계이며 금서가 분서된 내력은 무엇입니까?"

"무술년 옥사 후 궁궐 안에 괴이한 서책이 나돈다는 소문이 돌았다. 불충한 자가 그 일을 기술한 서책을 필사하여 돌렸다는 것이다. 장안의 젊은 독서가들이 그 서책을 향해 부나비처럼 몰려들었는지라 그 서책은 금서의 목록에 올랐다. 하지만 독버섯이 사람의 눈을 피해 자라나듯 그 책은 필사에 필사를 거쳐 퍼져갔다. 사리를 모르는 어린 서생들과 젊은 사대부들은 위험한 금서를 찾아 다녔고 그 책을 읽은 것이 자랑이 되었다. 이에 의정부와 육조, 성균관 학생들까지 나서서 장안에 나도는 그 책을 샅샅이 찾아 서른두 권을 분서한 것이 일 년 후였다. 그 후로 다시는 그 책을 읽었다는 자도 없거니와 그 일에 대해 발설하는 자도 없었는데 오늘 그 일을 입에 담으니 망극할 따름이다."

삼문이 참담한 표정으로 허리를 숙여 근정전을 향해 두 번 배했다.

팔뚝의 문신, 무술년의 옥사, 위험한 금서 〈고군통서〉, 마방진…… 그것들이 미로의 막다른 골목 끝에서 얻은 작은 단서들이었다.

대제학 최만리, 학사 성삼문, 벙어리 무수리 소이. 그들은 무언가를 숨기거나 말하지 않고 있다.

　이제 어떻게 해야 하나? 또 다른 미로를 향해 달음박질할밖에…

　채윤은 다시 달리기 시작했다.

8

채윤은 주자소의 도주자공을 만나 윤필이 비밀리에 추진하고 있던
모종의 일에 대해 알아낸다.

주자소 안에는 서른 명이 넘는 인쇄공들이 바쁘게 움직이고 있었다.

활자공들은 글자를 새긴 활자로 고운 뻘 모래와 찰흙에 찍어 거푸집을
만들었다. 그리고 녹인 놋쇠 물을 부어 식힌 후 한 자 한 자 다듬었다. 인
쇄공들은 각각의 활자를 인쇄할 내용에 따라 배열한 틈을 쐐기모양의 대
나무로 막아 판을 만들었다.

복잡한 공정이었지만 한치의 빈틈도 없이 진행되고 있었다. 쇳물을 녹
이는 도가니가 뜨거운 열기를 내뿜었고 풀무질을 하는 잡역의 등은 땀으
로 번들거렸다. 종이공은 수십 장의 종이를 등에 지고 오갔으며 인쇄공들
은 활판을 압착하는 긴 지렛대에 매달렸다.

집현전이 고즈넉한 가운데 들끓는 열기를 간직하였다면 이곳은 겉모
습부터 엄청난 활력과 열기가 느껴졌다. 채윤은 호기심 가득한 눈으로 주
자소 안을 기웃거렸다.

"웬 놈인데 이곳을 기웃거리느냐?"

등 뒤에서 걸걸한 목소리가 덮쳐왔다. 팔짱을 긴 거구의 사나이가 채윤

을 노려보고 있었다.

"지난밤 주자소에서 있었던 변고를 조사하는 겸사복 강채윤입니다."

또렷한 목소리에 사내는 기를 누그러뜨렸다. 그는 주자소의 인쇄공들을 감독하는 정철기라고 했다.

"윤박사 그 양반…… 이제 겨우 발 뻗고 자려나 했더니……"

그는 윤박사에 관한 일이라면 무엇이든 아는 대로 답변하겠다고 했다.

"궁궐이란 적요한 곳인 줄만 알았더니 이렇듯 바쁜 곳도 있었군요."

"주자소가 원래 궐 안의 일이 아니기 때문일 것이다. 주상전하께서 외딴 훈도방[37]에 있던 주자소를 궐 안으로 옮기시고 집현전 학사까지 파견하셨다. 그 덕에 선대왕 시절의 조악한 계미자[38]로부터 반듯한 갑인자[39] 이십만 자를 만들 수 있었지."

정철기는 신이 난 듯 목소리를 높이며 앞장섰다. 채윤은 담담히 정철기를 따라 걸었다. 낯선 자가 얼쩡거리는데도 직공들은 본체만체하며 일에 몰두해 있었다. 책상으로 다가간 정철기는 의자를 끌어다 앉았다. 채윤은 맞은편 걸상에 엉덩이를 걸치며 소맷부리 속의 구겨진 종잇장을 꺼내 펼쳤다.

根, 之, 木, 風, 亦, 源, 之, 水, 旱, 亦, 渴.

---

37 薰陶坊. 한성부 남부의 지명으로 지금의 충무로 일대. 주자소가 있어 주잣골, 주자동으로 불렸으며 현재까지도 인쇄소와 관련 업체들이 모여 있는 인쇄골목으로 유명하다.
38 1403년(태종 3년)에 만든 조선 최초의 금속활자. 임금이 내린 구리와 신료들이 바친 구리를 녹여 만들었다.
39 1434년(세종 16년)에 만든 동활자(銅活字). 능률이 경자자보다 두 배나 높아 하루에 사십여 장을 찍을 수 있었다.

비록 흘려 썼지만 단아한 필체였다. 획과 획 사이가 정확하게 띄어져 있고 힘을 주어야 할 곳과 빼야 할 곳이 조화로운 서체였다. 빠르게 내달리다가도 힘차게 머무는 강건함을 고루 갖추었다. 강렬한 직선과 부드러운 곡선이 서로 의지하듯 어우러졌다. 누구의 것인지 모를 그 필체는 읽는 사람의 마음을 빨아들이고 있었다.

정철기는 채윤이 내민 종잇장을 뒤집었다. 그리고 창을 통해 비쳐드는 햇빛에 쳐든 종이를 비춰 보았다. 얇은 종이 위에 찍힌 선명한 글자가 두 눈으로 빨려들었다. 정철기는 눈꺼풀 안쪽에 깊이 문신을 새기듯 글자들을 유심히 바라보았다.

"어찌 글자를 편하게 보지 않으시고 거꾸로 뒤집어보십니까?"

"내 주자소에서 삼십 년 잔뼈가 굵었다. 활자란 뒤집어진 글씨이니 우리 같은 자들은 뒤집어진 글자가 오히려 보기 편하다."

"이 글자를 보고 짚이는 바가 있습니까?"

구겨진 종이를 이리저리 살피던 정철기가 종이를 책상 위에 놓으며 말했다.

"이것은 사람이 쓴 글자가 아니라 활자를 찍은 것이구나. 나무가 아니라 금속활자다."

채윤은 속으로 적이 놀랐다.

"그것을 어찌 아십니까?"

"목판은 활자 하나하나를 따로 새기기 때문에 같은 글자라도 크기나 획의 굵기가 다르다. 그런데 금속활자는 하나의 글자본으로 주조하니 모양이 같다. 목활자에는 나뭇결이나 칼자국이 보이지만 금속활자에는 다듬질한 줄의 마무리 흔적이 보인다."

"그러면 이 활자가 누구의 솜씨인지도 아십니까?"

"그야 주자소 안에 윤박사가 아니면 누가 있겠느냐?"

정철기가 아무렇지도 않게 말했다. 채윤은 글자만 보고도 그 활자를 만든 자를 맞히는 그의 눈썰미에 다시 놀랐다.

"윤필은 집현전 학사였지만 손재주가 정교하고 격물에 능했다. 활자를 만들고 찍는 공정을 공인들보다도 잘 알았지. 늘 혼자서 무언가에 빠져 있더니 새 활자를 연구하고 있었던 것이구나."

"그러면 새 활자의 글자체는 어떻게 만들어집니까?"

"글자본은 대개 중국 책에서 취한다. 수백 권의 서책을 두루 살펴 글자를 수집하고 모자라는 글자는 사대부의 친필로 보충한다. 갑인자는 〈효순사실〉〈위선음즐〉〈논어〉의 글씨체를 모으고 부족한 글자는 진양대군(수양대군의 젊은 시절 호칭)께서 보충하였다."

"이 글자는 죽은 윤박사가 지녔던 활자들입니다. 주자소에서 만든 새로운 활자가 아닌가 하여 찍어보았습니다. 혹 이 서체에 대해 아는 바가 있으신지요?"

"나 또한 이전에 본 적이 없는 전혀 새로운 서체다."

"어찌 도주자공[40]이 모르는 활자와 서체가 있습니까?"

"그렇다. 하지만 이 서체는 나 또한 생전 처음 보는 것이구나."

"윤박사가 도주자공도 모르게 새로운 활자를 개발하고 있었단 말입니까?"

"새로운 활자뿐이 아니다. 윤박사는 활자를 만드는 새로운 재료를 연구하는 데도 열심이었다."

"활자란 쇳물을 부어 만드는 데 새로운 재료라니오?"

---

40 주자공의 우두머리.

"흔히 쇳물로 쓰는 무쇠는 녹이기 힘들고 활자 표면이 거칠고 무겁다. 윤박사는 놋쇠에 납을 섞은 합금을 만들었다. 납은 낮은 온도에 잘 녹아 주물에 편리하고 표면에 먹이 잘 스며 인쇄가 잘 먹으니 금상첨화다."

"그런데 아까 윤박사가 겨우 발 뻗고 잠들 수 있게 되었다는 말은 무슨 말씀인지……"

채윤이 도주자공의 혼잣말을 다시 끄집어내며 눈치를 살폈다.

"윤박사가 새 합금의 비율을 알아낸 것이 보름 전쯤이었다. 그런데 이건 숫제 알아내지 못한 것보다 더 큰 문제가 생겨버린 거다. 작은 활자를 인쇄할 때의 누르는 힘을 견디지 못해 변형이 일어났다."

"발을 뻗고 잘 수 있게 되었다는 것은 그 문제를 해결했다는 말씀입니까?"

"해결책은 의외로 간단했다. 큰 활자는 납 합금으로 만들고 작은 활자는 무쇠로 만들면 되는 것이니까. 학사들이란 의외로 간단한 것을 크고 복잡하게 생각하는 경향이 있거든…… 내가 그 얘기를 해 주었더니 펄 뜻이 기뻐했다. 그러더니 새 활자로 서책 한 권 찍어보지도 못하고……"

정철기가 송아지 같은 커다란 눈망울이 금세 그렁그렁 젖어들었다. 큰 체구와 거친 말투와는 달리 심성이 비단결 같은 사내였다.

"그렇다면 윤박사는 누구의 서체를 좇아 활자를 주조했습니까?"

"글쎄다. 네가 찾아야 하지 않겠느냐? 내가 할 줄 아는 거라곤 도가니에 풀무질 하는 것뿐이니……"

정철기가 희고 고른 이를 드러내며 싱긋 웃었다. 채윤은 또다시 혼자 내버려지고 말았다. 새로운 수수께끼가 그의 앞에 덩그러니 놓여 있었다. 채윤은 그 수수께끼의 단서가 있을 만한 곳을 생각했다.

서체의 행방을 찾으려면 집현전 장서고로 가는 것이 우선일 듯했다. 그러나 그곳엔 공인된 활자들로 찍은 서책들이 대부분이다. 도주자공마저 모른다고 고개를 가로젓는 별난 서체라면 오히려 거기가 어울릴 듯싶었다. 저주받은 금서들이 모인 곳.

답은 거기에 있을지도 몰랐다.

비서고.

9

채윤은 비서고에 얽힌 귀신의 조화를 밝히고
수수께끼의 인물에게서 분서행의 미심쩍은 부분을 확인한다.

버림받은 책들의 유형지, 비서고는 후원의 최북단 기슭에 있었다. 말라
뒤틀린 문짝을 밀자 기분 나쁜 소리가 났다.

침침한 공기가 들어찬 실내는 뿌연 장막 속처럼 비현실적인 공간이었
다. 먼지와 오래된 종이 냄새가 그윽하게 가라앉아 기묘함을 더했다.

빼곡히 늘어선 서가 위에 갖가지 서책들이 가지런히 놓여 있었다. 감당
할 수 없는 책들의 향연이었다. 지식에 주린 두 눈이 사냥감을 발견한 맹
수의 눈빛처럼 빛났다. 허기에 지쳐 밥상에 다가들듯 채윤은 서가 앞으로
와락 달려들었다. 천천히 서가의 책들을 하나씩 집어들어 펼쳤다.

그때였다.

적막을 깨고 천장이 무너지는 요란한 소리가 들렸다. 드르르 하는 소
리와 함께 눈앞의 서가가 쏜살같이 움직였다. 줄지어 선 서가들이 저마다
살아 있는 양 스르르 움직이기 시작했다. 어지러운 서가들 사이에서 채윤
은 귀신에 홀린 것 같았다.

귀신들린 책들의 기괴한 조화인가? 저주받은 책들의 망령인가? 두 발

이 얼어붙어 꼼짝을 할 수가 없었다. 사방의 드르릉대는 소리에 섞여 사람의 목소리가 들려왔다.

"금역을 서성이는 자가 누구냐?"

희미한 공기 속에 관복을 입은 한 사내가 부유하듯 떠 있었다. 불타는 사내의 눈빛이 날카로운 화살처럼 채윤의 가슴에 박혔다. 낡은 관모 아래로 희끗희끗 흰머리가 보였다. 주름투성이의 이마 아래에 안광이 서슬 퍼렇게 빛나고 있었다. 두텁고 거무튀튀한 입술 가에 반백의 수염이 텁수룩하게 자라 있었다.

사내는 기이한 의자에 앉아 있었다. 기이하다 함은 의자 양 옆에 달린 둥근 수레바퀴 때문이었다. 양쪽 팔걸이에는 언뜻 보아도 스무 가닥 가까운 밧줄이 묶여 있었다.

그제야 천지가 무너지듯 구르릉대며 움직이던 서가의 비밀을 알 것 같았다. 천장에는 여러 개의 도르래가 밧줄에 연결되어 있었다. 사내가 특정 밧줄을 당기면 연결된 도르래가 움직이고 도르래에 연결된 서가가 움직이는 장치였다. 서가 아래쪽의 단단한 박달나무 바퀴는 길게 홈을 판 활대 위에 놓여 잘 구를 수 있었다.

사내가 두 손으로 바퀴살을 힘껏 굴렸다. 사내가 앉은 의자가 미끄러지듯 굴러 쏜살같이 다가왔다. 본 적도 들은 적도 없는 구르는 바퀴의자였다.

궁인들은 그를 떠다니는 귀신이라고 했고 움직이는 서가를 귀신의 곡절이라고 말했다. 그러나 귀신의 조화란 없음을 채윤은 두 눈으로 다시 확인했다. 움직이는 모든 것들은 바퀴에 의지하고 있었던 것이다.

사내는 채윤이 겸사복이며 학사들의 죽음을 조사하고 있다는 사실을 밝히자 경계의 눈빛을 풀었다.

"나는 비서고의 감서관을 맡고 있는 윤가의 후명이다."

윤 후 명. 채윤은 입속에 새기듯 이름 석 자를 굴렸다. 그의 관복은 말이 관복이었지 색이 바랜 데다 목깃은 야들야들 닳아 있었다. 하지만 가슴에는 정5품을 뜻하는 학 두 마리가 날고 있었다. 비록 수놓은 수실이 낡고 터져 보풀이 일어나긴 했지만……

"장영실 영감과 이천 대감을 비롯한 의기와 천문의 달인들이 궐 곳곳에 덕을 펼침을 모르는 바 아니나 한적한 전각에 이렇듯 기이한 장치가 있을 줄은 생각지 못하였습니다."

사내가 다시 밧줄을 당기자 서가들이 원래 자리로 구르릉 구르릉 돌아갔다. 현란한 서가들의 움직임에 혼이 다 빠질 지경이었다. 마침내 서가들은 원래 자리로 돌아가 가지런하게 줄을 맞추었다.

"필요가 있는 곳에 기적은 나타나는 것이다."

윤후명은 의자에 걸터앉은 자신의 아랫도리를 무심코 바라보았다.

"움직일 수도, 느낄 수도 없는 쓸모없는 짐짝 같은 두 다리가 이 설치를 고안하도록 했으니 기특하지 않으냐?"

그때서야 채윤은 이 모든 장치들과 바퀴의자가 그의 움직이지 못하는 다리와 연관 있음을 알았다. 채윤의 안쓰러운 표정을 살핀 사내가 목소리에 힘을 주었다.

"동정은 필요 없다. 비록 사람들이 발걸음을 꺼리는 궐 안의 가장 음습한 전각이지만 나는 이곳에서 두 발로 걸어 다닐 때보다도 더 빠르고 부드럽게 움직이며, 더 많은 책을 읽으며, 더 깊은 생각을 한다. 아쉬운 것은 그나마 말동무 삼았던 젊은 학사를 잃은 것이라 할 뿐……"

"장성수를 아십니까?"

채윤의 물음에 남자가 뭉툭한 매부리코를 훌쩍거렸다.

"그나마 이곳에 발걸음 하는 몇 안 되는 자들 중에서도 참한 젊은이였는데…… 죽던 바로 그날에도 서른 권이 넘는 분서들을 가져갔지."

"그날 장저작에게 뭔가 특별한 점은 없었습니까?"

"조신한 젊은이였다. 무슨 일이 있다고 표 나는 언행을 일삼지 않을 터."

채윤의 눈이 번쩍 빛났다.

"하지만 그날은 무언가에 쫓기는 듯했다. 무슨 일이냐고 물어도 통 대답을 않고 불안한 낯빛이었지."

장성수는 자신에게 다가올 위험을 미리 알고 있었던가? 자신을 해치려 드는 그자가 누구인지도 알았을까? 이 기이한 비서고는 장성수가 죽은 이유를 가르쳐줄지도 모른다.

"혹 이 서책들에 대해 들은 적이 있으신지요?"

채윤이 삼문에게서 얻은 종이쪽지를 건넸다.

"이것은 이틀 전 밤에 장성수가 행했던 분서행의 목록이 아니더냐?"

다리를 쓰지 못하나 기억력이 비상한 늙은이였다. 한 번 본 서책 이름으로 분서목록임을 짐작하다니.

"영감께서는 장성수의 분서목록대로 모든 책들을 내주셨습니까?"

"이르다뿐이냐? 목록대로 서른두 권을 건넸거늘 장성수의 수결[41]이 여기 있지 않느냐?"

윤후명이 바퀴를 휙 굴려 낮은 책상 위에서 낡은 장부를 펼쳐 건넸다.

들고나는 서책목록을 적고 담당자의 수결을 받아놓은 출납 장부였다. 채윤은 흘끗 장부 속의 수결들을 훑어보았다. 분서행을 위한 수결장부는 예외 없이 반듯이 쓴 장성수의 수결이었다.

"그러면 혹 이 서책들의 내용을 아시는지요?"

---

[41] 도장 대신 자신의 이름이나 관직 아래에 직접 쓰는 글자 비슷한 표시.

"대부분 한 번쯤 훑어본 것들이다. 이번 분서목록에는 유독 몽골 시절의 외서가 대부분이더니…… 명나라의 서책들도 팔사파문자[42]와 정체 모를 기호들이 섞여 있어 내용을 알기가 어려웠다. 미루어 짐작하기는 정운이나 자학에 대한 책이 아니었던가 싶구나."

"운학 말씀입니까?"

"그러하다. 〈홍무정운〉을 비롯한 중국 운서뿐 아니라 대륙 변방의 수백 가지 방언에 대한 운서들이다. 여진과 몽골어에 대한 운서도 심심찮게 있었지. 중국 사신들이 구해온 것인데 제대로 기능하기도 전에 이곳으로 오고 말았다. 그리고 보니 이번 분서행은 조금 이상한 점이 있구나."

윤후명이 채윤의 눈치를 살폈다. 머릿속에서 커다란 연자방아가 구르는 듯했다.

"무엇이 이상하다는 말씀입니까?"

"대개 분서행은 계절이 바뀌는 춘분과 추분, 하지와 동지를 기준으로 다음 그믐밤인데 이번에는 달랐다. 그러니 정상적인 일자에 비하면 근 열흘이 빠른 것이 아니냐?"

분서행이 빨랐다. 그 이유가 무엇인가? 태우지 않으면 안 될 책이 있었다는 말인가? 그렇다면 그 책을 서둘러 태워야 했던 이는 누구였을까?

채윤은 서책 출납 장부를 뒤적였다. 대부분의 수결은 춘분, 추분, 하지, 동지의 네 절기를 전후한 삭일의 날짜와 맞아떨어졌고 그 옆에는 어김없이 장성수의 수결이 적혀 있었다. 그 가운데 몇몇 낯선 수결자도 있었다.

"분서행이 아니면 반출될 수 없는 금서들인데 어찌 장저작 아닌 다른

---

42 원의 세조 쿠빌라이가 1269년 라마 중이자 학자였던 파스파에게 명해 몽골어를 쓰기 위해 만든 문자. 티베트 문자를 기초로 그것을 방형화하고, 왼쪽부터 세로로 몽골어를 적었다. 만든 해에 공용문자로 채택했지만 빨리 쓸 수 없고 불편해 보급이 잘 되지 않다가 원이 망한 후에는 거의 쓰지 않고 죽은 문자가 되었다.

이의 수결이 있습니까?"

"드물게 집현전의 학사들이나 서운관 학사들이 연구 목적으로 보아야 할 서책이 있다. 그럴 때는 집현전 제학들의 특별한 허락으로 이곳에서 열람하거나 서책을 빌려가기도 한다."

"최근 서책을 빌려간 사가 있습니까?"

"그것이…… 박사 윤필이 장성수가 죽기 전날 빌려간 서책이 있으니 〈몽연화우〉니라. 여기 대출장부에도 적혀 있지 않느냐?"

채윤은 장부에 적힌 수결을 보았다. 필이라는 외자의 수결이었다.

"어떤 서책입니까?"

"죽은 윤필을 욕보이고자 함이 아니나 입에도 담지 못할 책이었다. 몽골 오랑캐의 남녀상열지사를 그린 야한 책이었다."

머릿속에 의문이 아지랑이처럼 피워 올랐다. 윤필은 어찌하여 비서각의 금서를 빌렸는가? 운우지정을 그린 야서로 무엇을 도모하려 했을까? 윤필이 초했다는 고려가요의 편찬과는 무슨 관련이 있는가?

꼬리에 꼬리를 물고 또 다른 질문이 이어졌다. 두서없는 의문은 정황을 더욱 복잡하게 만들었다.

"혹 이 서체와 비슷하거나 같은 필체의 필사본을 본 적이 있습니까?"

채윤이 소맷자락에서 부스럭거리며 구겨진 종잇장을 꺼내 펼쳤다. 사내가 떨리는 눈빛으로 종잇장 위의 활자본 글씨를 골똘히 바라보았다.

"처음 보는 글씨다. 하지만 이 비서고에는 내가 모르는 책만도 수백 권이 넘으니 어찌 없다 말할 수 있으리. 그 종잇장을 맡기고 돌아가라. 서체를 대조하여 맞는 서체가 있으면 챙겨둘 터이니……"

"혹 죽은 학사 윤필이 빌렸다는 그 서책을 잠시만 볼 수 없는지요?"

"그 서책은 지난밤 대전 내시부 호위감이 가져갔으니 빌려주고 싶어도 그럴 수가 없다."

"고자는 남녀의 정에 무심하다 들었는데 대전 내관이 음서를 가져갔다구요?"

"남녀가 이끌리는 것은 원초적 욕망이다. 불간 내시라고 다르겠느냐? 오히려 지니지 못한 것을 더욱 그리워함이 아니겠느냐? 허허허." 윤후명이 짓궂게 웃으며 말을 이었다. "어찌 내관뿐이겠느냐? 현학 중의 현학이라는 최만리 대감 또한 그 야릇한 책을 탐하시는 것을……"

"집현전 대제학께서 시전잡배도 넌더리를 낼 몽골 오랑캐의 음서를 탐하신단 말씀입니까?"

"그러게 말이다. 바로 오늘 아침 최만리 대감께서 직접 들르셔서 그 서책을 찾으셨다. 성리학의 본류이시며 현학의 수장 역시 운우의 정을 구함에야 한낱 필부와 무엇이 다르겠느냐. 하하하!"

윤후명의 걸걸한 웃음소리를 뒤로하고 채윤은 혼란스런 발길로 비서고를 나섰다.

"설주가 낡아 문이 삐걱이니 단단히 문틈을 맞추어 문짝을 닫으렷다!"

사내의 우렁찬 소리가 등 뒤에서 울렸다.

집현전_세 번째 죽음

조선 초 궁중에 두었던 학문연구기관.
원래 당(唐)나라 현종(玄宗) 때 경서 간행과 서적 수집을 하던 기관이었으나
조선시대 학자 양성과 문풍 진작을 위하여 1420년(세종 2년) 대폭 확장, 정비되었다.
우수한 젊은 선비를 뽑아 경연(經筵)·서연(書筵)·사관(史官)·사명제찬(辭命制撰)·고제연구
(古制研究)·편찬사업 등에 전념하게 해 전반적인 문화 수준이 높아졌다.

1

지난밤 주자소로 향하던 호위감 무휼의 얼굴이 내내 머릿속을 떠나지 않았다. 무휼이 윤필을 죽인 장본인이 아니더라도 이 사건과 관련이 있으리라는 의혹을 버릴 수 없었다. 그러나 채윤은 무휼을 몰랐다. 그를 알기 위해서는 그의 거처를 살피는 것이 급선무였다.

무휼의 거처는 대전 뒤쪽 내시부 젊은 내시들의 합숙각이었다. 궐외 사저를 가질 수 있는데도 무휼은 마흔이 넘도록 합숙각에 머물렀다. 한시도 주상의 곁을 떠날 수 없는 호위무사의 임무 때문이라지만 사람들은 그의 권력 지향적인 성품에서 연유를 찾았다.

퇴궐한 동안 주상을 보필할 다른 내관에게 권력과 위세를 나눠주지 않기 위해서란 것이다. 주상의 총애를 하루 종일 붙들어두겠다는 집착이었다. 그것은 단 한순간도 권력의 핵심을 벗어나지 않겠다는 뜻이기도 했다. 그런 간악한 성정 때문에 주상이 무휼을 각별히 총애한다고 궁인들은 쑥덕거렸다.

문전의 잡역내시는 허리춤의 겸사복 호패를 보이자 떨떠름한 표정으로 물러섰다. 채윤은 뜰 안으로 들어서자마자 부지런히 움직였다.

서까래와 문설주, 창틀은 물론 대청마루 밑의 작은 흙더미 하나도 꼼꼼히 살폈다. 두더지가 헤집은 앞뜰 흙무더기와 장작더미도 까뒤집었다.

채윤은 먼지투성이의 마루 밑으로 기어들어가 구석구석을 살폈다.

"쥐새끼처럼 남의 대청마루 아래에 엎드려 무슨 짓을 하는 것이냐?"

노기를 띤 카랑카랑한 목소리였다. 가늘고 긴 눈을 뱀눈처럼 번쩍이며 무휼이 채윤을 쏘아보았다. 바짝 긴장한 채윤의 등줄기에 땀이 솟았다. 내시라 하나 당상관에 버금가는 권력자였다.

"이 밤에 내시부 호위감의 거처를 어찌 난장판으로 만드는가?"

"아뢰옵기 면구하오나 겸사복장의 수색명령을 받았으니 하자가 있거나 불가한 처사가 아닙니다."

떨리는 목소리로 간신히 말했다. 무휼의 희고 매끈한 안색이 사납게 일그러졌다.

"그래. 네놈이 그렇게 샅샅이 뒤지던 물건이 나의 거처에 있기는 하더냐?"

비웃음을 흘리며 무휼이 말했다.

"아직 찾지 못했습니다."

"고얀 놈! 아직이라니? 이 난장판을 치면서 찾아낸 증거가 없다면 네놈의 죄를 낱낱이 묻겠다!"

"죄를 물으시는 것은 두렵지 않으나 호위감 어른의 지난밤 행적을 말씀해주시기를 청합니다."

나이 어리다 하나 전쟁터에서 구사일생의 고비를 수십 번이나 넘기면서 몸에 익게 된 배포였다.

무휼은 이 어린 겸사복 놈이 보통내기가 아니라는 것을 알아차렸다. 놈은 시합을 청하고 있다. 누가 더 오래 분노를 억누르는가? 누가 더 강하게 감정을 조절하는가? 누가 더 수를 빨리 읽는가? 그것은 주먹이 오가지 않지만 그것보다 더 위험하고 절박한 싸움이었다.

"어젯밤 어른께서 주자소로 향하시는 것을 제 눈으로 똑똑히 보았고 그곳에서 학사가 죽었습니다."

갈 데까지 가보자는 심산이었다. 어차피 그르친 일이다. 주상의 심복의 심기를 그르쳤으니 여하한 이유로도 살아남기는 힘들다. 하지만 살인자의 정체를 드러내고 싶었다.

"계속 요망한 혀를 놀려 주상전하의 호위감을 능멸한다면 무사하지 못할 것이다."

분노가 끓었다. 이 악한 자는 범행이 탄로 날 지경에 처하자 자신의 벼슬과 주상의 측근이라는 위세를 내세우고 있다.

"어른께서는 주상전하의 측근이실지 모르나 주자소에서 보면 외부인일 뿐입니다."

"어젯밤 단지 볼일이 있어 주자소를 찾았을 뿐이다. 일을 마친 후에는 바로 그곳을 떠났다." 채윤은 어금니를 꽉 물었다.

"어른의 말이 거짓이라는 증거가 여기 있습니다."

채윤이 어두운 무휼의 발 앞에 무언가를 툭 던졌다. 그것은 지난밤 무휼이 들었던 횃불의 횃대였다.

"심지조차 다 타버린 몽당 횃대로 무얼 어떻게 하자는 말인가?"

채윤은 그 자리에 쪼그리고 앉아 횃대를 살폈다.

"조금 전 축대 위에서 발견한 횃대입니다. 지난밤 무휼 어른께서 들고 주자소에 들르셨던 횃대가 아니라고는 말씀하시지 못하실 것입니다. 잡역내관이 어제 아침 청소를 말끔히 했다 하니 그 이전의 횃대는 이미 치웠을 것이요, 윤필이 죽기 전날 밤까지는 대전을 물러나신 적이 없으니 횃불을 켤 필요조차 없었겠지요?"

무휼의 매끄러운 목덜미가 꿀꺽 침을 넘겼다.

"호위무사의 횃대가 작고 짧은 것은 한 손으로 횃불을 들고 다른 손으로 무기를 쓰도록 하기 위함입니다. 솜뭉치에는 불꽃 크기가 작으면서도 불빛이 멀리 미치는 아마유를 쓰지요. 바로 이것처럼 말입니다."

"그 몽당 횃대가 나의 행적이나 윤필의 죽음과 관련이 있다는 말이더냐?" 무휼이 눈썹을 가운데로 몰며 다그치듯 물었다.

채윤은 다짐했다. 겁먹지 말아라. 겁을 먹는 순간 지는 것이다. 그것은 수십 번의 전투에서 몸으로 배운 생존의 방식이었다. 살아남는 가장 확실한 방법은 백발백중의 활솜씨도, 전광석화의 칼솜씨도 아니었다. 그것은 겁을 먹지 않는 것이었다. 아무리 적이 많아도, 기세가 등등해도 겁을 먹지 않으면 이기지 못할지언정 살아남을 수는 있다. 채윤은 힘주어 항문을 조였다.

"이 횃대를 보십시오. 기름 중에 가장 오래가는 아마유가 다 타고 심지까지 타들어갔습니다."

채윤이 검은 횃대의 심지를 가리켰다. 무휼은 이 젊은 겸사복의 수를 읽을 수 없었다. 채윤은 조마조마한 무휼의 마음을 헤아리기나 한 듯 말을 이었다.

"심지까지 타들어갈 정도라면 이 횃불을 오래 켰다는 뜻입니다. 지난밤 향원지에서 저를 만난 후 두어 식경 넘게 주자소에 있었다는 말이지요."

무휼의 관자놀이 실핏줄이 바르르 떨렸다. 그것을 채윤은 어스름한 빛 속에서 포착했다.

"무휼 어른은 무슨 일인가로 윤필과 오랜 시간 함께 있었다는 말이 됩니다. 이 횃대의 솜 심지를 보십시오. 물기에 젖은 흔적은 없습니다. 그것은 어른께서 비가 오기 전에 그곳을 떠나셨다는 얘기겠지요. 일몰에서 비오기 전까지의 시간은 횃불이 타는 시간과도 맞아떨어집니다." 채윤이 눈을 부릅뜨며 말을 맺었다. "이 횃불이 타는 동안 일어난 일을 무휼 어른께서는 명명백백하게 밝혀야 할 것입니다."

"네 논리가 전혀 근거 없는 것은 아니나 나는 윤필을 죽인 바 없다."

무를 자르듯 단호하고 간결한 말이었다. 그것은 꼬리를 밟힌 자가 극도로 자신을 숨기는 방책이었다. 채윤의 두 눈이 분노로 지글지글 타올랐다.

상대는 주상의 심복이다. 말단 겸사복들에게조차 따돌림을 당하는 자신이 마음대로 할 수 있는 자가 아니다. 종4품의 벼슬아치가 아니더라도 그는 어엿한 양반이다. 지금 당장 이자가 모든 범행을 인정한다 하더라도 그를 체포할 권한조차 없다.

내일 아침이면 놈은 반격을 가해오겠지. 그러면 이 밤은 궁궐의 마지막 밤이 될지도 모른다. 아니 세상의 마지막 밤이 될지도 모른다. 그렇게 생각하자 모든 것에 초연해졌다.

채윤은 느닷없이 자신도 이해하지 못할 농지거리를 던졌다. 그것은 가증스런 환관에 대한 마지막 사력을 다한 공격이었을까?

"호위감 어른께서는 좋아하는 팔사파 서책이 있더군요."

순간 무휼의 얼굴이 납덩이처럼 질렸다. 채윤은 깊이 고개를 숙여 절했다.

"시간이 늦었습니다. 느닷없이 거처를 불편하게 해드려서 죄송합니다. 소인은 물러가 명을 기다리겠습니다."

자신에게 닥쳐올 고난을 담담히 예감하며 채윤은 서쪽 중문을 나섰다.

채윤은 천추전으로 통하는 내시부 서문을 빠져나왔다. 오늘밤 해야 할 일이 있다. 궁인들 사이에서 번지는 괴이한 소문의 정체를 밝히는 일이었다. 천추전 근처의 귀신에 대한 소문. 두 학사가 죽어나가자 소문은 더욱 그럴듯하게 들렸다. 급기야 겸사복장까지 나서서 진상을 캐라 채근하기에 이르렀다.

천추각의 처마 밑에는 어스름이 내리고 있었다. 흠경각은 크지 않은 한 칸짜리 팔작지붕 전각이었다. 채윤은 주위를 살피고 내달리기 시작했다. 번을 서는 수비병이나 금군은 보이지 않았다.

채윤은 재빠르게 흠경각 안으로 숨어들었다. 전각 안은 희미한 어둠으로 들어차 있었다. 아직 마르지 않은 송진의 진한 향기가 풍겼다. 채윤은 어둠 속에서 천천히 주위를 둘러보았다. 겉으로 보기에 한 칸짜리로 보이던 내부는 미닫이문으로 세 구역으로 나뉘어 있었다.

확실히 전각 안은 사람이 살 만한 곳은 아니었다. 구들은 아예 없는데다 방 안 가득 엄청나게 큰 나무통들이 어지럽게 들어차 있었다. 무릎 높이의 기단 위에 수십 개의 작은 통들이 늘어서 있고, 그 위로 서너 층을 줄지어 조금씩 큰 통들이 늘어서 있었다. 맨 위에는 어른 하나가 족히 들어갈 법한 큰 통 두 개가 보였다. 천장 바로 아래의 큰 통을 꼭지점으로 삼각형 모양으로 펼쳐지면서 점점 작은 통들이 늘어선 모양이었다. 그리고 어디선가 작은 소리로 졸졸졸 물이 흘러가는 소리도 들렸다.

도대체 어찌 이렇듯 해괴한 전각이 침전 바로 옆에 있는가? 이곳에 귀신이 산다면 주상의 안위는 또 어떻게 할 것인가?

채윤은 그 조화를 알 수 없었다. 귀신이 깨어난다는 바루 시각까지 기다려보아야 할 일이었다.

채윤은 어깨를 움츠리고 어두운 전각 안에 몸을 숨겼다. 밤이 깊어갈수록 공기는 싸늘해졌다. 겨드랑이 밑에 두 손을 꽂은 채 오들오들 떨었다. 이틀 동안의 불면과 긴장이 한꺼번에 피곤함이 되어 물살처럼 밀려들었다.

쏟아지는 졸음을 애써 참으며 두 눈을 까뒤집었다. 적막한 어둠 속 어디선가 물 흐르는 소리만이 졸졸졸 들릴 뿐이었다. 단조로운 물소리가 자장가처럼 들렸다. 쏟아지는 졸음을 이기지 못하고 잠시 눈을 붙였을까? 채윤은 문득 소스라치게 놀라며 눈을 떴다.

얼마나 시간이 흐른 것인지 알 수 없었다. 갑자기 물살이 거세지는 듯 물소리가 커졌다. 귀신이 깨어날 때 들린다는 물살소리였다. 그 때문에 사람들은 이 전각에 물귀신이 산다고 단정했다. 두 손은 어느새 허리춤의 육모방망이로 가 있었다.

거세진 물살이 흐르더니 어느 순간 커다란 돌덩이가 떨어지는 듯 쿵 하는 소리가 났다. 곧 나무문이 열리듯 끼이익 하는 소리가 들렸다.

완전히 닫히지 않은 미닫이문의 벌어진 틈새로 건너 칸이 보였다. 채윤의 두 눈이 공포와 경악으로 커졌다. 머리끝에서 발끝까지 온 힘이 빠져나가고 온몸의 털이란 털은 모두 곤두섰다.

그것은 분명 귀신이었다. 물소리가 커지면서 쿵 하고 지축이 울리는 소리와 함께 귀신들이 깨어난 것이었다. 하얀 소복차림의 처녀귀신이 벌떡 일어나자 나팔소리가 났다. 그 뒤를 검은 수염을 기른 야차 같은 사내귀신들이 벌떡 일어나 징을 쳤다. 기묘한 형상들이 빙빙 돌며 눈앞을 어지럽혔다. 징소리를 따라 북소리와 종소리가 이어졌다.

그야말로 귀신에 홀린 듯한 기분이었다. 두 눈으로 보면서도 믿을 수가 없었다. 그렇다고 믿지 않을 도리도 없었다. 무기가 될 만한 것은 허리춤의 육모방망이 하나가 전부다. 두려움에 치가 떨렸다.

무모하게 이곳에 오는 것이 아니었다. 설마 귀신이 있으랴 하고 생각했던 것이 잘못이었다. 눈앞에서 벌떡벌떡 일어서고 빙글빙글 움직이는 귀신들을 보고서 어찌 그 광경을 믿지 않으랴?

벽 구석에 무릎을 세우고 얼굴을 묻은 채 시간이 지나가기만을 빌었다. 멀리서 바루종이 울리는 소리가 들렸다. 그 종소리가 그렇게 기쁘게 들렸던 것은 처음이었다.

종소리가 그쳐갈 무렵 건너 칸의 소란이 잦아들었다. 다시 조용한 물소리만 졸졸졸 귓가를 스칠 뿐 언제 그런 일이 있었냐는 듯 조용해졌다. 방 안을 미친 듯이 돌아다니던 귀신들은 사라졌고 종소리와 북소리, 징소리도 잦아들었다.

살아남을 수 있는 기회였다. 숨을 죽이며 문틈으로 밖을 내다보았다. 뜰 앞에는 다행히 순시병들이 보이지 않았다. 하기야 귀신들이 등천을 하는 판이니 어느 간 큰 병졸이 번을 서려 할 것인가?

채윤은 부리나케 문을 열고 축대를 따라 전각을 돌아 뒷담을 넘었다. 옷에 묻은 흙을 툭툭 털자 눈에 익은 경회루의 지붕이 보였다. 채윤은 겨우 안도하며 서둘러 발걸음을 옮겼다.

겸사복청 지붕이 저만치 보일 무렵이었다. 문짝이 활짝 열리고 일렁거리는 횃불의 행렬이 다가왔다. 숙직조 조장과 수하의 겸사복 예닐곱이었다. 조장이 못마땅한 듯 눈을 흘기며 소리쳤다.

"궁궐이 발칵 뒤집히는 줄도 모르고 어딜 쏘다니는 것이냐? 이놈아! 냉큼 따르라!"

겸사복들의 바쁜 발길이 우르르 지나쳐 갔다.

"그렇게 얌전히 숙직각에 들러붙어 있지 어딜 그리 나다니는 게야? 이 친구야!"

그렇게 말한 사내는 늙은 겸사복조장 윤정후였다. 약고 모진 겸사복들 사이에서 무던하고 사람 좋기로 소문난 자다. 나이 서른여섯에 아들 둘을 두었지만 마누라가 일찍 죽는 바람에 홀아비 신세였다.

"무슨 일이죠?"

횃불을 든 윤정후의 얼굴이 땀에 번질거렸다.

"또 일거리 생겼어!" 윤정후가 툴툴댔다.

"에? 무슨 말이에요?"

"살인사건이라네. 내 이럴 것 같았으면 숙직을 서지 않는 것인데……"

저리 무던한 사람이 어찌 겸사복이 되었나 싶을 정도로 털털한 사람이라 곧잘 양반 자제들을 대신해 숙직 번을 서왔다. 오늘밤도 다른 이의 부탁을 거절하지 못해 대신 맡은 대리숙직이었던 것이다.

"어디오? 죽은 사람이 누구요?"

"집현전이라네. 피살자는 학사 허담으로 밝혀졌고……"

횃불을 쳐들고 잰걸음을 옮기는 윤정후가 거친 숨을 헉헉 몰아쉬었다. 채윤은 무엇엔가 쏘인 사람처럼 후닥닥 달리기 시작했다.

멀리 집현전 쪽에서 붉은 횃불 여러 개가 타오르고 있었다. 불빛들은 커다란 불무리가 되어 어둠을 밝혔다.

채윤은 그곳으로 가고 싶지 않았다. 눈앞에 퍼질러질 혼돈과 불안, 그리고 의혹들을 마주하기가 두려웠다. 하지만 피할 곳은 없다.

모호하고, 혼돈스럽고, 불확실한 어둠 속은 숨을 수 있는 곳이 아니었다. 불빛 아래로 나아가 빛과 맞서야 했다. 그리고 어둠 속의 진실들을 하나씩 빛 속으로 끄집어내야 했다. 그러기 위해서는 두려움과 맞서야 했다. 두려움은 모호함에서 왔다. 모르기 때문에 두려운 것이다.

채윤은 스스로 아는 것이 부족함을 알 알고 있다. 하지만 아는 것이 없음을 아는 것만으로도 무지와 맞설 준비는 된 것이다.

채윤은 타오르는 횃불 속으로 성큼 다가섰다.

피살자는 뜨거운 방 안에 잠자듯 반듯하게 누워 있었다. 무거운 쇠몽둥이에 맞아 으깨진 뒤통수만 아니었다면 깊은 잠에 빠진 것으로 착각할 정도였다. 어느새 달려온 가리온이 사체를 유심히 살피고 있었다.

"피가 식지 않았다. 몸 아래쪽에 죽은 피의 반흔도 나타나지 않았으니 사망 시간은 길어도 한 시간 남짓? 그러니 인시 전후가 되겠지."

묻기도 전에 가리온은 피살자의 사망 시간을 추정했다.

"어떻게 죽은 것입니까?"

"쇠몽둥이가 정확히 뒷머리를 후려쳤다. 범인은 정확한 예상 침투로로 들어와 한 번에 살해하고 빠져나갔다. 흠잡을 데 없이 완벽한 살인술…… 살상법을 잘 알거니와 철퇴의 사용법에 능한 무예의 고수다."

"무예의 고수가 어찌 칼을 쓰지 않고 철퇴를 쓴 것입니까?"

"칼을 썼다면 시끄러워졌을 것이다. 찌르기에 편한 검은 칼날을 아무리 눕힌다 해도 갈비뼈에 칼날이 걸린다. 베기 위주의 도는 비명소리를 피할 수 없지. 하지만 돌기가 있는 쇠몽둥이는 비명소리 하나 없이 일격에 상대를 쓰러뜨릴 수 있지."

채윤은 조심스럽게 방 안 여기저기를 살폈다. 두어 개의 대나무 옷걸이가 벽에 걸려 있을 뿐 말끔한 방이었다. 지난밤 군불을 세게 넣은 탓인지 바닥이 쩔쩔 끓었다.

특이한 점이라면 방 한중간의 서안이 보통 것보다 눈에 띄게 컸다. 가로세로가 어림잡아 보통 서안의 서너 배는 되어 보였다. 높이 또한 어른의 배꼽 정도였다.

    서안 위에는 보통 서책의 네 배 정도 크기의 질 좋은 닥종이 여러 매가 가지런히 쌓여 있었다. 한쪽 옆에는 지지에 관한 서책들이 쌓여 있었다. 채윤은 표지를 살폈다.

    〈해동지지〉 〈경기승람〉 〈궁내도〉……

    피살자는 서안을 앞에 놓은 채 바닥에 쓰러져 있었다.
    "문신이 있습니까?"
    사체의 왼팔을 걷어 올린 가리온이 말없이 고개를 끄덕였다. 채윤은 죽은 자의 왼 팔뚝이 말하는 바를 들었다.
    이전 학사들과는 다른 문양이었지만 일관성이 있다.

학사들의 신체를 검열했다면 허담은 죽지 않았을지도 모른다. 채윤은 더욱 강하게 정별감과 최만리 대감을 설득하지 못한 자신을 자책했다.

"모든 변고가 계획적인 연쇄살인임이 더욱 명백해졌군."

문밖으로 나선 채윤은 툇마루에 섰다. 횃불을 쳐들자 뜰 아래 모여든 사람들의 공포에 질린 얼굴이 드러났다.

"누가 이 변고를 맨 처음 보았소?"

횃불을 든 한 중늙은이가 앞으로 나섰다.

"집현전 화부 강사선이오. 매일 장작을 패서 군불을 넣고 불씨를 꺼뜨리지 않는 일을 맡고 있소."

채윤은 밤 순찰 길에서 만난 화부들의 노고를 알고 있다. 여름이 지나고 찬바람이 불기 시작하면 그들은 밤잠을 포기해야 했다. 방이 너무 뜨거워도 너무 추워도 날벼락이 떨어졌다. 스무 개가 넘는 아궁이마다 장작과 적절한 석탄을 배합해 불 조절을 해야 하기 때문에 밤 동안 더욱 바빴다.

"변고를 발견한 때의 정황을 소상히 말해보시오."

"어제 오후에 밤을 샐 연구과제가 있으니 군불을 넉넉히 넣으라는 학사 허담의 특별한 명을 받았소. 명대로 아궁이 가득 장작을 피웠소."

"허학사는 언제 연구방으로 돌아오시었소?"

"해시가 조금 넘은 시간이었던 듯하오."

"어떻게 기억하오?"

"연구동 군불이야 초저녁 무렵에 빼도 아침까지 온돌에 온기가 남아 있게 마련이지요. 해시가 조금 넘은 시간에 학사동 다른 방 아궁이의 장작을 뺀 후 숙소로 돌아가던 길에 허학사를 만났소. 넉넉히 때라는 명대로 불을 빼지 않았다고 고하고 숙사로 돌아가 잠을 청했소."

"허학사를 발견한 시간은……?"

늙은 잡역은 채윤의 골똘한 표정을 살피며 말을 이었다.

"잠시 눈을 붙인다는 것이 그만 피곤에 절어 깊이 잠이 들었나보오. 문득 깨어보니 허학사 방 아궁이 불을 빼지 않은 것이 퍼뜩 생각났지요. 큰일났다 싶어 방문을 박차고 달려나왔지요."

"그것은 어찌 그렇소?"

"밤새 불을 때면 너무 달아오른 구들에 화상을 입기 일쑤니까요. 헐레벌떡 연구동으로 달려와 서둘러 아궁이의 장작불을 뺐소. 구들이 너무 뜨거워 나무라실까 걱정했으나 방 안에서는 아무런 기척이 없었소. 죄송한 마음에 '응교 나리. 소인이 불초하와 장작을 너무 넣었나봅니다. 방 안 공기가 너무 더웁지 아니하신지요? 뜨거우시면 방문을 약간 벌려두소서' 하고 아뢰었는데……"

"아뢰었는데?"

채윤이 채근하듯 횃불을 쳐든 손을 떨었다.

"기척이 없었소. 잠이 드셨나 생각하다 이상한 느낌이 들어 방문 가까이 가니 문종이에 붉은 자국이 튀어 있었소. 소스라치게 놀라 문을 열어젖히니 저 작단이 나 있었소."

"그 밖에 미심쩍은 점은 없었소?"

"연구동 뒤켠으로 낯선 그림자가 후닥닥 족제비처럼 뛰쳐나가지 않겠소? 야근하는 학사들이 여럿이니 그중 한 명이려니 했지요."

"그자의 얼굴을 보았소?"

"어두웠던데다 경황이 없어 얼굴은 보지 못했소." 채윤의 얼굴에 실망감이 스쳤다. "하나 얼핏 본 그자의 뒷모습이 조선 사람 같지는 않았소."

채윤이 다시 사내를 잡아먹을 듯 바짝 다가섰다.

"사람이 아니라면 귀신이라도 보았다는 말이오?"

"그자의 옷차림은 지금껏 본 적이 없는 것이었소. 푸른빛이 도는 옷에다 머리 모양 또한 상투가 아니라 길게 땋은 모양이었소. 내 짐작에는 명나라의 옷차림과 머리 모양이 아닌가 하오만……"

사내가 말끝을 흐렸다. 사흘 동안의 길고 긴 추적이 실마리를 잡은 것인가? 처음으로 범인의 뒷모습을 본 증인이 나섰다. 그때 한쪽 옆에 서 있던 잡역이 나섰다.

"명나라 사람이라면 어제 오후 명 사신의 호위사령이 입궐한 적이 있소. 집현전 근처를 배회하기에 어쩐 일이냐고 물었더니 최만리 대감의 집현전 연회에 왔다고 하더이다. 그래서 대제학께서 계신 대제학관으로 안내해드렸소."

그제야 채윤은 어제 저녁 최만리 대감을 찾아온 키 큰 명나라 호위사령을 떠올렸다.

그놈이다! 채윤은 어벙하게 옆에 선 윤정후를 돌아보며 내뱉었다.

"명나라 사신관으로 갑시다!"

말을 마치기도 않았는데 발걸음이 먼저 알고 움직였다. 두터운 눈꺼풀을 끔벅이던 윤정후가 채윤의 옷깃을 잡았다.

"이 밤에 명나라 사신관을 쳐들어가겠다니…… 정별감이 알면 불호령이 떨어질 거야. 아니 모가지가 떨어질 일이지."

"겁이 나면 관두시오. 나 혼자라도 갈 터이니……"

성큼성큼 발걸음을 옮기는 채윤을 윤정후는 발을 동동 구르며 따랐다. 그 뒤로 겸사복 예닐곱이 우르르 몰려갔다.

2

채윤은 명나라 사신관으로 달려가 유력한 용의자를 체포한다.
그러나 정벌감은 채윤의 뺨을 때리며 "당장 사건에서 손을 떼라"고 명한다.

명나라의 사신관은 육조거리 한가운데에 있었다. 높다란 대륙식 솟을
대문은 이국적인 느낌을 주었다.

끼이익─ 묵직한 소리가 쐐기가 되어 어둠 속에 박혔다.

솟을대문을 들어서자 넓은 뜰이었다. 경계의 눈빛을 한 명나라 병사들
이 채윤의 일행을 에워쌌다. 곧 안뜰로 통하는 중문이 열리고 갑옷 차림
의 덩치 큰 사내가 나섰다.

순간 오금이 저리며 종아리에서 힘이 빠졌다. 의외로 침착한 놈의 눈빛
때문이었다. 하지만 어차피 엎질러진 물. 이곳까지 온 이상 끝을 보아야
한다. 채윤은 애써 두 다리에 힘을 주며 버티어 섰다.

"겸사복이 밤중에 어인 일로 이곳까지 들이닥쳤는가?"

턱밑 수염이 꾀죄죄한 통역관이 어눌한 발음으로 물었다.

"집현전 연구동에서 야근 연구 중이던 학사가 절명한바, 현장에서 호
위사령을 목격한 자가 있어 확인하려 함이오."

통역관이 낮은 중국어로 아뢰었다. 호위사령의 크고 긴 얼굴 가장자리

에 가소로운 미소가 스쳤다. 그리고는 반듯한 목소리로 또박또박 말했다.

"일몰 후 조공국의 궐내에서 일어난 해괴한 변고를 어찌 대명제국의 사신관에서 묻는가?" 채윤은 할 말이 없었다.

"현장에서 호위사령을 목격한 자의 증언이 있소이다."

"사람의 눈이란 간사하게 스스로를 속이기도 하는 법. 어둠 속에서 스치듯 본 허황된 증언을 빌미삼아 한밤중에 사신관으로 들이닥친다면 어찌 양국 외교에 보탬이 되겠는가?"

격해지는 중국어 억양을 채윤은 알아차렸다. 밀리면 끝장이라고 채윤은 생각했다.

"흑과 백은 햇빛 아래에서 명명백백 밝혀질지니 겸사복청으로 가서 결백을 밝혀주기를 바라오."

채윤은 짐짓 흥분한 듯 팔을 휘저으며 소리쳤다. 평소의 그답지 않게 의식적인 거친 행동이었다. 통역관에게 뜻을 전해들은 호위사령의 얼굴이 붉으락푸르락했다.

"사신관은 조선 땅에 있으나 명나라 영토이니 조선의 법과 군율이 미치지 못한다. 어찌 근거 없는 증언 따위로 대명의 영토를 침범하고 사신을 모욕하는가?"

걸걸한 호위사령의 목소리에 채윤은 주눅이 들었으나 다시 아랫배에 힘을 모았다.

"현장에서 본 사람이 있으니 현행범이라 할 것이고 이는 치외법권에 속하지 않는 사안이오."

"죄를 물을 양이면 되물릴 수 없는 증거를 제시하라! 그렇지 않으면 무례를 너희 왕에게 묻겠다!"

사색이 된 윤정후가 사시나무처럼 바들바들 떨었다.

저 젊은 녀석에게는 들이댈 아무런 증거가 없다. 그렇기에 천방지축 날뛰는 놈을 말렸어야 했다. 하지만 이제는 돌이킬 수조차 없다. 어찌어찌 이곳까지 따라오고 말았으니 같이 경을 칠 노릇이었다.

"이것이 바로 그 증거요!"

느닷없는 목소리에 바들바들 떨던 윤정후가 고개를 들었다. 채윤은 펄럭이는 횃불을 호위사령에게 천천히 들이밀었다. 호위사령이 흠칫 놀라 뒤로 한 걸음 물러섰다.

채윤이 가리킨 호위사령의 앞섶에는 굵고 진한 한 방울의 핏자국이 선명했다. 그 옆으로도 흩뿌린 듯한 핏방울 자국이 나 있었다. 자신도 모르는 핏자국을 본 호위사령은 당황한 기색이었다.

"옷섶에 새겨진 핏자국을 보고도 다른 증거를 요구하진 못할 것이오."

호위사령은 혼이 나간 것처럼 멍해졌다. 채윤은 쐐기를 박듯 다시 말했다.

"겸사복청으로 가서서 이 핏자국의 유래와 이유를 밝혀주시오."

여섯 명의 겸사복이 앞으로 나서자 명나라 호위부 병사들이 창끝을 바투 세웠다. 호위사령은 손을 들어 부하들을 제지했다. 병사들이 주춤하며 물러섰다.

"좋다. 가자! 하지만 일의 선후를 증명하지 못할 시엔 조선 임금과 의정부에 방자함을 묻겠다!"

그제야 채윤은 더럭 겁이 났다. 어쩌다가 일을 이 지경까지 만들고 말았단 말인가?

채윤과 호위사령은 차가운 마루가 깔린 천장 높은 방으로 들어섰다. 언뜻 보기에 외딴 역마참처럼 우중충했다.

방 한가운데의 낡은 책상 위에는 닥종이와 지필묵이 있었다. 서늘한 공기가 적막한 두 사람 사이를 더욱 싸하게 맴돌았다.

채윤은 그의 이름을 물었다. 통역관에게 채윤의 말을 전해 들은 호위사 령은 앞에 놓인 붓을 들어 종이 위에 강황전이라고 썼다.

채윤은 그에게 인시경에 궁궐 안의 집현전 근처에 머문 적이 있냐고 물 었고, 있다면 그 이유가 무엇인지, 그리고 없었다면 그 시간에 어디에서 무엇을 하고 있었는지, 그 말을 증명해줄 사람이 있는지, 그리고 앞섶에 묻은 피는 어떤 까닭인지도 물었다.

강황전은 몇 번의 부인과 발뺌을 통해 채윤의 말을 반박하고 명나라의 사신단임을 내세워 면책을 시도했다. 채윤은 끈질긴 질문으로 몰아붙이 고, 논리로 압박했지만 그는 쉽게 걸려들지 않았다. 때로는 강경한 어조 로, 때로는 천연덕스럽게 통역관을 통해 말했다.

채윤은 그가 한 말을 조목조목 정리해 종이 위에 적었다.

"궐내 겸사복청 숙직 겸사복 강채윤이 금일 밤 피살된 집현전 학사 허담 의 살해용의자를 취조하다. 이자는 대명의 사신을 수행하는 호위사령 강 황전으로 지난 팔월 새로 부임한 대명의 조공감독관과 함께 조선에 왔다. 금일 허담의 살해 추정 시각 현장에서 목격한 증언이 있은바 수차의 완강 한 부인을 계속했다. 마침내 목격자와의 대질로 분명한 목격담이 있자 부 인 끝에 사실을 인정했으나 살해 혐의를 완강하게 부인했다. 이자는 당 일 밤, 집현전 대제학 최만리 대감이 베푼 집현전 내 접객관의 만찬에 명 사신단의 수행관헌 오 명과 함께 참여한바, 늦은 밤 취기에 연회장을 나 와 집현전 근처를 배회하던 중 목격자와 조우하자 당황하여 자리를 피했 다고 증언했다. 그 후 이자는 정신을 수습하여 사신관으로 돌아가 잠들었 다고 했다. 그 시간은 축시경으로 사신관으로 돌아간 이자가 명나라에서

가지고 온 모래시계로 확인했다는 것이다. 그 모래시계는 각 계절의 일몰 시간을 기준으로 두 시간 간격으로 모래가 흘러내려 시각을 읽을 수 있는 정교한 측정기라고 하나 실물을 확인할 바 없다. 고로 이자의 주장에 의할 경우 축시에 사신관으로 돌아갔으므로 허담이 죽은 인시에는 이미 궁궐에 있지 않았음을 의미한다. 허나 피자의 진술 중 확인해야 할 바가 있으니 최만리 대감의 연회가 있었는지 하는 것으로 이를 대감의 입궐 후 즉각 확인함이 가한 줄 상고드리는 바이다."

채윤은 따가운 눈을 비볐다. '겸사복 강채윤'이란 관명을 쓸 때는 가슴이 쓰렸다.

결국 놈에게 당하고 만 것인가? 분명 목격자가 있고 살해 방식이 무술의 달인의 솜씨라는 심증을 굳혔지만 놈은 미꾸라지처럼 결정적인 혐의를 빠져나갔다.

이제 남은 것은 최만리 대감에 달려 있다. 최만리 대감이 입궐하면 모든 것이 밝혀질 것이다. 실로 최만리 대감이 주선하는 연회가 어젯밤 집현전에서 있었던 것인지 그렇지 않은지……

그러나 막연한 불안감을 떨칠 수가 없었다. 최만리 대감의 증언이 유리할 것이라는 믿음이 좀처럼 생기지 않았다.

조사를 끝낼 무렵 아침이 밝았다. 접객관에 모신 강황전에게 아침상을 들이고 깔깔한 입 안으로 국밥 한 그릇을 퍼 넣고 있을 때였다. 요란한 대문소리가 끼이익 채윤의 가슴을 긁었다. 들고 있던 국 사발을 바닥에 내려놓고 서둘러 입술을 훔쳤다.

"채윤아! 강채윤 이 놈 어디 있느냐?"

성급한 목소리가 뜰을 쩌렁쩌렁 울렸다. 채윤은 서둘러 뜰 안으로 훌쩍 나서며 허리를 숙였다.

"소인 여기에 있습니다."

말을 맺기도 전에 눈앞에 번쩍 푸른 불꽃이 튀었다. 귓속에서 찌르르 소리가 났다. 흥분한 정별감이 냅다 귀싸대기를 갈긴 것이었다. 채윤은 비틀거리며 정신을 다잡았다.

"옳다. 네놈이 거물급을 잡아들여 한칼에 큰 공을 세우고 싶은 게지? 무지렁이 병졸이라도 공을 세우면 조장이 되고, 별감도 될 것이다. 식년 과거에 응시하면 장성수처럼 주상전하의 특별 배려로 과락을 면할 수도 있겠다? 정랑도 되고, 판부사도 되고, 사관도 되고…… 그래 어디 가는 데 까지 가보아라. 아이구! 그러면 나는 네놈을 '나리!' 아니 아니…… '대 감!'이라고 불러줄 테니……"

분이 덜 가라앉은 정별감이 입을 비틀며 비꼬았다. 드디어 이렇게 일이 벌어지는 것인가?

"네놈이 정신이 있는 놈이냐 없는 놈이냐? 어쩌자고 대명의 사신관에 난입하여 수행원을 납치한 것이냐?"

정별감은 화가 가시지 않는 듯 헉헉 숨을 몰아쉬었다.

"살해 현장에서 그자를 보았다는 목격자가 있어 사실 여부를 확인하 러……"

"시끄럽다!" 채 말을 끝내기도 전에 정별감이 소리쳤다. "다른 사람이 아니라 명 사신 수행원이다. 빨리 방면하라. 아니 아니다. 내가 직접 사신 관으로 모셔야겠다." 정보관이 강황전이 아침상을 받고 있는 접객관으로 향했다.

"하오나 그자의 진술 중에 확인해야 할 부분이 있습니다. 최만리 대감 께서……"

"이놈아! 내 새벽 댓바람에 격노하신 최만리 대감의 호출을 받고 달려 갔다가 경을 쳤느니라. 네놈의 경거망동 때문에 내 모가지가 위태롭게 생겼단 말이다."

새벽이슬이 축축한 최만리의 사저 앞마당에 엎드려 당한 수모를 생각하자 정별감은 다시 분통이 터졌다.

이른 새벽 시간에 서둘러 관복으로 차려입고 최만리 대감의 사저로 불려간 정별감은 무슨 일이 잘못되어도 크게 잘못되었음을 본능적으로 알아차렸다. 일인즉, 말단 겸사복 강채윤이 살인범을 추적한답시고 명의 사신관으로 들이닥쳐 호위사령을 체포해갔다는 것이었다.

사신관이 발칵 뒤집혔다. 사신은 지난밤 연회를 베풀었던 최만리 대감에게 연통을 띄워 항의했다.

최만리 대감이 즉각 사신관으로 가서 당장 호위사령의 방면을 약속하고 직접 사과하는 것으로 일은 일단락되었다. 그리고 바로 애첩을 품고 잠든 정별감을 불러들인 것이었다.

"호위사령의 진술 내용이 틀림없다는 것을 대감께서 확인해주셨다."

"예?"

채윤은 눈앞에서 모래탑이 무너지고 있음을 보았다. 지난밤의 일이 모두 허사가 되고 만 것이다. 정별감은 화를 추스르지 못한 채 떨리는 목소리를 이었다.

"대감께서 지난밤 연회를 여셨으며 술에 취한 호위사령을 제대로 모시지 못한 점을 심히 아쉽게 생각했던바 뜻하지 않은 오해를 불러일으켜 몸둘 바를 모를 처지가 되셨다. 더 이상 외교문제로 비화되기 전에 속히 호위사령을 방면하고 네놈을 당장 사건에서 손떼게 하라는 명이 계셨느니라."

목덜미에서 맥이 탁 풀렸다. 강황전을 목격했다는 자가 헛것을 본 것인가? 거짓말을 한 것인가? 거짓말을 했다면 무엇 때문에?

"내 호위사령을 사신관으로 모시고 올 때까지 네놈은 꼼짝 말고 근신하라. 그리고 당장 사건에서 손을 떼라!"

그리고 정별감은 서둘러 접객각 쪽으로 허둥지둥 달렸다.

채윤은 그 자리에 털썩 주저앉았다. 이렇게 끝나는 것인가? 끝내 진실은 어둠 속에 묻히고 마는가?

사흘 동안 낮밤을 가리지 않고 맞선 대상이 살인자들이라고 생각했다. 하지만 지금 자신이 일개 범죄자와 맞서고 있는 것이 아님을 분명히 깨달았다.

채윤이 홀로 맞선 것은 거대한 무엇이었다. 한 개인으로서의 살인자가 아니라 손가락 하나 까딱하지 않고 젊은 학사들을 무더기로 죽일 수 있는, 그러고도 그 범행을 감쪽같이 숨길 수 있는 거대한 불의였다.

채윤은 그것이 무엇인지 알 수 없었다. 지난 사흘 동안 제대로 맥을 짚은 것인지 아니면 제자리를 맴돌고 있었는지도 알 수 없다. 하지만 한 가지는 알 만했다. 거대한 불의의 세력이 현자들을 죽이고 도의를 말살하고 나라의 운명마저 위협하고 있음을… 그리고 그 가운데에는 늙고 완고한 한 남자가 있다는 것을……

채윤은 두려웠다. 한 발자국 한 발자국 진실을 향해 다가서는 자신을 감당할 수 없는 힘으로 밀어내는 어둠의 힘이 두려웠다.

"이 사람아, 진즉에 일이 이렇게 커질 줄 몰랐던가?"

지난밤 고역으로 꾀죄죄한 윤정후였다.

"저 때문에 나리까지 곤욕을 당하는 건 아닌지……"

사람 좋은 윤정후는 너털웃음을 지었다.

"그건 그렇고…… 지난밤 자네 말일세."

채윤이 고개를 들어 윤정후를 보았다.

"무턱대고 사신관으로 달려갔는데 어찌 그자의 앞섶에 묻은 핏자국을 찾아낼 수 있었단 말인가? 그리고 그자가 범인이 아니라면 그 핏자국은 어디에서 묻은 것인가?"

채윤은 대답 대신 싱긋 웃으며 무릎 위의 왼손을 들어 펼쳤다. 날카로운 칼날에 깊이 베인 상처가 왼손 검지와 중지 손가락을 가로질렀다.

"그, 그럼 자네……"

두 눈이 휘둥그레진 윤정후에게 채윤은 빙긋이 웃으며 말했다.

"그렇소이다. 실오라기 같은 실마리라도 잡으려 달려갔지만 막상 겁이 더럭 났지요. 증거를 내놓으라는 놈의 으름장에 소맷부리의 수리칼로 손바닥을 그었죠. 그리고 흥분한 척 손동작을 크게 하며 힘껏 피를 짜 놈의 앞섶에다 뿌렸죠. 사실 그때까지도 놈이 살인범이라는 확신이 없었어요. 하나 자신의 앞섶에 묻은 피를 본 놈의 얼굴에 떠오른 낭패감을 확인했지요. 지금에야 모두 허사가 되었지만……"

채윤이 말끝을 흐리며 풀썩 축대 위에 걸터앉았다. 윤정후는 스스로 베어버린 손가락의 깊은 상처를 유심히 들여다보는 젊은이를 안쓰러운 눈으로 바라보았다.

그래. 너는 네 몸을 베어 네 피를 흘려 살인자를 쫓고 있구나. 하지만 네 여린 몸으로 감당해야 할 적은 또 얼마나 거대한고……

3

이순지는 치밀한 천문학 지식으로 채윤의 추리를 뒷받침하지만
범인을 다시 잡아들이자는 채윤의 청을 거절한다.

서운관 뜰의 이순지는 긴 막대가 달린 이상한 도구를 골똘히 살피고 있었다. 한참 후에야 그는 채윤을 알아보고 반색했다.

"또 이놈에게 무슨 죄가 있어 겸사복 나리께서 이곳까지 행차하셨는고?"

인사 한마디도 농을 섞어 건네는 유쾌한 성격이었다. 하지만 웃을 기분이 아니었다. 채윤은 밤과 아침 사이의 혼란스럽고 힘겨운 상황을 이야기했다.

"그래서 결국은 사건에서 손을 떼게 되었단 것이로군."

채윤은 낙담한 마음을 다스릴 방법을 알지 못했다. 며칠 동안 자지 못한 머릿속은 다북쑥이 우거진 황폐한 땅처럼 어지러웠다.

"알 수 없습니다. 소인의 판단이 종사를 위태하게 할 만큼 어리석은 것이었는지, 처음부터 그 일을 맡지 말았어야 하는 것인지, 앞으로는 어떻게 해야 할지……" 의기소침한 채윤을 물끄러미 바라보던 이순지의 눈이 빛났다.

"사건을 맡은 겸사복이 목격자의 증언을 어찌 허투루 넘길 것인가? 충정을 치하하지는 못할망정 퇴박으로 되갚으니 무도할 따름이다."

순지의 말에 울컥 서러움이 밀려 올랐다. 그런 채윤을 달래듯 순지는 말을 이었다.

"그자의 범행을 증명할 방도가 있을 것 같다. 그렇게만 된다면 네가 사건을 계속 맡아 살인자를 따라잡을 수 있을 것이다."

채윤의 두 눈이 번쩍 빛났다.

"사건을 다시 맡기를 원하는 것이 아닙니다. 다만 저의 판단이 그르지 않았음을 확인하고 싶습니다."

순지는 성큼 대청마루로 뛰어올라 서안에 쌓아둔 서책들을 펼쳤다.

"이 서책들을 읽은 바 있을 것이다."

채윤은 서책들의 겉표지를 보았다. 〈칠정산 내편〉〈천문유초〉[43] 〈제가역상집〉[44] 네 권. 모두 이순지가 직접 편찬 또는 공저하거나 발문을 쓴 책들이었다.

궁궐에 들어온 지 서너 달이 지나 성삼문의 소개로 알게 된 이순지에게 채윤은 되바라지게도 천문과 우주에 대해 물었다. 이순지는 대답 대신 자신이 발문을 쓴 〈제가역상집〉 네 권을 건네주었다. 겨우 어깨너머로 배운 글 실력으로는 해독조차 어려운 산학과 역학에 관한 책이었다. 채윤은 거의 매일이다시피 간의대를 찾아 이순지에게 해독을 부탁했다.

〈선택요략〉[45] 3권을 읽은 순지는 인간의 길흉화복을 꿰뚫어보는 비상

---

43 상권은 별자리 28수와 은하수의 운행을, 하권은 천지, 해와 달, 5행성, 별똥별, 혜성, 객성 등을 다루었다. 그 외 바람, 비, 눈, 이슬, 서리, 안개, 우박, 천둥, 번개 등 이상 기후 현상을 설명한 천문학 이론서.
44 천문, 역법, 의상(천체관측기), 귀루(해시계나 물시계 등 시각을 재는 기구)에 대한 자료를 집대성한 자료집.
45 간지에 따른 길흉의 판별법과 결혼, 학업, 풍수, 장례 등 일상적 길흉 예측법을 다룬 점술역학서. 국가 중요행사의 택일이나 길흉을 예측하는 교범으로 쓰였다.

한 능력을 지니고 있었다. 양반 사대부들이 혹세무민하는 잡학으로 천시하는 음양학과 풍수도 그에게는 이용후생을 위한 도구일 뿐이었다. 그는 왕실의 장지를 결정하는 풍수사였고 주상도 음양, 지리의 일은 그와 의논했다.

"이 책들은 우리의 하늘과 땅에 기초한 역법 책이다. 사람은 거짓말을 하나 하늘과 땅은 거짓말하지 않는다. 그러니 나는 강황전의 진술을 그의 양심이 아닌 하늘과 땅에 물으려 한다."

"하늘과 땅에 어찌 눈이 있어 보겠으며 입이 있어 말하겠습니까?"

"사람의 눈과 입은 혹 잘못 보기도 하고 거짓말을 일삼기도 하나 하늘과 땅의 조화는 일그러짐이 없다. 그 흐트러짐 없는 하늘의 원리가 너의 지난밤 판단이 그릇되지 않았음을 밝혀줄 것이다."

순지는 서안 위의 책을 내밀었다. 그때까지도 순지의 말을 이해하지 못한 채 어리둥절한 채윤이었다.

"강황전이 허담의 연구방 근처에서 목격된 시간이 인시라고 했느냐?"

"그렇습니다."

"허담의 사망 추정 시간이 인시 전후라는 것은 확실하냐?"

"반인 가리온의 검안 소견입니다. 굳은 피의 혈흔인 시반이 형성되지 않은 것으로 보아 묘시에서 거꾸로 한 시각이 채 넘지 않은 것으로 추정했습니다."

"강황전이 사신관으로 돌아가 잠든 시간이 축시라고 진술한 것도 확실하냐?"

"그렇습니다. 잠들기 전 모래시계로 확인했다고 했습니다."

순지는 골똘한 낯빛으로 고개를 끄덕인 후에 단호하게 말했다.

"놈은 거짓말을 하고 있다!"

단호한 이순지의 확신은 도리어 의심을 심어주었다.

"어른께서는 어찌 보지도 않은 일을 섣불리 확신하십니까?"

"하늘과 땅의 조화에는 거짓이 없다. 거짓말을 하고 속이려 하는 것은 언제나 인간들이지." 채윤은 할 말을 잃고 순지의 다음 말을 기다렸다.

"강황전의 말만 놓고 본다면 거짓이 아닐 수도 있을 것이다. 그는 분명 잠자리로 돌아가 축시를 가리키는 모래시계를 보고 잠들었을 테니까……"

"그런데 어찌 놈이 거짓말을 한다고 하십니까?"

"거짓말을 한 건 놈이 아니라 놈이 보았다는 모래시계다."

"에엣? 알 수 없는 말씀입니다."

"모래시계가 아무리 정밀하다 하여도 중국 땅에서일 뿐이다. 명나라의 하늘과는 다르게 돌고 있는 이 땅의 하늘과 시각을 어찌 명나라의 시계로 측정할 수 있을 것인가."

서늘한 물을 뒤집어쓴 것 같았다. 순지는 말을 이었다.

"한양의 바루종과 인경종이 울리는 시간이 명나라의 연경과 다름을 놈은 모를 것이다."

"어찌 그런 일이 있을 수 있습니까?"

"조선의 자정이 연경의 자정보다 빠른 까닭이다."

"하나의 땅 덩어리에 두 개의 시간이 있다니 믿을 수 없습니다"

"내가 대호군의 명을 쫓아 〈칠정산 외편〉을 쓴 것은 명과 다른 조선의 시간을 되찾는 일이었다."

"그것이 강황전의 중국 모래시계가 이 땅에서 들어맞지 않는 것과 무슨 연관이 있습니까?"

"우리는 세 개의 시간을 알고 있다. 그자가 궐내에서 목격된 시간이 인

시, 허담의 사망 추정 시간이 인시 전후, 그자가 사신관으로 돌아가 모래
시계로 확인한 시간이 축시. 이 세 가지 시간 중 하나는 어긋난 것이다. 즉
그자가 목격된 시간이나 허담이 죽은 시간은 조선의 시간인데 그자가 확
인한 모래시계와 일몰 시각표만은 대륙에서 만든 것이지."

"모래시계가 대륙의 것인 것과 시간이 어떤 관계가 있습니까?"

"모래시계에는 기준 시간이 있어야 한다. 일출, 정오, 일몰 등이 그것이
다. 강황전은 일몰 시점을 기준으로 모래를 흘려 시간을 측정했을 것이
다."

"일몰 시점은 어떻게 알 수 있습니까?"

"명나라에서는 봄, 여름, 가을, 겨울 철따라 변하는 일몰 시간을 정밀하
게 관측해 적은 일몰시각표가 있다. 윤달이 끼는 해가 아니면 매년 같은
날의 일몰시간은 거의 같으니까……"

"그날의 일몰 시각에다 모래시계가 흘러내린 시각을 더하면 한밤중이
라도 시간을 알 수 있겠군요."

"그러나 놈이 모른 것이 있었으니 명나라와 조선의 일몰시간이 다르다
는 것이다. 조선의 일몰시간이 연경보다 한 시각 빠르다는 말이다. 그러
니 그자가 본 모래시계의 축시는 곧 조선의 시간으로 인시를 뜻함이다.
그러니 그자는 사건이 일어나던 시간에 궐내에 있었던 것이 분명하다."

정신이 번쩍 들었다. 분명한 목격자의 증언을 근거로 두 발로 달려가
범인을 체포하고 밤을 새운 심문에서도 밝혀내지 못한 사실이었다. 그런
데 순지는 보지도 않은 사실을 근거로 진실을 유추해내었다.

"어떻게 그런 추측이 가능한 것입니까?"

채윤이 두 눈을 동그랗게 홉뜨고 물었다.

"그것이 이치를 근거로 유추하고 증명해가는 산학의 세계다. 가능한

한 많은 단서를 확보할 것, 그리고 그것들을 적절한 방식으로 배열할 것, 이때 단서는 어떤 해석도 관념도 개입되지 않은 지극히 순후하고 단순한 사실 그대로여야 한다. 관념이 끼어들고 선입견에 오염된 단서는 문제를 어렵게 만들고 혼란만 가져올 따름이다. 수집된 단서들을 배열하였다면 거기에 상수를 대입하면 된다."

"상수가 무엇입니까?"

"변하지 않는 우주의 원리나 인간사의 법칙이다. 하늘이 위에 있고 땅이 아래에 있듯이, 물이 낮은 곳으로 흐르듯이 변치 않는 진실이지."

"그것이 이 사건에는 어떻게 적용되었습니까?"

"잡역이 호위사령을 보았다는 시간, 허담이 죽은 시간, 호위사령이 잠들었다는 시간…… 이 세 개의 시간은 변수다. 그리고 간의와 〈칠정산 외편〉으로 측정한 한양의 시각은 변하지 않는 상수다. 세 개의 변수에 상수를 대입하면 답이 나오지."

머릿속에 폭포가 흘러내리듯 시원하게 의문이 풀렸다. 이 신묘한 산학의 조화라면 막다른 골목에 다다른 자신을 구해줄 수도 있을 것 같았다.

"그러면 나리께서 별감 어른께 그 이론을 설파하시어 살인자를 다시 잡아들이게 해주소서."

채윤은 끓어오르는 분노를 간신히 억눌렀다. 떨리는 고함소리에 순지는 두 눈을 지그시 감았다.

"왜 대답이 없으십니까?"

채윤의 언성이 더욱 높아졌다.

"정별감과 네 문제를 상의하겠다. 너의 판단이 그르지 않았으니 곧 수사에 복귀할 수 있을 게다."

"소인은 본래 비천한 변방의 병졸이었습니다. 어찌 면직된 자리에 연연하겠습니까? 바람은 살인자의 죄상을 낱낱이 밝혀 이 나라의 율법으로 다스리는 것입니다."

"네 뜻은 알겠으나 혈기를 앞세워 놈을 잡아들이면 오히려 화를 부를 뿐이다. 사신의 수행원을 감금했다는 기별이 본국 조정에 닿는다면 엄청난 외교적 파문이 일 것이다."

순지의 입가에 쓸쓸한 표정이 떠올랐다. 채윤은 울컥 솟구치는 울분을 자제하지 못했다.

"명이 아무리 크고 위세당당하나 어찌 무도한 살인범을 두둔하겠습니까? 그런데도 아무 말 못하는 조정이 어찌 제대로 된 조정이며 제 나라의 현학 하나를 제대로 못 지키는 군왕이 어찌……"

"말을 삼가라! 이놈! 그 방정맞은 혀를 뽑히고서야 제정신이 돌아올 것이냐?"

그제야 채윤은 퍼뜩 정신을 수습했다. 사람 좋고 너털웃음이 입가를 떠나지 않는 순지가 이렇게 심하게 역정을 내는 데에는 이유가 있을 터였다. 잠시 말을 멈추었던 순지의 목소리가 부드럽게 돌아왔다.

"내 너의 젊음과 맹목의 뜨거움을 부러워했으나 지금 그 혈기가 너를 위험에 빠뜨리는구나." 순지는 탄식하듯 말했다.

"위험하나 감수해야 할 위험입니다."

"젊어서는 이상에 살고 나이 들어 현실을 본다더니 너는 이상을 좇을 나이다만 현실 또한 외면해서는 안 된다."

"나리께서 말씀하시는 현실이 어떤 것이기에 살인자를 면책할 수 있단 말입니까?"

"조선은 중국 변방의 초라한 조공국일 뿐이다. 새로운 왕조를 세우고서도 가장 먼저 한 일이 명나라의 황제에게 인정을 받는 것이었다. 저들의 사신이 아무리 무례하고 완악하다 하여도 정성을 다해 접대해야 하고, 저들의 요구가 아무리 힘에 부친다 하여도 거절할 수가 없다."

"하기야 개국할 때부터 이어져 오는 사대선린 외교의 원칙이니까요."

"그것은 원칙이 아니라 생존의 조건이다. 사대선린의 원칙을 벗어난다면 결국 대국의 출병을 피할 수 없고 그렇게 되면 온 백성이 도륙당하고 강토가 침탈당하는 전쟁을 피할 수 없다."

"그러면 할 수 있는 일이 없단 말씀입니까?"

"허담의 죽음은 피를 토할 원통한 일이나 그 일을 문제 삼는다면 나라의 안위나 백성들의 안녕은 어찌되겠느냐? 한 학사의 죽음을 캐기 위해 수천, 수만의 백성을 사지로 몰아넣어야 하겠느냐?"

순지의 대답은 절절하고도 비통했다. 채윤은 그때서야 순지가 말하는 현실을 똑똑히 눈앞에 볼 수 있었다. 그러나 그 티 없는 젊음은 초라하고 원통한 현실을 받아들일 수 없었다.

"그러면 그것은 좋은 이웃이 아니라 간악한 상전이 아닙니까? 좋은 이웃이 어찌 이웃 나라의 현학을 밤에 몰래 도륙한단 말입니까?"

"원통하나 원통함 또한 현실이다."

이순지의 목소리가 두부모를 써는 칼날처럼 단호했다.

후원의 너른 격구장은 더운 입김을 뿜어대는 말발굽 소리와 젊은 학사들의 고함으로 어지러웠다. 말들이 부딪칠 때마다 쩔렁쩔렁 쇳소리가 났다. '하아' 소리와 함께 채찍이 붕붕 날고 거친 숨소리를 내며 말이 달렸다.

이개, 성삼문, 이석형을 비롯한 젊은 학사들은 오랜만에 말을 달리며 거침없이 소리를 질렀다. 최근의 변고로 젊은 학사들은 의기소침해 있었던 것이 사실이다. 그 기운을 북돋우기 위해 주상은 손수 함께 말을 달렸다.

삼문은 정신없이 말고삐를 채며 흰 공을 따라 달렸다. 공이 눈앞에 다가오자 회심의 미소를 띠며 격구채를 번쩍 들어올렸다. 그러나 어느새 날아든 다른 격구채가 먼저 공을 날렸다.

"무얼 그리 꾸물거리나. 근보! 빨리 따라오질 않구. 하하하"

주상은 호탕한 웃음을 남긴 채 말고삐를 채며 바람처럼 달렸다. 삼문은 퍼뜩 놀라 채찍을 갈겼다.

주상의 말타기 실력이야 모르는 바가 아니었다. 말 겨드랑이에 매달려 격구채를 휘두르는 모습은 말로만 듣던 저 옛날 몽골 기병의 기예에 못지않았다. 저만치 앞서가는 군왕을 따라 달리며 삼문은 언제까지나 그 뒤를 따르겠다고 다짐했다.

공이 다가오자 말 겨드랑이에 매달려 달리던 주상이 채를 휘둘렀다. 공은 상대편 진영을 훌쩍 벗어나 격구장 너머 소나무 숲 사이로 날아갔다. 뒤쪽에 서 있던 내시가 허리춤에 차고 있던 공주머니를 황급히 열어 새 공을 떨어뜨렸다.

주상은 숟가락으로 퍼 올리듯 격구채로 공을 튕겨 힘껏 구장 한가운데로 날려 보냈다. 바람을 가르며 공이 날아가는 방향으로 서너 마리의 말들이 다투어 달려갔다.

"전하, 괜찮으시옵니까? 안색이 흐리시고 땀을 많이 흘리셨습니다."

어느덧 뒤따라와 말을 멈춘 삼문이 걱정스런 얼굴로 물었다.

"격구장에서 날 따를 자가 흔치 않음을 알지 않느냐? 근보 또한 한바탕 땀 흘리면 몸도 마음도 깨끗해질 것이니 말을 달려라."

주상은 호기롭게 웃으며 씰룩거리는 삼문의 말 궁둥이를 손으로 철썩 때렸다. 놀란 말이 쏜살같이 구장의 가운데로 뛰쳐나갔다. 삼문은 급히 중심을 잡으며 고삐를 바투 쥐었다.

"걱정 말고 달려라. 나는 솔밭 사이로 날아간 공의 행방이나 쉬엄쉬엄 찾으련다."

'하아!' 소리를 내며 주상은 구장 뒤의 솔밭 사이로 모습을 감추었다.

또각또각 말발굽 소리가 조용한 솔숲 사이를 떠돌았다. 간밤에 내린 비로 숲은 기분 좋은 습기를 머금고 있었다. 주상은 반듯하게 말안장에 앉은 채 고개를 숙였다. 멀리 숲 너머 격구장에서 학사들이 내지르는 고함과 말발굽 소리가 들려왔다.

격렬한 경기이니만큼 몸을 많이 움직인 것도 사실이다. 등자에 발을 걸고 말 옆구리에 매달려 공을 치는 건 웬만한 무과 급제자들도 흉내 내기 어려운 동작이었다. 중신들은 격한 행동과 몸 움직임을 말리기도 했다. 그러나 주상은 알고 있다.

살아 있음이 영혼과 육신의 조화라면 그것이 곧 태극의 이치다. 영혼이 하늘이라면 육신은 땅에 속한 바 둘 중 어느 하나를 어찌 소홀히 할 것인가? 그래서 틈틈이 활쏘기와 말 타기를 익혔다.

말에서 내린 주상은 갈색으로 퇴색해가는 잡풀 위에 털썩 앉았다.

누구에게도 말하지 않았지만 몸이 부쩍 허해지고 기운이 떨어지고 있다. 쏟아지는 졸음을 견딜 길이 없으며 눈에 띄게 무기력해졌다. 눈앞이 침침해져서 오래 들을 수도 읽을 수도 없다. 오십 순을 날리던 활쏘기도 삼십 순을 채 못 넘겼다.

어쩐 일일까? 기력이 허해질 나이가 아닐뿐더러 기억력이나 정신은 점점 또렷함을 더해가고 있다. 그런데 몸을 움직이기가 무섭게 숨이 가빠오는 것은 어쩐 일인가? 게다가 여름이 다 지났는데도 이렇듯 과도하게 땀을 흘리는 연유 또한 알 수 없었다.

"너무 무리한 탓인가……"

한나절을 격렬하게 달리면 몸의 활기는 곧 마음의 담대함을 가져다줄 것이었다. 그래서 일부러 앞장서 몽골인들의 마상곡예 같은 격한 말타기를 피하지 않았다.

"정녕 옥체 무사하십니까?"

어느새 말에서 내린 삼문이 다가와 있었다. 주상은 그 자리에 벌러덩 누웠다.

"내 나이 겨우 마흔이다. 무사하지 않으면 무슨 큰 탈이라도 있겠는가?"

그렇게 말하는 입술이 파르르 떨리는 것을 삼문은 보았다. 거칠고 불규칙한 숨소리 또한 느낄 수 있었다. 주상은 엉거주춤 허리를 숙이고 있는 삼문을 올려다보았다.

"이보게 근보, 이리 누워 하늘을 보아라. 참으로 파랗고 높다."

삼문은 물끄러미 주상의 반듯한 얼굴을 내려다보았다. 어느 시대의 어느 군왕이 용상과 침전을 마다하고 풀숲의 빈터에 벌러덩 드러누워 별 볼 일 없는 학사를 옆에 눕히려 할 것인가?

"그럴 수는 없사옵니다. 하늘이 위에 있고 땅이 아래에 있음같이 군왕과 신하도 아래위가 있습니다. 귀하신 옥체 옆에 어찌 미천한 몸을 누이오리까?"

"네 말이 옳다. 군왕이 하늘처럼 높으니 신하는 땅처럼 낮아야 한다. 그런데 너는 어찌 나보다 높은 것이냐?" 삼문은 혼비백산하여 그 자리에 무릎을 꿇었다.

"그래도 나보다 높지 아니하냐? 불경을 저지르고 싶지 않으면 냉큼 자세를 낮추어라."

그때서야 삼문은 거침없는 주상의 뜻을 상하게 하고 싶지 않았다.

"성균관에서 알면 상소가 빗발칠 일입니다. 군왕을 능멸한 죄로 삭탈관직에 귀양살이를 면치 못할 것입니다."

삼문이 웃으며 주상의 옆에 벌러덩 누웠다.

"숙주가 함께였으면 좋았을 뻔했습니다."

삼문에게조차 한마디 귀띔 없이 훌쩍 왜로 떠나버린 숙주였다. 집현전에 들어올 때부터 친형제처럼 지내던 친구가 아니던가?

"섭섭하냐?"

주상이 먼 하늘에서 눈길을 떼지 않고 물었다.

"숙주가 그 미개한 땅의 서장관이 된 것은 숨은 뜻이 있을 것입니다. 그 뜻을 알지 못하니 답답할 따름입니다."

주상이 천천히 일어나 앉았다. 삼문은 벌떡 일어나 무릎을 꿇었다.

"숙주는 서장관으로 왜에 간 것이 아니다."

삼문의 관자놀이가 찌릿했다. 주상은 천천히 마른 풀을 뜯어 씹으며 말을 이었다. "숙주가 왜로 간 것은 은밀한 일을 위해서다."

"통신사 일행이 하는 일이 조선의 앞선 문물을 왜인에게 전하는 일 외에 무엇입니까?"

"왜국의 지도를 만들기 위해서다. 왜국으로 가는 해로는 물론 가는 곳마다 산천의 경계와 요충지를 살펴 지도를 작성하는 것이지. 또한 왜인들의 제도와 풍속, 각지 영주들의 세력을 기록하고자 했다."

"왜국의 지형을 무엇에 쓰려고 그 험한 길을 갔습니까?"

"종무가 대마도를 복속했으나 왜구의 도발이 끊이지 않는다. 노략질을 그치지 않는다면 저 도적 떼의 본거지를 아예 쓸어버려야 할 것이다. 저들의 땅과 세력을 모르고 어찌 그 일을 해내겠느냐?"

"왜로 쳐들어가 그들의 본거지를 멸하고 복속시키신다는……"

삼문의 두 눈이 휘둥그레졌다. 주상은 조용히 말을 이었다.

"당장은 아니다. 하지만 멀쩡한 이 나라의 강역을 엿보고 백성을 괴롭힌다면 왜인이 아니라 누구든 그냥 둘 수 없지 않겠느냐? 숙주가 돌아오는 길에 대마도주와 담판을 할 것이다."

"어떤 담판입니까?"

"이종무 장군이 대마도를 정벌한 후 왜인들이 조선 땅에 발붙이지 못하게 했다. 그후 여러 차례 왜인들이 무역을 하고 근해에서 고기를 잡을 수 있도록 해달라는 간청을 해왔다. 그들 또한 먹고살 길을 열어주어야 노략질을 멈출 것이니 세 항구를 열어주도록 했다."

"왜인들이 다시 조선 해안을 노략질하지 않겠습니까?"

"숙주가 그 점을 분명히 하는 조약을 체결할 것이다. 세견선과 선원의 수, 항구에 머무는 날짜를 제한하고 고기잡이 하는 자는 조선 관리에게 허락을 받고 세금을 내도록 할 것이다."

"하지만 저들은 간악하기가 이를 데 없는데 만약 불의의 도발이라도 할까 염려됩니다."

"어리석은 짓을 한다면 본거지를 쓸어버릴 것이다. 그것을 안다면 쉽사리 도발하지는 못할 것이다."

주상은 먼 동쪽 하늘을 바라보았다. 파란 하늘에 하얀 쪽구름이 흘러가고 있었다. 멀리 꿈속에서처럼 학사들의 고함소리가 들렸다.

4

비서고 장서관 윤후명은 세자의 음탕함과 왕실의 추문을 이야기한다.
부제학 정인지와 학사들은 불안해하지만 마땅한 방법을 찾지 못한다.

비서각으로 들어서자 습기 찬 먼지 냄새가 오래된 한지 냄새와 섞여 묘
한 냄새를 풍겼다. 하얀 먼지의 입자들이 빛 속을 평화롭게 떠다녔다.

채윤은 서가 사이에 서서 서책 한 권을 집어 들었다. 오물에 한쪽 귀퉁
이가 심하게 절었고 표지의 아래쪽이 찢겨 나간 고서였다.

〈악상가절〉.

넉 자의 제목이 눈에 들어왔다. 글이 짧아 내용을 모두 읽을 수는 없었
지만 패관의 사설들을 편찬한 민간의 잡서 같았다.

"역시 들끓는 젊음이라 야릇한 냄새를 기가 막히게 맡는구나."

윤후명이 누런 이를 드러내어 웃으며 바퀴의자를 굴렸다. 바퀴가 구를
때마다 구르릉 구르릉 소리가 났다.

"이리 오너라. 너 같은 무지렁이에게는 과분하다만 내 아껴둔 차 한 잔
을 내어줄 테니……"

채윤은 비서고 뒤뜰에 심겨진 몇 그루의 산차나무를 떠올렸다.

어두컴컴하고 침침한 비서고의 이 고약한 자가 유일하게 햇빛 아래서 하는 일이 차나무를 가꾸는 것이었다. 햇살이 향을 더해준 산차의 여린 잎. 고이 따서 덖고 말린 한 잔의 차로 이 늙은이는 세상에서 멀리 떨어져 나온 소외를 견뎠다. 식어가는 몸을 덥히고, 가물대는 정신을 수습하고, 견딜 길 없는 고독을 다스린 것이다.

윤후명은 아궁이로 돌아가 따뜻한 다기에 데워진 물이 담긴 찻주전자를 들고 돌아왔다.

"혹 비서고의 책들 중 부탁드린 필적과 일치하는 것을 검서해보셨는지요?"

윤후명은 의식을 치르듯 정성스레 차를 따랐다. 녹색의 맑은 물줄기가 따뜻하게 데워진 찻종지에 파르스름하게 고였다.

"어제 낮밤을 꼬박 검서하였으나 필적과 일치하는 글을 찾지 못하였다. 읽었던 서책은 물론 구석구석 한 번도 보지 않았던 것들까지 모두 들쳐보았다."

윤후명이 두 손으로 찻종을 받치고 깊은 향을 음미했다.

"비서고의 모든 서책들을 남김없이 검서하였다는 말씀입니까?"

"저쪽 밀서금역에 보관된 서책들을 빼면 모든 서책을 다 대조하였으니……"

"밀서금역이 무엇 하는 곳입니까?"

"섣부른 상상 마라. 나 또한 맘대로 드나들 수 없는 비밀 중의 비밀, 금서 중의 금서가 있는 곳이다."

채윤은 윤후명이 가리킨 쪽을 바라보았다. 줄지어 선 서가의 뒤쪽에 두꺼운 문이 보였다. 문 가운데에는 무겁고 단단한 자물쇠가 채워져 있었다.

"그렇다면 그 자물쇠는 누가 갖고 있습니까?"

"하나는 비서고의 책임자인 나 윤후명과 또 하나는…… 지극히 높으신 주상전하시다."

팔뚝에 오슬오슬 소름이 돋아났다.

"상감마마께서 최악의 금서만을 모아둔 금역의 열쇠를 가지고 계신다니……"

"모르는 말! 주상전하야말로 사서삼경을 비롯한 유가의 정전보다는 사사로운 잡학에 더욱 천착하신다."

불경에 가까운 주상에 대한 비난이었다. 채윤은 태연함을 가장했다. 윤후명은 마음을 놓고 말을 이었다.

"하기야 너 같은 변방 무지렁이가 어찌 알며 오묘한 유가의 이치를 어찌 알겠느냐. 오히려 남녀의 음탕한 음서와 사악한 괴서들이 더욱 성미에 맞을 터…… 허나 한 나라의 군왕이 그런 음서를 가까이 한다면 보통 일이 아니니……"

"주상전하께서 음서와 요서를 가까이 하신다는 말씀입니까?"

"그렇다마다. 이 비서고는 반듯한 사대부와 정결한 선비들에게는 근접조차 불결한 곳이나 주상전하께는 사설독서당과 다름없다. 대군 시절부터 즐기던 서책들이 모두 있으니 그렇지 않을 것이냐?"

"그러면 주상전하께서 어렸을 때부터 사특한 괴서들을 즐기셨습니까?"

"성균관 장서고에서 가장 많은 책을 빌린 사람이 충녕대군이셨다. 그것도 군왕으로서 마땅히 가까이 하고 즐겨 암송해야 할 유가의 경전이 아니라 산술과 천문, 그리고 풍수지리와 악서, 지리서와 약초학, 수학과 의학 등의 잡학서들이 대부분이었다."

"한 나라의 군왕이라면 천지 인간의 조화를 궁극까지 파고드는 주자의 깊고 심오한 철학을 뚫고 뚫어도 백성을 다스리기에 부족할 터, 어찌 근거 없는 잡학에 빠진단 말입니까?"

"그러게 말이다. 대제학과 원로학사들이 마땅히 분서할 책들을 뽑아 올려도 윤허하지 않으시니 비서고의 서가조차 좁아 터져나갈 지경이 되었다. 게다가 좋지 않은 성정은 대물림을 한다더니 원……"

"세자저하께 무슨 좋지 않은 일이라도 있습니까?"

"성균관과 집현전 독서당의 수많은 경서를 마다하고 잡스런 운서들을 동짓달 곶감 먹듯이 빼내어 가니……"

"세자저하께서 말입니까?"

"그렇다. 요즈음은 주상전하보다 세자저하의 발걸음이 더욱 잦은 판이다. 시전 상놈들도 제 집안 돌보는 데 모자람이 없거늘 어찌 임금 될 몸으로 아내를 내치고서도 정신을 차리지 못하는지……"

윤후명이 흥분을 애써 억누르느라 긴 한숨을 내쉬었다.

"아내를 내친다 함은 무슨 말씀이오?"

채윤이 바짝 다가들며 물었다.

"아따 그놈! 멀쩡한 것이 어찌 그리 야릇한 야담에 솔깃하는고?"

채윤이 뒷머리를 긁적이며 면구스럽게 웃었다. 윤후명이 바퀴의자의 줄 몇 가닥을 당겨 서가들을 움직여 누군가가 있는지를 살폈다. 그리고 오랜만에 상대를 만난 듯 걸쭉한 장광설을 풀어놓았다.

"모두 쉬쉬 하면서 알음알음으로 전해지는 일이니 말을 꺼내기조차 부끄럽다. 지금의 세자빈 봉씨가 세자저하의 첫 부인이 아니라는 말을 꺼내는 것부터가 불경죄가 아니겠느냐?"

채윤의 두 눈이 크게 떠졌다. 그 모습이 재미있기나 한 듯 윤후명은 짓궂은 웃음을 흘렸다.

"전 세자빈이었던 휘빈 김씨는 세자저하의 첫 정비였다. 그러나 세자 저하보다 연상인데다 체구가 크고 기질이 넘치는 여인이었으니 어린 세자가 어찌 감당할 수 있었으리? 세자가 발길을 멀리하자 김씨는 세자의 사랑을 돌리기 위해 사악한 술법[46]을 썼다. 이 같은 사실이 알려지자 삼사와 성균관에서 연일 폐출하여야 한다는 상소가 끊이지 않았다."

"주상전하께서는 어떻게 하셨습니까?"

"고뇌를 거듭하시던 주상전하께서 며느리를 불러 소장의 내용을 말하고 까닭을 물었다. 김씨는 모든 것을 순순히 시인했다. 증인, 증거물이 있는데다 자백까지 더해졌으니 주상전하도 조정의 청을 아니 들을 수 없었다."

"그래서요?"

"결국 휘빈 김씨는 투기와 음란의 죄목으로 폐출되었고 그의 아비와 형제도 관직을 몰수당했다."

"그런 일이 있었다면 정신 차리고 집안 다스리기를 추상같이 하는 것이 도리이거늘 어찌 팔 년이 지난 지금에도 음서에 탐닉하십니까?"

"되었다. 입에 담기조차 부끄러운 일이다. 입 다물고 귀한 차나 마저 마시거라!"

핀잔에 찔끔한 채윤은 뜨거운 찻물이 가득 담긴 다완을 엎어뜨리고 말았다. 다완이 떨어지며 요란하게 깨지는 소리가 났다. 뜨거운 물이 튀고

---

46 실록에 의하면 휘빈 김씨는 '남자가 좋아하는 여자의 신발의 조각을 태워 가루를 만들어 술에 타서 먹이라는 시녀들의 말에 미혹되어 자신이 시기하던 효동과 덕금이라는 여인의 신을 베어 지녔다고 한다. 세자에게 그 태운 재를 탄 술을 먹이고자 하였으나 결국 기회를 얻지 못하자 '교접을 하는 두 뱀이 흘린 정기를 수건으로 닦아 차고 있으라'는 술법을 믿고 행했다.

김이 솟아올랐다. 찻물이 왈칵 윤후명의 무릎 위로 쏟아져내렸다.

화들짝 놀란 채윤은 윤후명의 반백이 된 눈썹이 움찔 찌푸려지는 것을 보았다.

"송구하옵니다. 소인 놈이 칠칠치 못해…… 어찌…… 뜨겁지는 않습니까? 살이 데었을 터인데……"

채윤이 어쩔 줄 몰라 하며 옷자락으로 사내의 젖은 무릎을 바지런히 닦아내며 수선을 떨었다.

"상관없다. 어차피 주둥이만 살아 있는 늙은이니 사타구니 아래는 내 몸에 붙어 있으나 내 몸이 아니다. 뜨거움도 축축함도 느낄 수 없으니 차라리 다행인가 하노라. 허허."

윤후명이 예삿일처럼 허허 웃었다. 채윤은 고개를 숙인 채 연거푸 젖은 윤후명의 아랫도리를 소매 자락으로 문지를 뿐이었다.

집현전은 정면 열 칸, 측면 네 칸의 단아한 누각이다. 옆으로는 학사들의 숙직각, 연회장, 연구동이 긴 회랑으로 연결되었다. 비가 오나 눈이 오나 오가는 데 구애 없이 학문에 열중하라는 주상의 뜻이었다.

부제학 정인지는 넓은 뜰을 서성였다. 스산한 바람이 휘돌아 나가는 담벼락 아래에는 화초들이 메말라가고 있었다. 가을바람에 먼저 시드는 것은 언제나 잡초들보다 애써 기른 아름다운 화초들이다.

최근 달포간의 긴박한 사태를 정인지는 숨 쉴 틈 없이 지켜보았다. 동기간이나 다름없던 대호군이 느닷없이 낙마했다. 박연이 봉상시를 떠났고 학사들이 죽어나갔다.

평복으로 갈아입은 정인지는 서둘러 발길을 돌렸다. 학사 박팽년의 사가에서 학사들이 모인다는 전갈 때문이었다. 영추문 밖에는 미리 전갈해

둔 종이 말 한 필을 끌고 기다리고 있었다. 정인지는 곧 말등에 훌쩍 올라타고 채찍을 갈겼다.

늦가을의 바람이 싸하게 도포자락을 파고들었다. 마포나루 가까운 허름한 초가집 사립문 밖에 도착하자 등줄기에 더운 땀이 솟았다. 사립문을 열자 앞치마에 손을 닦으며 달려 나온 박팽년의 아내가 말고삐를 받아 쥐었다.

"주변머리 없는 자 같으니라고…… 집현전 학사라면서 세 칸짜리 누옥은 그렇다 치고 어찌 손님의 말고삐 받아줄 종자 하나 거느리지 못하였는가……"

못마땅한 듯 뇌까리며 허물어진 축대를 올랐다. 팽년의 아내가 퇴박에 어쩔 줄 모르며 안절부절못했다. 대청마루를 뛰쳐나와 축대 아래 선 팽년 또한 송구스런 표정이었다. 농 삼아 핀잔을 주었지만 누추하게 꿰매 입은 팽년의 옷을 보자 가슴이 뜨거워졌다.

이것이 이 나라의 참 선비요, 집현전의 학사다. 육신의 배고픔을 잊기 위해 영혼을 정련하는 서책을 파먹고, 비가 새는 누옥에서도 백 년, 천 년 후의 영화로운 나라의 기틀을 다지고, 말고삐 받아줄 종자 하나 없이 자신의 몸을 아끼지 않는 젊은이.

모여든 학사들이 우르르 달려 나와 좁은 마루에 늘어섰다. 정인지는 그들을 둘러보며 낮은 방문을 들어섰다. 다만 그곳에 있어야 할 젊은이들이 보이지 않아 허전할 뿐이었다. 장성수, 윤필, 허담, 신숙주……

"강채윤이란 자를 아시겠지요? 아직 어리고 미숙하나 날카로운 직관과 통찰이 예사롭지 않습니다. 아무도 돌보는 이 없으나 온몸을 부딪쳐 사건을 헤집고 있습니다."

며칠째 다듬지 못한 검은 수염이 뺨 위까지 번진 이순지였다. 강채윤이라면 정인지 또한 잘 알고 있다. 땀과 먼지에 절은 꾀죄죄한 모습으로 보름길을 달려 김종서 장군의 봉함서찰을 전하던 아이가 아니던가? 정인지는 멀리 북변 요새의 김종서 대감을 떠올렸다.

김종서 대감이 있었다면 이렇듯 혼자 저들과 맞서야 하는 두려움은 덜했을 것이다. 지금 북녘의 삭풍 속에서 오랑캐들과 대적하고 있는 김종서 장군은 문과 급제 후 사간원과 이조, 사헌부를 두루 거친 문관이었다.

뛰어난 문신이었던 그가 북변의 전쟁터까지 간 것은 그가 아니고는 그 일을 할 사람이 조정 안에 없었기 때문이다. 그는 변경을 침노하는 오랑캐를 물리치고 북변을 강화해야 한다고 홀로 목을 놓아 부르짖었다. 결국 함길도 병마도절제사가 된 그는 6진[47]을 개척하고 비변책(備邊策. 외적의 침입에서 변방을 지키는 책략)을 올렸다.

보름에 한 번 정도 기별이 닿았으나 너무 멀고 험한 관계로 기별의 왕래는 쉽지 않았다. 의주를 거쳐 함길도로 향하던 파발꾼이 여진족의 습격을 받기도 했다.

정인지는 지난여름 궁궐 안팎의 심상치 않은 정황들을 기별했다. 막연한 정인지의 불안을 김종서 또한 직감한 것이었을까? 한 달쯤 후에 기별을 가지고 온 자는 종서가 직접 보낸 어린 병졸이었다. 병졸이 내미는 봉함서찰에는 김종서의 친필로 "이 어린 자를 위태로운 북변을 비우지 못하는 내 대신 궐로 보내니 가까이 두고 그 재주를 귀하게 쓰시라"고 적혀 있었다.

"철없는 겸사복이 이곳저곳을 찌르고 다니지만 헛수고일 뿐이다. 어리

---

47 함길도 병마도절제사 김종서가 북방을 침입하던 여진족 부족 간의 내분을 틈타 종성·회령·경원·경흥·온성·부령 등 북방의 여섯 지역에 세운 진영.

고 미천한 자가 어찌 커다란 세상의 수레바퀴를 혼자 힘으로 막을 수 있 겠는가."

정인지는 답답한 마음에 길게 한숨을 내쉬었다.

"요 며칠 사이에 일어난 변고들은 정변입니다. 대호군의 실각과 학사 들의 죽음 또한 깊은 곳에서는 하나의 연유로 엮여 있을 것입니다."

박팽년의 성긴 수염이 올올이 떨렸다. 정인지는 대답 대신 *끄웅* 하는 숨을 쉬었다.

"저희들 또한 언제 풍파를 만날지 알 수 없습니다. 오늘 모임을 저들이 알기라도 한다면 무슨 모략을 덧씌울지 모릅니다. 그래서 궐에서 멀리 떨 어진 저의 집에 모인 것입니다."

그나마 무사한 학사들 또한 연구는커녕 그날그날 일신의 안전을 걱정 해야 하는 판이다. 언제, 어느 곳에서 어떤 칼날이 날아들지 알 수 없었다. 대낮에 유생들의 탄핵 상소가 날아들 수도 있었고, 한밤중에 어디서인지 도 모르는 칼날이 날아들 수도 있었다.

"전하께서는 가까이 괴시는 학사들이 죽어나가고 손발처럼 아끼시던 대호군이 잘려 나가는데도 묵묵히 보고만 계십니다."

이석형의 걸걸한 목소리였다. 정인지는 그 하소연을 끝까지 듣고 담담 하게 입을 열었다.

"전하께서도 무언가를 할 수 없음은 우리와 다름이 없다. 저들의 모 략과 교활한 술책이 전하의 영명함마저 올가미처럼 묶어두고 있으니 까……"

정인지가 다시 한 번 *끄웅* 하는 한숨을 쉬었다. 어쩔 수 없는 상황이었 다. 지금의 상황을 어떻게 할 수 있는 사람은 아무도 없었다. 단지 가을바 람 앞에 시들어가는 아름다운 화초를 두고만 볼 뿐…

"염려되는 것은 자네들의 안위다. 저들의 노림수가 언제 누구를 덮칠지 모르니 각별히 유념하라."

정인지가 떨리는 목소리로 말했다.

"미천한 소생들을 거두어 보살피시니 있는 재주를 다하여 섬겼을 뿐입니다. 이제 저들의 칼날이 두렵다고 뜻을 부러뜨릴 수야 없지 않겠나이까? 다만 주상전하께서 바라시는 격물과 경세치용의 세상이 저들의 술책에 가려질까 두려울 뿐입니다."

최항의 말이었다.

"그럴 일은 없을 것이다. 바람 불고 찬 비 오는 날에도 봉우리 속의 꽃은 피어날 날을 기다린다. 저들의 술책이 전하의 큰 뜻을 꺾지는 못할 것이다."

학사들의 얼굴은 침침하고 좁은 방 안에서 환한 꽃송이처럼 빛났다. 숙연한 얼굴들을 보며 정인지는 가슴이 뜨거워졌다.

바람 앞의 등불처럼 위태롭지만 두려워하지 않는 의연함. 불의한 시대와 정면으로 맞서는 용기. 하나의 나라가 스스로 서는 일이 아무리 지난하다 해도, 그 강토의 백성을 온전히 구제하는 것이 어렵다 해도, 역사의 수레를 되돌리려는 자들의 모략이 간악하다 해도, 그들은 두려워하지 않았다.

어쨌건 지금으로서는 김종서 장군의 예지력과 어린 겸사복의 기지를 믿고 기다리는 수밖에 없었다.

기다림, 그것은 지금껏 그들이 지치지 않고 해온 것이었다.

격물로 융성해지고 백성들은 윤택해지는 세상, 대국에 예속되지 않고 스스로 존엄한 나라를 그들은 또 얼마나 기다려왔던가?

5

벙어리 여인 소이는 삼방진의 답을 가르쳐주지만 해법은 말하지 않는다.
술에 취한 가리온은 음습한 지하의 밀실에서 끔찍한 짓을 저지른다.

경회루의 높다란 누마루에 서늘한 바람이 휘돌아나가고 있었다. 오리 떼가 북궐 처마 끝을 가로질러 목멱을 넘어 날아갔다. 채윤은 '겨울이 오려나······' 하고 중얼거렸다.

경회루를 지날 때마다 기이한 누각의 생김새에 호기심을 가졌던 적이 한두 번이 아니었다. 2층의 높은 누마루는 그렇다 치더라도 셀 수도 없이 많은 기둥들도 호기심을 자아내기에 충분했다. 하지만 그런 잡스런 호기심을 좇을 때가 아니었다.

채윤은 쫓기는 사람처럼 발걸음을 더욱 빨리 했다. 멀리 인왕산의 맑은 계곡에서 문득 청아한 뻐꾸기 소리가 들려왔다.

채윤이 향한 곳은 대전 나인 무수리의 처소였다. 언제부터인가 자신도 모르게 그녀를 찾게 되었다. 채윤은 부끄러운 지난밤의 꿈에 얼굴이 붉어졌다. 여인의 미색 때문이 아니라 학사들의 죽음에 연관되었기 때문에 꾸게 된 꿈이라고 스스로 변명을 해도 부끄러움을 숨길 수는 없었다.

그녀의 오물거리는 입술이 떠올랐다. 붉고 빛나는 입술, 물에서 건져낸 거머리처럼 찰지고 반짝이는 입술. 하지만 그 입술은 말을 불어내지 못했다.

그녀는 말을 하지 않는 것일까? 아니면 말을 하지 못하는 것일까? 둘 중 하나일 수도 있고 둘 다일 수도 있다.

어떤 경우든 그녀는 무언가를 알고 있다. 어쩌면 모든 것을 알고 있는지도 모른다. 채윤은 그 심연 속에 숨은 비밀을 드러내고 싶었다. 그 비밀이야말로 학사들의 죽음에 답할 수 있는 진실인지도 몰랐다.

한편으론 그녀가 이 살인에 털끝만큼이라도 연루되지 않았기를 간절히 원했다. 그녀가 잔인한 살인과 관계 있다는 사실을 믿고 싶지 않았다. 그래서 실마리가 보일 만하면 소이의 처소를 돌아 나왔다. 그녀라는 열쇠 없이는 어둠상자 속의 진실이 결코 모습을 드러내지 않을 것이며 한 발자국도 나아가지 못할 것임을 알면서도.

두 남자의 죽음. 마방진과 수수께끼의 시구. 그것이 사건과 여인을 둘러싼 관계의 모든 것이었다.

그렇다면 두 사건은 한 여인을 둘러싼 혈기방장한 두 젊은이의 치정 싸움에 지나지 않았던가? 그렇다면 그녀는 왕의 여자로 학업에 열중해야 할 학사들을 부질없이 유혹하여 끝내 두 사람을 죽음에 이르게 한 요녀란 말인가?

그렇다면 차라리 좋을 것이다. 시작과 끝을 알 수 없는 의혹은 간단히 종결될 테니까…… 그러나 채윤은 곧 고개를 가로저었다.

새로운 왕조의 기틀을 세우는 학사들이 한 여자를 사이에 두고 칼부림을 하지는 않을 것이다. 한 나라의 군왕을 섬기는 여인이 뜻있는 학사들의 바른 뜻을 꺾지는 않을 것이다.

채윤은 거대하게 소용돌이치지만 더 나은 시절을 향해 나아가는 시대의 진화를 믿기로 했다. 고려의 구습을 일신하고 새로운 시대의 문풍을 진작한 사람들이다. 한낱 변방 수자리의 병졸이었던 자신이 겸사복이 될 수 있었던 것도 출신을 가리지 않고 능력을 우대하는 문풍 때문이 아니던 가?

그러나 마음은 여전히 끝 간 데 없는 불안으로 울렁거렸다. 조금씩 사건의 꺼풀이 벗겨질수록 감당할 수 없는 거대한 소용돌이 속으로 빨려드는 느낌이었다.

살아감에 있어 어떤 일은 피할 수 있다. 그러나 피하고 싶어도 피할 수 없는 일이 있다. 채윤은 그 운명을 어렴풋이 짐작했다. 막막한 어둠 속에서 진실을 찾는다는 것은 애초에 가능하지 않은 일이었다. 생각 없는 무모함과 젊은 혈기가 아니면 누구도 발을 들여놓으려 하지 않는 사건이었다.

채윤은 자신이 맞서고 있는 상대가 한낱 살인범이 아니라는 사실을 어렴풋이 느끼고 있다. 그 거대한 상대는 모종의 음모가들일 수도 있고, 조정의 책략가들일 수도 있고, 어쩌면 소용돌이치는 이 시대일 수도 있다.

겉으로는 모든 것이 풍요롭고 평온하지만 그 내부에서 도가니 속의 쇳물처럼 뜨겁게 끓고 있는 시대의 역동. 그것은 새로운 제도와 사상과 후생이 낡은 것들을 대치하는 엄청난 시대의 굉음이었다. 어쩌면 살인자는 그 무서운 시대의 소용돌이일지도 몰랐다.

복잡한 머리, 초췌한 몰골. 채윤은 며칠을 자지 못해 까칠한 눈을 부릅떴다. 어느새 가을 해는 저물어 서쪽 하늘 끝에 걸려 있었다.

소이는 여전히 밀랍으로 빚은 것처럼 단정했다. 그녀를 보는 것은 마치 하나의 숫자를 보는 것과 같았다. 그 자체로 완벽한 의미를 지닌 숫자의 순결성을 그녀는 가지고 있었다.

거기에는 어떤 선입관도 의미도 없었다. 수는 수 그 자체로 존재하는 것일 뿐이었다. 하나에서 하나가 더해지면 그 수는 이미 하나가 아닌 다른 것이 된다. 고유의 영역을 지키면서도 다른 존재와 어울려 수많은 변화를 만들어내는 오묘함.

소이는 그런 속마음을 뚫어보기나 한 듯 말없는 입술로 희미하게 웃었다. 그 웃음은 지난날의 질문에 대한 채윤의 답을 기다리는 것 같았다.

"自解."

스스로 풀릴 것이다. 혹은 스스로 풀어라. 그것은 채윤의 질문에 대한 대답인 동시에 그녀가 던지는 또 다른 질문이었다. 결국 문제를 해결해야 할 사람은 그녀가 아니라 채윤 자신이었다.

아홉 개의 숫자와 아홉 개의 빈칸. 각각의 숫자는 각각의 위치에서 한 치의 일그러짐도 없어야 하고 그 안에서 완벽해야 했다. 자신의 공리와 존재이유를 분명히 지키는 것이었다. 3은 4의 자리에서 그것을 대신할 수 없었으며 7은 9로 대치될 수 없었다.

"지난날 내내 아홉 개의 숫자와 빈칸들과 씨름했으나 그 해를 구하기 어려웠소. 이 방진의 원리를 아는 것이 나에겐 촌급을 다투는 급한 일이오."

여인은 긴 막대를 주위들고 바닥에 반듯한 선을 그었다. 마른 뜰 위에 그어진 가로 네 줄, 세로 네 줄의 금은 정확히 아홉 개의 빈칸을 만들어냈다. 텅 빈 삼방진이었다. 잔뜩 긴장한 채윤을 스치듯 쳐다본 그녀는 잠자코 빈칸 안에 숫자를 적어 넣었다.

一, 二, 三, 四, 五……

아홉 개의 빈칸이 각각의 숫자로 채워졌다. 지난날 낮과 밤 내내 고심해도 풀리지 않던 숫자들의 배열이 거짓말처럼 쉽게 눈앞에 나타났다.

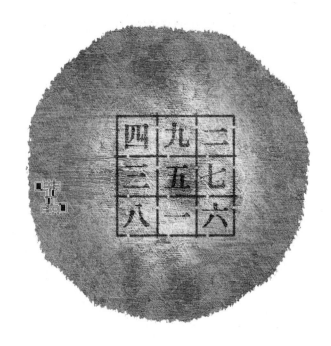

"넷 더하기 아홉 더하기 둘은 열다섯, 셋 더하기 다섯 더하기 일곱도 열다섯, 여덟 더하기 하나 더하기 여섯도 열다섯⋯⋯"

괴이한 마술도 허황한 거짓말도 아니었다. 숫자들은 가로, 세로 대각선으로 꽉 짜여진 구조물이었다. 어느 한 곳을 손대면 모든 것이 송두리째 무너져버리는 완벽한 숫자와 도형의 조합이었다.

아주 작은 오류로도 모든 존재가 와해되어버릴 만큼 일체의 허점을 허용하지 않았다. 모두가 제자리에서 고유한 의미를 잃지 않은 채 질서 속에서 공존했다. 존재가 아니면 무였다. 불완전은 곧 무였다. 그 처연한 진실 앞에서 채윤은 충격이라 할 만한 경이감에 빠졌다.

그때서야 이순지가 왜 그토록 산학의 세계에 빠져들었는지 알 것 같았다. 수의 세계는 인간의 세계와는 달랐다. 완벽하고 조화로울 뿐 아니라

지극히 아름답기조차 했다. 그것은 불완전한 인간을 경건하게 하고, 실수 투성이의 자신을 꾸짖었으며, 무지를 정연하게 일깨워주고 있었다.

그렇다. 진실은 스스로 거기에 있다. 내가 보지 못할 뿐.

채윤은 다시 한 번 어둠 속에 잠겨 있는 진실에 마음이 무거워졌다. 사건의 진실을 밝힐 상수와 변수들은 이미 알고 있다. 중요한 것은 그것들을 어떻게 배열하고 어떻게 조합하느냐였다.

채윤은 간절한 눈빛으로 여인에게 말했다. 마방진의 해를 눈앞에 보여주듯 복잡하게 꼬이고 얽힌 사건의 진실을 눈앞에 보여줄 수는 없느냐고……

그것이 불가능하다는 것을 알고 있다. 자신의 운명 앞에 놓인 문제를 풀 사람은 바로 자신뿐이라는 것을……

채윤은 다소곳이 바닥의 방진을 음미하듯 바라보는 여인을 보며 말했다.

"그대는 삼방진뿐 아니라 사방진, 오방진, 육방진까지도 풀 수 있다고 했소. 그 모든 방진의 질서를 구해낸 원리는 무엇이오?" 여인이 고개를 가로저으며 들고 있던 막대로 마른 바닥에 썼다.

"自解."

스스로 풀릴 것이다. 혹은 스스로 풀어라. 그것은 그녀가 던진 두 번째 질문이었다. 삼방진의 해가 아니라 해법을 구하라는 것이었다.

수의 세계는 곧 질서의 세계였다. 질서는 하나의 원리 위에 세워진다. 원리가 없는 질서란 있을 수 없다. 나란히 늘어선 마방진의 숫자들 또한 반드시 그곳에 있어야 하는 이유가 있을 것이다.

존재해야 할 근거가 없는 존재란 있을 수 없다. 모든 나라와, 군왕과, 신하와, 백성은 바로 그곳에 있어야 할 존재의 이유를 스스로 지니고 존재하는 것이 아닐까?

채윤은 문득 자신의 존재 이유를 더듬었다. 그것을 찾기란 쉬운 일이 아니었다. 어쩌면 살아가는 내내 찾지 못할지도 모른다. 순간순간 자신을 되돌아보며, 연마하고, 존재의 이유를 확인하고 강화하며 살아가야 하는 것은 아닐까?

채윤은 막막한 가슴을 진정시키며 발길을 돌렸다.

수사는 다른 방법으로 진행될 것이다.

가리온은 시렁 위로 팔을 뻗었다. 외소주간에서 빼내온 독한 소주였다.

소주는 죽은 자의 시신을 쉽게 상하지 않게 하는 효과적인 방편이었다. 소주로 시체를 닦으면 칼에 베인 자상이나 멍이 든 자국 등이 선명하게 나타났으며 부패를 늦추는 효과도 있었다. 그래서 검안소에는 늘 소주가 있었다.

가리온은 소주병을 막아둔 나무마개를 뽑고 병 주둥이에 입을 갖다댔다. 화끈한 기운이 목구멍을 뜨겁게 타고 넘어갔다.

얼굴은 불콰하게 달아올랐고 입가에는 느긋한 웃음기가 돌았다. 며칠 동안의 과로를 달래는 데는 소주만한 것이 없었다. 독한 액체가 목줄기를 타고 밥통까지 내려가면 온몸이 뜨끈해졌다.

뜨거운 액체가 피톨을 타고 온몸으로 번졌다. 온몸을 내리누르던 피로는 달아나고 스산한 기운도 물러갔다. 떨리는 손도 마르는 입술도 달래줄 것이었다.

가리온은 이 맑은 액체의 신통함에 새삼 경이를 느끼며 돌아섰다. 검안대 뒤의 흙벽을 밀자 평범한 흙벽은 묵직한 문짝이 되어 열렸다. 가리온은 등잔에 불을 붙이고 어둠이 가득 들어찬 문 안으로 들어섰다.

어둠과 빛이 만나는 곳의 아래로 긴 흙계단이 이어졌다. 계단 아래는 끝 모를 어둠의 심연이었다. 안뜰처럼 익숙했지만 들어설 때마다 섬뜩하고 서늘한 느낌이 들었다. 그래도 한결 기분이 나아진 건 두 모금의 소주가 몸 안에서 효험을 발휘한 때문이리라.

바닥에는 언제나처럼 퀴퀴한 냄새가 났다. 그럼에도 실내에 습기가 차지 않고 축축한 기운이 느껴지지 않는 것은 밀실 바닥 아래에 열십자로 파놓은 통풍로 때문이었다. 건물 전후좌우에 있는 통풍구는 일정한 온도와 습도를 유지해주었다.

정방형의 밀실 한가운데에는 높은 책상이 있고 향나무 서랍장이 사방을 둘러쌌다. 가리온은 서랍장으로 다가가 그중 하나를 열었다. 서늘한 기운과 함께 눈을 부릅뜬 돼지의 머리와 목 부분이 놓여 있었다. 잡는 것과 동시에 마지막 한 방울의 피까지 뽑아낸 돼지머리였다.

서랍의 아래쪽에는 냄새를 없애기 위해 쑥과 질경이의 억센 줄기들을 깔았고 짙은 향의 약초들로 처리되어 있었다. 그러니 서랍을 열어도 돼지 누린내보다는 향긋한 약초 냄새가 강했다.

가리온은 들고 있던 소주병을 한 모금 들이켜고는 돼지머리를 책상 위로 옮겼다. 그리고 또 다른 서랍에서 둘둘 만 가죽 두루마리를 꺼내 책상 옆 작은 탁자 위에 펼쳤다. 섬뜩한 물건들이 모습을 드러냈다. 크고 작은 날카로운 칼과 뾰족한 바늘, 그리고 끝이 둥글게 말리거나 뾰족한 가위들이었다.

가리온은 앞가리개를 두른 후 소매를 걷었다. 그리고 날선 긴 칼로 돼지의 목울대 부분을 반으로 갈랐다. 돼지의 목구멍과 기도, 그리고 목 줄기의 막이 하얗고 빨간 선연한 색으로 드러났다.

그러고는 톱으로 박을 타듯 돼지머리의 썰었다. 예리한 톱날에 두개골이 벌어지고 잘린 골수가 미어져 나왔다. 가리온은 끈적한 액즙과 핏자국을 무명 수건으로 닦고 지필묵을 꺼냈다. 익숙한 솜씨로 돼지의 갈라진 대가리 속과 연결된 성대와 목울대, 혀와 혀뿌리, 이빨과 입천장을 그렸다.

마침내 살아 있는 듯 세밀하게 속내를 드러낸 돼지의 그림이 완성되었다. 소주병을 들이켜며 가리온은 누런 이빨을 드러내 탐욕스레 웃었다.

"흉측하다고 생각하려면 하라지. 숨쉬는 생물치고 흉측하지 않은 자가 있을라구? 몸뚱아리는 피와 살을 담은 가죽부대에 지나지 않거늘…… 배를 째면 냄새투성이 창자가 쏟아지고, 먹을 따면 선지피가 솟구칠 것을……"

혼잣말로 주절대며 가리온은 다시 술병을 기울였다. 입가를 타고 뜨거운 액체가 흘러내렸다. 가리온은 피 묻은 앞치마로 입가를 쓰윽 닦고 구석으로 내던졌다.

홀짝홀짝 마신 술이 과했던 것일까? 온몸이 노곤해지며 그려둔 그림이 흐릿해졌다.

스스로도 이 밀실에서 하는 일을 이해할 수 없다. 짐승 잡는 일이 업이라 해도 독한 소주를 연거푸 들이켜지 않으면 역겹고 소름이 돋는 일. 그런데도 이 일을 계속하는 자신을 알 수가 없었다.

가리온은 벌겋게 달아오른 얼굴로 괴기스런 돼지 대가리 그림을 품속에 접어 넣었다. 소뿔과 꼬리, 돼지 불알, 개 대가리…… 흉측한 짐승들의 내장이 가득한 그곳이 가리온인들 편할 리 없었다.

가리온은 예리한 칼과, 가위들을 둘둘 말아 서랍에 넣고는 등잔을 들고 서둘러 계단을 올랐다. 육중한 흙문을 밀자 검안소 밖에는 이미 어둠이 내리고 있었다.

6

학사들의 죽음을 관통하는 결정적인 열쇠를 찾아낸 채윤은
부제학 정인지를 찾아가 그 비밀을 캐묻는다.

채윤은 집현전이 보이는 향원지의 기슭에 털썩 걸터앉았다. 가는 바람
에 비늘 같은 물무늬가 우르르 기슭으로 몰려갔다. 노곤함이 몰려왔다.
사흘의 과로는 젊은 몸이라 하지만 견디기 힘들었다.

잔잔한 은빛 수면에 반짝이는 물무늬처럼 사람의 마음에도 무늬가 있
을 것이다. 물살이 기슭에 철썩철썩 부딪치듯 마음의 결은 가슴의 기슭에
가 닿겠지. 들추지 못하는 오랜 상처는 가슴 바닥에 켜켜이 쌓일 것이다.

반짝이는 수면 너머로 단아한 취로정이 보였다. 순간 채윤은 화들짝 놀
라 몸을 숨겼다. 가지 사이로 보이는 팔각의 정자에 누군가 앉아 있는
것이 보였다.

손바닥을 이마에 대고 햇살을 가리자 먼 취로정이 또렷하게 다가왔다.
채윤은 그 자리에 엎어지듯 무릎을 꿇었다.

가물가물한 먼발치였지만 정자의 마루에 반듯이 앉은 이는 붉은 용포
차림의 주상이었다. 채윤은 손바닥으로 땅을 짚고 고개를 땅바닥에 조아
렸다. 어쩌다 나인 무수리조차 발길이 뜸한 이 후원에 서 주상을 마주치

게 되었단 말인가? 이마를 땅에 찧으며 채윤은 생각했다.

한참 후에 고개를 들었을 때에도 붉은 용포자락은 선명했다. 주상의 서안 맞은편에 누군가가 반듯이 앉아 있었다. 채윤은 다시 손바닥으로 이마를 가리고 넘겨다보았다. 순간 다시 한 번 가슴이 철렁 내려앉았다.

소이의 반듯한 눈길은 용안을 바라보고 있었다.

머릿속에 회오리가 휘돌며 올라갔다. 이 시간에 이 외딴곳에 이 나라의 군왕이 말 못하는 무수리와 독대를 하고 있다. 천하디천한 무수리가 어찌 용안을 바로 본단 말인가?

그뿐만이 아니었다. 무수리는 용안을 응시하며 입을 오므리고 내밀고 입술을 말고 내밀기를 거듭했다. 채윤은 자신의 두 눈을 믿을 수 없었다.

저 여인이 실성을 한 것인가? 그렇지 않으면 미혹에 빠진 군왕을 유혹하는 것인가? 편전에서 정사에 골몰해야 할 군왕이 호젓한 이곳에서 천한 무수리의 입술과 눈빛에 빠져드는 것이 무슨 조화인가?

혼란스런 머릿속을 채 정리하기도 전에 주상은 서안을 돌아 무수리에게 다가섰다. 그러고는 무수리의 입술에 닿을 듯 가까이 얼굴을 가져갔다.

채윤은 놀라움으로 커진 두 눈을 질끈 감았다. 더이상 눈 뜨고 못 볼 광경이 벌어지려 하고 있었다. 가슴이 쿵덕쿵덕 방망이질 했다. 채윤은 고개를 돌린 채 후닥닥 몸을 숙여 달리기 시작했다.

'아무것도 보지 못했다. 주상도 교활한 무수리도, 그 여인이 저지른 요망스런 행위도…… 나는 보지 못했다. 아무것도 보지 못했다.'

혼미한 머릿속으로 배신감과 분노와 절망이 덩어리가 되어 회오리쳤다.

내각사의 돌담에 기대선 채윤은 가쁜 숨을 고르며 어지러운 머리 속을 수습했다. 정신을 차리지 않으면 진실은 멀어진다. 명백한 진실은 날선

회칼 같은 명징하고 예리한 지성에 의해서만 시추할 수 있는 것.

채윤은 온몸 마디마디가 오도독 부러질 듯 기지개를 켜고 잎이 떨어낸 가을나무의 곁가지 하나를 꺾었다. 그리고 해진 갓신으로 바닥을 고른 다음 지난 사흘간의 수사 결과를 정리했다.

원칙은 하나였다. 완벽하게 순수한, 오염되지 않은 증거물만을 가려낼 것. 증거와 단서가 얼마나 많은지는 중요하지 않았다. 중요한 것은 가치에 오염되지 않고 관념의 덫에 걸리지 않은 날것 그대로의 증거물이었다.

오염된 증거는 사건에 다가가게 하기도 하지만 진실에서 멀어지게도 한다. 사건 그 자체로 사건을 보아야 했다. 움직일 수 없는 사실은 사람이 죽었다는 사실과 각각의 죽은 방법이 다르다는 것이었다.

모든 관념의 살을 발라낸 완벽한 진실의 뼈. 스스로 드러난 어김없는 증거물, 두 눈으로 확인되고 머리로 인식된 사실. 그것들 중에서 버릴 것과 취할 것을 결정해야 했다. 채윤은 그것들을 바닥 위에 썼다.

1. 장성수 피살

취할 것 : 우물 속의 시체, 분서장의 마방진, 죽기 사흘 전 곤장을 맞다, 왼쪽 팔뚝의 문신, 〈고려사〉 편찬.

버릴 것 : 현장에서 발견된 옥단추, 집현전에서 따돌림 당했다는 증언, 가난한 고려 왕조의 후예.

용의자 : 윤필

2. 윤필 피살

취할 것 : 불탄 시체, 왼쪽 팔뚝의 문신, 죽기 전에 썼던 시구, 주자소 관장, 내시 무휼의 방문.

버릴 것 : 사라진 옥단추, 현장의 발자국들, 내시 무휼의 방문, 권문의

자제……

　용의자 : 자살.

　3. 허담 피살

　취할 것 : 쇠몽둥이에 맞은 시체, 왼쪽 팔뚝의 문신, 현장에 남은 질기고 큰 종이더미, 강황전 목격.

　버릴 것 : 강황전 목격담.

　용의자 : 강황전.

　그것이 취할 것과 버릴 것이었다.

　무휼과 강황전의 목격은 취하기에도 버리기에도 애매했다. 분명 본 사람의 증언이 있으니 취해야 하겠지만 그것이 누군가의 눈을 통한 것이라면 이미 오염되었을 가능성이 있다. 심지어 자신의 두 눈조차 믿을 수 없었다.

　완전한 사실에만 의거해서 추리해야 했다. 옥단추와 발자국은 지엽적인 사실들이었고 죽은 자들의 출신 성분은 죽은 자에 대한 선입견을 갖게 한다는 점에서 버려야 했다.

　그렇게 해서 남은 증거들을 보자 후 하는 한숨이 나왔다. 며칠 동안 밤낮없이 추적해 모은 단서와 증거가 고작 다섯 손가락에 꼽을 정도였다.

　하지만 그것에서부터 시작해야 했다. 단 아홉 개의 숫자가 완벽한 질서를 가진 독자적인 세계를 이루듯이 가장 간명한 단서로부터 시작해야 했다. 평범하기 짝이 없는 단서지만 어떻게 배열하느냐에 따라 감춰졌던 진실이 드러날 수도 있었다.

　세 죽음에서 드러난 명백한 사실은 다음의 몇 가지였다.

1. 세 사람이 죽었다.

2. 세 사람이 죽은 방법이 각기 다르다.

3. 죽은 세 사람 모두에게 알 수 없는 문신이 있다.

4. 장성수와 윤필은 특별한 일을 맡고 있다. 장성수 : 〈고려사〉 편찬, 윤필 : 주자소 관장.

채윤은 자신이 끄적거린 흐릿한 글자들을 골똘히 바라보았다.

세 사람이 죽은 방법이 각기 다르다? 그들은 어떻게 죽었는가?

장성수는 물에 빠져 죽었다. 윤필은 불에 타 죽었다. 허담은 쇠몽둥이에 맞아 죽었다. 무엇이 그들을 절명에 이르게 했건 최종적인 죽음의 현시는 물과 불, 그리고 쇠몽둥이였다.

"물과 불과 쇠……"

누가 시키기나 한 것처럼 채윤은 들고 있던 막대로 마른 땅 위에 급하게 써갈겼다.

水, 火, 金.

두 눈이 튀어나올 듯 커졌다. 각각의 독립된 사건으로 존재하던 세 개의 사건들이 큰 줄기를 이루었다. 바닥에 쓰인 세 글자는 더욱 명백하게 세 학사의 죽음을 증거하고 있었다.

"오행이다!"

자신도 모르게 탄식 같은 혼잣말이 흘러나왔다. 두려움과 설렘으로 가슴이 뛰기 시작했다.

"세 학사를 살해한 자는 오행을 잘 아는 자입니다."

정인지는 찬물을 뒤집어쓴 듯 정신이 번쩍 들었다. 그러나 곧 헐떡이며 숨을 몰아쉬는 젊고 당돌한 겸사복을 담담하게 바라보았다.

"소인 미욱하여 오행의 이치를 속속들이 모르나 세 학사를 죽인 물과 불과 쇠는 분명 오행의 화, 수, 금이 아닙니까?"

"어찌 그리 유추했느냐?"

"산학의 방편을 적용하였습니다. 단서를 하나하나 지워 마지막으로 남은 가장 확실하고 명백한 단서를 재배열하여 공통되는 원리를 찾았지요."

채윤이 겨우 숨을 고르고 말했다. 정인지는 대답 대신 고개를 끄덕였다.

"네 지난날 나에게 마방진과 산학에 대해 묻더라만…… 네 말을 들으니 세 학사의 죽음에 오행이 전혀 근거가 없지 않은 듯하구나."

"소인이 무지하여 아는 것이라고는 오행의 근원이 수, 화, 금, 목, 토에 있다는 것밖에 없습니다. 가련한 놈에게 오행의 경지를 펼쳐 보여주시면 이 살인에 숨은 진실을 캘 수 있을 것입니다."

그 눈빛이 간절하게 구하는 바를 거절할 도리가 없었다.

현자들의 전이라 하는 집현전에서 평생을 천착한 경학과 도학이다. 이제 젊으나 뜻있는 청년에게 자신이 아는 손가락 마디만 한 지식을 나누어준들 무엇이 아깝겠는가?

"오행은 우주와 삼라만상을 형성하고 운용하는 다섯 근원이다. 나무 목, 불 화, 흙 토, 쇠 금, 물 수. 이 다섯은 스스로 존재하되 온 자연과 인간에 미쳐 통하지 않음이 없다."

"어찌하여 그렇습니까?"

"색에다 비한다면 나무는 잎이 푸르니 청(靑)이요, 불꽃은 붉어 적(赤)

이다. 쇠는 희니 백(白)이요, 깊은 물은 검어 흑(黑)이며 땅은 누르니 황(黃)이다. 계절에 비한다면 새싹이 돋는 봄은 목이요, 여름은 뜨거우니 화요, 가을은 물기 없이 서늘하니 금이요, 겨울은 차가우니 수이다."

"색과 계절에 통한다면 사람의 심성과 육체에도 관여하는지요?"

"오행이 몸속에 들어가면 물은 신장이 되고 불은 심장이 되고 나무는 간장이 되고 금은 폐장이 되고 흙은 비장이 된다."

채윤은 작은 모필을 꺼내 받아 적었다. 그러나 물 흐르듯 이어지는 정인지의 설명에 질려 곧 붓을 놓고 말았다.

"하나의 기운이 어찌 그토록 변화무쌍하게 움직일 수 있습니까?"

"오행의 행(行)자는 움직임을 뜻한다. 움직이지 않는 것은 죽은 것이기 때문이다. 이러한 오행의 운행으로 생명을 다루는 의학이 원리를 얻는다."

"그러면 오행은 어떻게 움직입니까?"

채윤이 되물었다. 어쩌면 지금부터 정인지가 할 말이야말로 상수가 아닌 변수, 즉 단서가 아닌 단서들을 조합하는 데 꼭 필요한 지식이었다.

"오행은 생과 극으로 생성하고 소멸한다. 나무가 부대끼어 불이 되니 목생화(木生火)요, 불탄 재가 흙으로 돌아가니 화생토(火生土)이며, 쇠는 흙 속에 묻혀 있다가 나오니 토생금(土生金)이요, 맑은 물은 큰 바위 사이에서 솟구치니 금생수(金生水)요, 물이 나무를 살게 하니 수생목(水生木)이다."

"그러하오면 오행의 소멸함은 어떤 이치인지요?"

"수극화(水克火), 타오르는 화염도 한 두레박의 물로 꺼버릴 수 있음이다. 불은 금을 녹여 형체를 바꾸니 화극금(火克金)이며, 단단한 쇠가 무른 나무를 절단 내니 금극목(金克木)이다. 나무는 땅속에 뿌리를 박고 살며

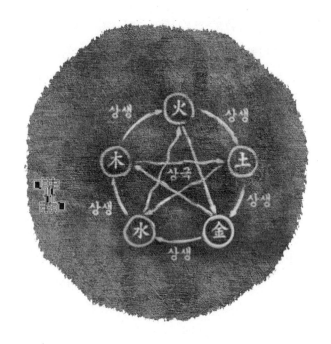

흙을 괴롭히니 목극토(木克土)이며, 흙이 물을 못 흐르게 막으니 토극수(土克水)다. 다섯 요소의 상생 상극하는 상호보완과 대립으로 세상이 돌아간다. 사람이 살고 죽음과 나라의 흥망성쇠 또한 이와 다르지 아니하다."

정인지가 설명하는 동안 채윤은 주워든 가지로 무언가를 열심히 끄적거렸다.

여린 햇살이 쏟아지는 땅바닥에 서투르게 그린 그림이 드러났다.

정인지는 흡족한 표정이었다. 채윤은 눈빛을 반짝였다.

"수극화하고 화극금하며 금극목한다고 하였습니다. 수극화라 함은 장성수의 죽음에서 드러난 암시이니 수는 장성수가 빠져 죽은 우물이 아닐런지요?"

"그렇다면 화는 무엇이냐?"

"서책을 불태우는 자라는 뜻이죠. 또 주자소에서 윤필을 죽인 화재는 화입니다. 화는 금을 극하니 윤필은 납을 녹여 활자를 만들었죠. 두 학사의 죽음은 오행 상극의 순서였습니다요."

채윤이 냉정하게 말을 맺었다. 그것이 화살과 칼날이 난무하는 광란의 전쟁터에서 살아남은 침착함이었다. 젊은 성정을 가눌 길 없어 쉽게 흥분하기도 하지만 극도로 흥분하면 오히려 얼음물을 끼얹은 듯 냉정해지는 것이다. 정인지는 채윤의 초탈한 듯한 냉정함에 놀라며 다음 말을 기다렸다.

"범인은 주자학의 이치를 누구보다 잘 알 뿐 아니라 오행의 법칙을 신봉하는 유생이거나 양반, 혹은 권신입니다."

정인지가 고개를 끄덕였다.

"그렇다면 그 많은 집현전 학사 중에 왜 하필이면 그들이 당했느냐?"

"죽은 학사들은 특별한 업무가 있었습니다."

정인지는 막힘없이 추리의 틀을 술술 설명해나가는 채윤을 입을 벌린 채 바라보았다.

"허담 또한 특별한 업무에 종사하고 있었다는 말이냐?"

"허담에게도 다른 두 학사와 같은 변수를 적용하면 알 수 있을 것입니다."

채윤은 바닥의 그림을 눈 속에 새기듯 훑어보고는 해진 갖신으로 문질러 지웠다.

7

죽은 허담의 은밀한 업무를 알게 된 채윤은
주상이 살인에 연관 있음을 알아차린다.

삼문은 옅은 창호지 밖에서 들리는 젊은 숨소리를 들었다. 이 어스름
저녁에 궁궐 안을 헐레벌떡 뛰어 대청마루 아래에서 숨을 헐떡거릴 아이
라면 그 아이뿐이다.

"채윤이냐? 들어오너라!"

삼문은 펼쳤던 책갈피를 접어 서안 한쪽으로 물렸다.

"예, 나으리."

조심스럽게 미닫이가 열리고 땀내가 훅 풍겨왔다.

행색이 말이 아니었다. 땀과 먼지에 절은 적삼은 아마 사흘 동안 갈아입
지 못했을 터이다. 채윤의 몸에서 날것 그대로의 젊음의 냄새가 풍겼다. 그
것은 무모한 열정의 냄새였고 오래 안식하지 못한 방황의 냄새였다.

삼문은 오늘밤 퇴궐을 하면 종년들에게 일러 잘 빨아 풀 먹인 적삼 한
벌을 가져다 입혀야겠다고 생각했다.

"세 죽음에 연관성이 있으니 허담 학사의 업무를 알고 싶습니다."

"내 비록 수석학사라 하나 개별 학자의 연구나 업무에 속속들이 관여

하진 않는다."

삼문의 대답은 건조하고 명료하였다. 바람을 맞은 연처럼 팽팽하게 부풀던 가슴의 연줄이 툭 끊어지는 듯했다.

"세 학사의 죽음은 하나로 통합니다. 장성수는 분서행을 했으며, 윤필은 노래를 수합했습니다. 허담에게도 특별한 소임이 있었을 것입니다."

채윤은 먹이를 향해 달려드는 해동청처럼 날카로운 눈매로 다가들었다. 완벽한 단서의 조합으로 엮은 덫이었다. 삼문의 눈빛이 잠시 흔들리는가 싶더니 곧 목소리가 노기를 띠었다.

"무모하고 위험한 추측이다. 학사들이 하지 말아야 할 몹쓸 일이라도 저질렀단 말이냐?"

삼문의 목소리가 더욱 높아졌다. 그럴수록 채윤의 목소리는 더욱 가지런하게 낮아졌다.

"나으리께서 말씀하지 않으시면 소인이 여쭙겠습니다. 허담은 그림 그리는 화공이었습니까?" 삼문은 눈을 피하며 에헴 하고 헛기침을 했다. "아니면 거대 건축물의 본을 뜨는 설계사였습니까?"

"근거 없는 물음으로 나를 궁지에 몰지 마라!"

"허담의 책상 위에 쌓인 종이뭉치를 보았사온데…… 책을 필사하는 종이보다는 훨씬 두껍고 질긴 닥종이였습니다. 그 크기 또한 보통 서책보다서너 배는 컸습니다."

"그래서 날더러 어쩌란 말이냐?"

"그렇게 큰 종이라면 화첩 용지나 큰 건축물의 설계도가 아닐는지요?"

화를 내도, 윽박질러도 덫을 빠져 나가기에는 이미 늦었다는 사실을 삼문은 통감했다. 이 명민한 아이를 따돌릴 방법은 없다. 잠시 고개를 숙인 채 마른 입술을 핥던 삼문이 입을 열었다.

"네 말이 그르지 않다. 학사 허담은 찬술과 저작 외에 지도 제작의 임무를 맡고 있었다."

머리가 확 열리는 느낌이었다.

"지도라면 땅의 형상을 종이 위에 그리는 것이 아닙니까? 강과 산과 골짜기와 등성이와 마을을 실제 있는 위치와 크기에 맞게 종이에 표기하는……"

북변 수자리에서 종군할 때의 기억이 떠올랐다. 김종서 장군은 항상 수십 장의 지도를 멘 병사를 이끌고 전쟁터에 나섰다. 출병을 할 때면 지도로 마을이나 골짜기의 위치를 파악하여 적이 매복할 만한 곳을 피하고 유리한 지형으로 적을 유인해 섬멸하곤 했다.

지도를 제대로 그리고 읽는 것은 곧 전투에서 이기는 방편이었다. 그러니 장군은 전투가 없는 날에도 기리고차[48]와 측지병을 대동하고 지도를 그리는 작업을 게을리 하지 않았다.

"지도라면 온 산천과 골짜기를 헤매며 측지하고 기록하는 험한 일입니다. 서안을 마주하고 진리에 파고들 현학이 해진 갓신을 끌며 물집이 잡힌 발로 골짜기와 등성이를 헤매다니 믿을 수 없습니다."

삼문은 고개를 끄덕였다.

"담대하고 뜻이 큰 허담이었으니 어떤 학사도 나서지 않는 그 일을 맡고 나섰다."

"허담 나리는 어떤 지도를 그렸습니까?"

"본디 지도란 한 마을의 것이 있고 산세를 그린 것이 있으나 그 궁극은

---

48 記里鼓車. 장영실이 왕명으로 만든 것으로 추정되는 자동거리측정용 수레. 말이 끄는 수레가 1리(里)를 갈 때마다 나무로 만든 인형이 북을 치게 했다고 한다.

나라의 안팎을 고루 볼 수 있게 하는 조선의 전도가 아니겠느냐?"

"그렇게 큰일을 어찌 혼자서 할 수 있습니까?"

"허담은 수하에 발이 날내고 산학에 뛰어난 젊은이들을 선발하여 지도 제작 작업을 총괄하던 참이었다. 우선 궁궐 주변과 한성부, 그리고 경기 지방에 대한 지형도 제작에 착수했다."

"그런데 어찌 나리의 사저에 여진족까지 드나들었습니까?"

느닷없는 질문에 삼문의 눈이 휘둥그레졌다. 그 물음은 문득 달포 전 허담의 집 앞에서 보았던 야인의 두목 원추리가 생각나서였다. 그는 전투 끝에 사로잡힌 장수였으나 채윤의 부하가 되었다. 한양까지 어쩐 일이냐고 묻자 그는 "김종서 장군의 하명으로 허담학사에게 전할 물건이 있어서"라고 하고는 회포를 풀 여유조차 없이 북변으로 돌아갔던 것이다.

"주상전하의 치세에 북변 오랑캐들과 남방 왜인들이 대거 조선에 귀화 해온 것을 모르느냐? 전하께서는 그들의 출신을 묻지 않고 귀화를 허락 하시고 그 재능에 따라 소중히 쓰셨다. 그러니 여진인이 대수겠느냐?"

"하오나 그자는 북변에 뿌리를 내리고 사는 야인입니다."

끈덕진 채근에 삼문은 조심스럽게 말을 이었다.

"경기지방의 상세한 지도를 제작한 허담은 함길도 북쪽과 나아가 오랑 캐 땅의 지형도를 제작하려 하였다. 이를 위해 허담은 최근 누구보다 그 지역을 잘 아는 여진인과 거란인들을 포섭하여 북방의 지도를 제작하고 그곳의 군사 정황을 파악했다."

채윤의 입에서 자신도 모르게 중얼거림이 튀어나왔다.

"금극목."

"무어라 했느냐?"

"금극목입니다. 허담이 쇠몽둥이에 맞은 것은 그 방에 남아 있던 두터운 닥종이와 관련 있습니다."

"어찌하여 그런 무모한 추측을 하느냐?"

"지도를 그리는 닥종이는 곧 닥나무가 아닙니까? 범인은 허담의 일을 잘 아는 자임에 분명합니다. 나아가 그는 집현전에서 행해지는 모든 학사들의 업무와 그 진척을 모두 파악하고 있는 자입니다."

단호한 결론에 삼문은 주춤했다. 채윤은 틈을 주지 않고 다시 물었다. "허담 나리는 장성수와 윤필의 죽음으로 범인의 경고를 알아차렸을 것입니다. 그런데도 그는 죽는 순간까지 닥종이를 쌓고 지도 제작에 열을 올렸습니다. 죽음 앞에서도 거역하지 못할 지시라면……"

채윤이 말끝을 흐렸다. 순간 노기 띤 삼문의 호통소리가 터졌다.

"이놈! 방정맞은 혀를 함부로 놀리지 마라! 네놈의 불손한 역심을 들킬까 두렵다!" 채윤은 그 자리에서 무릎을 꿇고 엎드렸다. 삼문이 못마땅한 듯 에헴 하는 헛기침소리를 냈다.

"물러가서 근신하라!"

채윤은 무릎걸음으로 물러났다. 삼문의 노기는 무언가를 분명히 말해주었다. 그것만 해도 큰 수확이다. 장성수가 죽던 밤부터 마음속에 깊이 새겨졌던 의혹이 어렴풋이 모습을 드러내려 하고 있었다.

더럭 겁이 났다. 한없이 작고 보잘것없는 자신이 대적하는 상대가 입에 담기조차 황송한 주상이라는 추측이 사실이 아니었으면 좋겠다고 빌었다. 그런데 터럭 끝까지 화를 내는 삼문을 본 순간 근거 없는 추측은 믿음으로 굳어져가고 있었다.

상감마마께서 학사들의 죽음과 연관이 있다.

생각을 떨쳐내기 위해 채윤은 고개를 쳐들었다. 커다란 달이 근정전 처마에 닿을 듯 내려앉아 있었다. 서늘한 달빛이 궐 안의 구석구석을 비추었다.

"윤이 가지 않고 게 있는 게냐?"

등잔 불빛이 발갛게 물든 창호지 너머에서 들리는 목소리는 삼문이었다.

"예, 나으리, 소인 여기 있습니다."

불빛이 어른거릴 때마다 옅은 창호지 너머로 삼문의 그림자가 흔들렸다.

"이 일에서 손을 떼어라." 뒷머리를 세게 얻어맞은 것처럼 띵 했다. "네가 감당하기에는 너무 크고 무거운 짐이다. 무엇을 알려 하지 말며 알아서도 안 된다."

"무엇을 알려고 하지 말며, 무엇을 알아서는 안 되는지 알 길이 없습니다."

"물러가라! 물러가!"

연거푸 물러가라는 삼문의 고함이 쏟아졌다.

"예, 나으리. 소인 물러갑니다."

서걱서걱 멀어져가는 발소리를 들으며 삼문은 입술을 깨물었다. 나라의 윗사람들이 흩뜨러놓은 짐을 저 어린 녀석에게 떠맡길 수는 없다.

삼문은 커 오르는 등잔의 심지를 줄이며 깊은 시름을 애써 억눌렀다.

주상은 어둠 속에 홀로 깨어 있었다. 궁궐은 조용했고 침전은 깊고 깊었다. 스적이는 이불자락 소리가 가슴을 스쳤다. 며칠 동안 잠들지 못한 것은 전에 없이 어지러운 마음 때문이다. 마흔을 넘어섰지만 아직 탄탄한 가슴 앞으로 고름을 매고 흘러내린 머리카락을 쓰다듬어 올렸다.

젊은 시절부터 과로와 격무에 시달렸다지만 아직은 강건했다. 간혹 눈앞이 전에 없이 침침해져 서책을 대하기가 불편할 따름이었다. 지금처럼 찬바람이 돌기 시작하는 가을이면 피부에 번지는 부스럼이 고질병이 되어가고 있었다. 온양의 온천이 피부를 달래는 약물이라 하나 하루가 천 년처럼 흘러가는 이 궁궐을 비울 틈이 여의치 않았다.

정면 열한 칸 측면 다섯 칸의 강녕전은 연조[49]의 으뜸 전각이었다. 좌우에는 동소침인 연생전과 서소침인 경성전[50]이 좌우로 배치되었다. 지밀 중의 지밀, 궁중 안의 궁중, 궐 안의 중심이었다.

주상은 침복으로 갈아입은 후에도 서안 앞에 홀로 깨어 있기를 즐겼다. 지금도 집현전 학사동에는 불이 꺼지지 않을 것이었다. 학사들은 경서를 읽어 내리고, 새로운 천문을 연구하며, 의기를 궁리하고, 후대의 표본이 될 제도를 강구할 것이었다. 주상은 홀로 침전을 지키며 궁리를 통해 이룰 나라를 꿈꾸기를 좋아했다.

그 강역은 팽대하고, 그 역사는 존경받고, 그 백성은 윤택하고, 그 신하는 궁리하고, 그 임금은 근면한 나라. 그래서 그 시대를 기꺼워하는 노래가 골골에 울리는 나라. 대국에게 기대지 않고 대국에 당당하며 자국의 문물과 격물로 홀로 우뚝 서는 나라.

군왕이 되기를 꿈꾸지도 않았고 군왕이 될 운명도 아니었다. 그러나 하늘의 부름이 있어 그 부름을 내치지 못하고 보위에 오른 지 이십 년.

조정에는 의로운 신하들이 넘치고 집현전에는 슬기로운 인재들이 모였다. 천한 신분이나 귀한 가문의 사대부나 그 재주를 아꼈으며 단점이 있으나 모자람이 있으나 그 빼어난 능력을 키우려 했다. 백성의 윤택함과 나라의 부강에 천한 자와 귀한 자가 따로 있지 않음이었다. 악한 자의 뛰

---

49 강녕전을 비롯한 왕의 침전이 있는 구역. 왕이 정무를 보는 근정전과 사정전 등이 있는 구역을 치조라 하고 신하들이 집무하는 구역은 외조라고 한다.
50 정도전은 "천지 만물이 봄에는 생(生)하고 가을에는 성(成)하니 백성을 인으로써 생하게 하고 의로써 제 도를 이루어 치세를 밝힌다"는 뜻으로 소침의 이름을 연생과 경성이라 이름 지었다.

어난 재주를 골라 쓰는 것이 선한 자의 무능을 모른 척하는 것보다 나음이었다.

그랬던 것이 돌이키지 못할 화가 되고 말았던 것인가? 칼에 찔린 채 우물에 던져지고, 옥고를 치르고 장독이 올라 궐에서 내침을 당하고, 깊은 밤 화마에게 삼킴을 당하고…… 또 어떤 변을 당할지 알 수 없었다.

그들을 뽑아 올리지 말았어야 했을까? 그랬다면 그들은 평생을 글과 함께하는 서생이나 자신의 궁리에 더욱 천착하는 공인이 되어 순탄하게 살았을 터인데……

"장영실, 장성수, 윤필, 정초, 박연, 최만리, 김종서, 정인지, 성삼문, 신숙주……"

윤기 나는 나지막한 목소리로 학사들의 이름을 하나하나 되뇌었다. 이름을 부를 때마다 학사들의 얼굴이 어둠 속에서 환하게 떠올랐다.

"그대들에게 무슨 죄가 있어 바람 앞의 불꽃처럼 위태롭게 안위를 걱정해야 하는가?"

주상은 착잡한 심경을 애써 다스리며 나직이 누군가의 이름을 불렀다.

"무휼아! 무휼아!"

윤택한 목소리가 어두운 침전을 나지막이 떠다녔다.

"예, 전하!"

어디인지 모를 곳에서 호위감 무휼의 목소리가 들려왔다. 그림자처럼 따르는 호위감은 언제나 미더웠다. 온 삶을 자신을 위해 송두리째 던진 한 사내의 목소리였다.

"비서고의 몽서를 가져오너라."

"예."

두 번 문이 열렸다 닫히는 소리가 나고 무휼이 침전으로 들어섰다. 양

손에 서너 권의 서책을 받쳐 들고 있었다. 서안 위에 서책들을 가지런히 놓은 무휼이 말없이 허리를 숙였다.

"일국의 군왕이 이렇듯 조악한 난문과 잡서라니… 그것도 사대부와 문신들이 소름을 돋우며 기피하는 야서를 말이다."

주상은 자신을 책망하듯 설핏 웃었다. 무휼은 어둠 속의 희미한 미소를 바라보았다.

"뱀이 마신 물은 독이 되고, 소가 마신 물은 젖이 되옵니다. 남녀의 상열지사를 적은 야서의 행간에도 숨은 궁리는 있을 것이옵니다."

무휼은 허리를 숙이고 방문을 나섰다. 주상은 적막 속에서 조용히 가죽 표지를 들쳤다. 벗고 얽힌 남녀의 그림, 한자로 써내려간 상열지사, 그리고 그 중간 중간에 보이는 낯선 기호들…… 주상은 팔사파문자와 한자의 토, 그림을 번갈아보며 낯선 글자의 소리와 뜻을 유추했다.

적막은 깊어갔다. 한 식경이 지났을까?

"무휼아!"

"예!"

나직한 소리가 어둠을 타고 들려왔다. 충성스런 호위감은 아직 잠들지 않고 있었다. 주상은 침전 방문과 어둠 너머 무휼의 숨결을 느끼는 듯했다. 무휼 또한 주상의 목소리만 듣고도 침전의 어느 쪽에 있는지, 어떤 자세로 있는지를 알고 있었다.

"〈고군통서〉의 행방은 아직이더냐?"

"그러하옵니다."

주상은 가벼운 숨을 천천히 내쉬었다. 잠깐 수심의 그림자가 안색을 어둡게 했다. 방문 뒤에서 무휼의 목소리가 들렸다.

"염려 마옵소서. 결코 저들에게 넘어가지는 않을 것입니다."

주상은 고개를 들어 어둠을 응시했다. 그리고 마음으로 생각했다.

'가꾸지 않은 땅은 자신의 영토가 아니고 보살피지 않은 백성은 자신의 백성이 아니다.'

8

향원지의 고요한 수면은 어둑신한 어둠을 담고 있었다. 달빛이 잔잔한 수면 위에 은사를 뿌린 듯 반짝였다.

채윤은 물가의 돌 축대에 기대앉아 잔잔한 수면을 바라보았다. 혼자 있는 것이 좋은 건 어린 시절부터 종군한 탓일 게다. 마주치는 사람은 일단 적의를 품고 보는 전쟁터의 습관 때문일까? 누군가를 맞닥뜨린다는 것은 곧 전투였고 적과의 조우는 끝을 봐야 하는 죽음의 승부였다. 궁으로 들어온 후에도 뼛속 깊이 새겨진 생존의 본능은 사라지지 않았다.

채윤은 처음 만나는 사람을 경계하였고 불안해했으며 적의를 품기까지 했다. 평화로울 수 있는 시간은 오로지 혼자 있을 때였다. 떠나고 없는 가족이 생각날 때마다, 북관의 처절한 싸움장이 떠오를 때마다 이 물가에서 시름을 달래곤 했다.

내각사 쪽 전각들에서 하나, 둘 등잔불이 켜졌다. 취로정으로 통하는 다리 위에도 차례대로 하나씩 횃불이 타오르기 시작했다.

"네 녀석이 이곳에 있을 줄 내 알고 있었다."

순지의 말에는 언제나 농이 섞여 있었다. 채윤은 흠칫 놀라 반쯤 축대에 기대었던 몸을 곧추세웠다.

"허허…… 편하게 있거라. 오늘처럼 달빛 좋은 밤에는 잔잔한 호수의 정취를 즐기는 것으로 족할 테니까."

채윤은 달빛이 물무늬를 지으며 퍼지는 잔잔한 수면으로 시선을 던졌다.

"이 호숫가에만 서면 격랑 치던 마음이 가라앉으니 신기합니다."

"향원지에서 평안을 찾는 이가 너뿐이겠느냐? 신묘한 건곤의 이치와 음양의 도리를 완벽하게 담아냈으니 말이다."

채윤의 짙은 눈썹이 미세하게 떨렸다.

"이 호수에 하늘과 땅의 이치를 담았다 하셨습니까?"

"그렇다. 하늘의 도란 둥금이 아니더냐? 둥근 공간 속에서 별이 뜨고 지고, 달이 차고 기운다. 반대로 땅의 도는 모나고 평평하다. 편평한 땅 위에서 초목이 자라나고 인간이 창생한다. 그것이 천원지방의 원리가 아니더냐?"

"천원지방의 이치가 향원지와 무슨 연관이 있습니까?"

"하늘의 도가 무엇이라 하였느냐?"

"둥금입니다."

"저 향원지 안의 작은 섬을 보아라."

팔각정 모서리의 등잔불들이 깜빡였다. 눈앞에 섬의 형태가 분명하게 떠올랐다. 그것은 완벽한 원형이었다. 둥근 섬 한가운데에 팔각의 취로정이 서 있었다. 채윤의 두 눈이 놀라움으로 가득 찼다.

"땅의 도는 무엇이라 했느냐?"

"평평함입니다."

"이번에는 향원지의 기슭을 보아라."

잔물결이 찰싹거리는 호수의 기슭을 따라 반듯한 돌벽돌로 쌓은 기단은 정사각형이었다. 그것은 완벽한 천원지방의 형상을 구현한 전경이었다. 둥근 하늘과 모난 땅이 완벽한 조형성 아래 어우러져 있었다.

그것은 놀라움을 넘어선 경이였다. 그렇게 오래, 그렇게 자주 이 호수를 찾았으면서도 어찌 그것을 몰랐단 말인가? 그때서야 이 호숫가에 오면 왜 마음이 평온해지고 잔잔해지는지 알 것 같았다.

"비록 무도하고 잔악한 자들이 하늘과 땅의 이치를 받들어 지으신 이 호수를 더럽혔으나……"

혼잣말을 하던 순지가 말끝을 흐리는 것을 채윤은 놓치지 않았다.

"누가 이 호수를 더럽혔다는 말씀입니까?"

순지의 얼굴에 난감한 표정이 떠올랐다. 이 외곬의 녀석은 한번 품은 의문을 풀지 않으면 그치는 법이 없다. 누구에게 물어서라도, 어떤 책을 뒤져서라도 의문을 풀고야 마는 녀석이 아닌가? 그럴 바에는 자신의 입으로 의문을 풀어주는 것이 오히려 나을 것 같았다.

"장성수의 피로 물든 열상진원이 어떤 우물이냐?"

"궁궐 안에서 가장 차고 맑은 물의 근원이라 들었습니다."

채윤은 장성수가 죽은 열상진원의 우물간을 먼 시선으로 보며 대답했다.

"열상진원의 수조에서 반 바퀴를 돌아 나온 샘물이 어디로 스미는지 아느냐?" 채윤은 대답 대신 순지의 다음 말을 기다렸다.

"바로 향원지의 서북쪽 모퉁이로 흘러들게 되어 있다. 차고 맑은 물이 좁은 수로를 흐르는 동안 따뜻해지고 물결 또한 부드럽게 변해 향원지의 잔잔한 수면을 흔들지 않고 조용히 흘러드는 것이다. 그런 열상진원의 수원이 젊은 학사 장성수의 피로 물들었다. 원통한 피가 차가운 물과 함께 수로를 거칠게 흘러 향원지로 흘러든 것이다."

머릿속에 불길처럼 뜨거운 깨달음이 왔다.

"그러면 오묘한 하늘과 땅의 이치를 담아 이 호수를 지으신 분이 누구십니까?"

"주상전하시다."

문득 장성수가 죽은 그 우물간이 떠올랐다. 반듯한 정방형의 우물담, 그 위를 덮은 정방형 돌뚜껑, 그리고 우물을 둘러싼 둥근 수로······ 그 모습 또한 완벽한 천원지방의 형태였다.

그렇다면 범인의 의도는 주상이 지은 건곤의 도를 능욕함에 있는 것이 아닌가? 채윤은 잔뜩 긴장하며 잔잔한 수면을 바라보았다.

조용하고 잔잔한 호수는 오묘한 천지의 도를 품고 있다. 잔잔한 수면 한가운데에는 부풀어오를 대로 부풀어오른 하얀 달이 비쳐 있었다. 은빛의 달덩이는 어두운 물 속에서 어른거리며 반짝였다.

오싹한 소름이 등줄기에 돋아났다.

누마루 위로 스산한 바람이 불었다. 부제학 정인지의 반백의 수염이 날렸다. 이마와 인중, 턱은 세로로 길었고 날카로운 빛을 뿜는 두 눈은 가로로 길었다. 길고 마른 얼굴에는 사려 깊은 성품이 엿보였다. 마치 신선도에서 막 뛰쳐나온 현자의 전형이었다.

다탁을 사이에 두고 앞에 마주앉은 사람은 대제학 최만리였다. 자색 관복에 깊은 주름, 반쯤 센 회백의 터럭은 범접하지 못할 학문적 연륜을 말해주었다.

오십 줄을 넘긴 두 사람은 나이로 보아도 연륜으로 보아도 동년배였다. 최만리가 정인지보다 서너 살 연상이었지만 벼슬길은 정인지가 빨랐다. 정인지가 선대왕 11년 식년 문과에 장원급제한 데 비해 최만리는 팔 년이나 뒤에 증광문과에 급제했다.

그럼에도 최만리가 대제학이 될 수 있었던 것은 학사들을 통솔하는 지휘력과 사람을 휘어잡는 능력 때문이었다. 주상 등극 후 첫 과거의 급제자인데다 집현전 원년의 학사라는 상징적인 의미도 있었다.

예빈주부, 예조좌랑, 병조좌랑을 거쳐 예조와 이조정랑을 지낸 정인지는 급제 후 바로 집현전 학사가 된 최만리에 비해 행정 실무에 뛰어났다. 그래서 최만리가 집현전을 대표하고 학사들의 수장을 맡는데 비하여 정인지는 실무를 맡고 있었다.

최만리의 갈갈거리는 숨소리가 누마루 위를 떠돌았다. 한평생의 회오와 영욕이 스며 있는 소리였다. 정인지는 허리를 반듯하게 세우고 꼿꼿하게 앉아 있었다.

"전하께 이 일을 어떻게 고해야 할지 걱정이오."

정인지가 긴 한숨을 내쉬었다. 그의 말대로 주상의 집현전에 대한 애정은 맹목적이었다. 한번 학사로 선발되면 구임[51]의 특례가 주어졌다. 인재를 기르는 일이 하루아침에 되지 않음을 아는 주상의 뜻이었다.

대전 조회에서 삼정승 이하 모든 신하들이 품계에 따라 줄을 설 때도 반두(班頭. 양반들의 우두머리)라 하여 앞자리를 차지했다. 부정과 비리를 탄핵하는 관리들의 저승사자라는 사헌부의 규찰에서도 제외되었다. 밤에 근무하는 숙직 학사들에게는 수시로 손수 음식을 보내고 직접 찾아가 격려했다.

중국에서 새로운 서책이 들어오면 가장 먼저 집현전 서가로 모였다. 장

---

51 久任. 특별한 기술이나 경험, 자격이 필요한 관직의 임기를 제한하지 않고 유임(留任)하는 제도. 집현전 학사들은 "학술만을 오로지 일로 삼아 종신토록 계속하라(專業學術 期以終身)"는 왕명으로 특별한 연유가 없는 한 지방관을 거치지도 않았고 다른 부서로 옮기지도 않았다.

서고의 서책은 독특한 분류법으로 손바닥 뒤집는 것보다 찾기가 쉬웠다. 장서들은 왕과 왕실, 집현전 관원과 타사 관원에게도 공개되었다. 왕을 비롯한 조정의 관리 모두의 도서관인 셈이었다.

"비천한 고려의 핏줄, 시전 대장간에나 걸맞을 활자쟁이, 팔도를 떠도는 장돌뱅이 같은 자…… 애초에 집현전으로 오지 말았어야 했소. 제 깜냥을 어디다 주지 못하고 집현전의 이름을 더럽혔으니……"

최만리가 쯧쯧 혀를 찼다. 정인지의 눈살에 깊은 주름살이 스쳤다.

"출신 성분이 비천했으나 뜻있는 젊은이들이었소."

"부제학은 동정으로 그런 자들을 두둔하지 마오. 집현전을 세운 뜻이 무엇이오? 새로운 인재를 뽑아 경연의 질을 높이고, 학문을 향상시키고자 한 것이오."

그것을 모를 정인지가 아니었다. 학사들의 가장 큰 일은 경연관이나 왕세자의 서연관[52]으로 시강하는 것이었고 시관으로 과거문제를 내는 것이었다. 거기에 더해 사대문서를 쓰는 것 또한 집현전을 설치한 이유였다.

실제로 명은 정도전의 표전문[53]에 경박하고 모욕적인 문구가 있다 하여 그를 압송하라고 요구했다. 외교문서는 그 내용과 형식과 표현에 있어 대국을 거스르지 않는 것이 조선이 살아남기 위해 궁극적으로 중요한 일이었다.

또한 대국의 사신을 영접할 때도 학문적 식견과 문학적 소양을 지닌 인재가 필요했다. 그것을 감당할 인재를 기르는 일은 나라의 존립을 위해 긴요하고 시급한 문제였다.

---

52 書筵官. 왕세자의 교육을 담당하던 관리. 문과급제자 가운데 학문과 덕망이 뛰어난 사람들을 임명하였다.
53 왕실에서 쓰는 서한. 주로 왕의 이름으로 대국인 명 황제에게 보내는 외교문서를 뜻한다.

"하나 천하의 현학들이 어찌 사대문서와 경연에만 매달릴 것이오? 문물을 융성케 하고, 제도를 정비하고, 학술을 발전시키는 것은 이 시대가 지자에게 요구하는 것입니다."

정인지의 음성이 나직하게 누마루를 울렸다.

"집현전이 무엇이오? 학문에 전력하는 '치문한(治文翰)'! 고제를 연구하는 '구고제(究古制)'! 고문에 대비하는 '비고문(備顧問)[54]'! 이것이 집현전이 지금까지 해온 일이며 앞으로 해나갈 일이오."

최만리의 입가에 하얀 게거품이 복닥거렸다. 하얗게 센 성긴 수염 몇 올이 바람에 흔들렸다.

"하나 집현전은 실용적인 학문도 도외시하지 않았습니다. 군사, 지리, 천문, 의약, 농업 기술 같은 잡학 또한 백성을 살찌게 하고 나라를 강하게 합니다. 그래서 잡학에 능한 학사들 또한 각자의 분야에서 서적을 편찬했죠."

최만리의 뻗쳐 올라간 코밑수염이 부르르 떨렸다. 그는 정인지의 지휘하에 간행된 잡스런 서책[55]들을 떠올렸다. 그 숱한 난서들을 볼 때마다 끓어오르는 부아를 억눌러야 했다.

최만리는 정연하게 두 눈을 내리깔고 있는 인지를 못마땅하게 쏘아보았다. 격하고 속내를 쉽게 드러내는 최만리의 두 눈에서 불꽃이 뿜어나왔다. 대국의 경전을 무시한 잡스런 저작물들이 모두 부제학이란 자의 장난

---

54 고문(顧問)은 임금이 좌우의 신하를 돌아보며 의견을 묻는 일이다. 신하들이 다양한 '고전'과 '경전'을 읽어 당·송의 고제(古制)로 이론적 토대를 넓혀 임금의 물음에 대답할 수 있도록 대비하는 것이 비고문이다.
55 집현전의 편찬사업은 방대하고 다양했다. 역사 및 정치 분야의 〈태종실록〉〈자치통감훈의〉〈국어보정〉〈사륜전집〉〈치평요람〉《고려사》《고려사》절요와 주자 의례의 〈효행록〉〈삼강행실〉〈오례의주〉, 음운 분야의 〈동국정운〉, 지리 분야의 〈팔도지리지〉와 의약 분야의 〈향약집성방〉〈의방유취〉, 역서(曆書)인 〈칠정산내외편〉, 〈역상집〉과 〈역대병요〉 등의 병서와 검시에 관한 〈무원록주해〉까지 망라했다.

때문이 아닌가?

중국의 연호를 저버리고 독자적인 연호를 쓰며 스스로 황제라 칭하던 고려는 결국 무너졌다. 그런 나라의 황당한 역사를 다시 쓰는 것부터가 마땅한 일은 아니었다. 거기다 지리, 역사, 의학, 심지어 범죄서라니…… 그 같은 사문난적이 집현전에서 저술된다는 것 자체가 구역을 일으킬 일이었다.

집현전은 두 개의 큰 줄기로 이루어진 것이 사실이다. 최만리를 중심으로 한 정통 경학파와 정인지를 중심으로 한 실용경세파였다.

최만리는 오로지 경서와 고제에 천착하는 선비의 표상이었다. 그러나 세상은 변하게 마련이고 인간은 변하는 세상에 몸을 맡기기 쉽다. 홀로 흐르는 물결을 거스르며 자존을 지키기란 쉽지 않다. 지금의 집현전은 학사인 척하는 얼치기들의 판이다. 그 모든 변고의 중심에 정인지가 있었다.

"요즈음 집현전은 난장판처럼 어지러워졌소. 어린 학사들은 경박한 얼치기들일 뿐이고……"

최만리는 누마루 위를 스치는 바람에 얽힌 턱수염을 쓰다듬었다. 정인지는 눈을 내리깔고만 있었다.

"세월에 따라 가지가 흔들리고 잎이 지더라도 뿌리는 영원한 것이오. 바람은 가지를 흔들고 계절은 잎을 물들이지만 그 뿌리를 침범하지는 못하느니……"

최만리의 쟁쟁 쇳소리가 나는 목소리였다.

"집현전 학사 중 누구도 그 뿌리를 잊지는 않을 것입니다."

"집현전에 들어오지 말아야 할 자가 들어왔음이라. 집현전에서 하지 말아야 할 일을 했음이라. 현자들의 사이에 잡스런 자들이 어찌 자리를 탐하리? 죽음들은 안타까우나 허물어진 법도와 흐려진 기강을 바로세우는 기회로 삼아야 할 것이오."

"하오나 그들 또한 주상전하께서 발탁하신 학사요, 쓰임이 필요한 자들이었습니다."

정인지가 뱃속 깊은 곳에서 끌어낸 듯 낮은 목소리로 말했다.

"부제학도 황금과 돌덩이를 구별해야 할 것이오. 잡놈들이 더 이상 집현전을 흐리지 않도록!"

대나무를 부러뜨리듯 찢어지는 목소리였다. 정인지는 묵묵히 누마루 끝 처마로 눈길을 돌렸다.

달빛이 창백하게 영추문을 비추자 인경종이 울렸다.

9

가리온의 정체를 안 채윤은 투전판에서 그를 끌어내 추궁한다.
정인지는 이순지에게 주상의 엄청난 개혁정책에 대해 말한다.

끼이익─. 거대한 짐승이 우는 소리를 내며 궐문이 닫혔다. 다시 밤이
찾아왔다. 또 한 명의 죽음이 가까워온 것이다.

궁인들은 해가 진 후에는 바깥출입을 삼갔다. 언제 어디서 희생자가 될
지 몰랐다. 관원들 또한 일찍 퇴궐했다.

궁궐의 경비는 삼엄했다. 집현전과 대전 쪽은 대낮처럼 환했다. 수백
개의 횃불이 바람에 펄럭였다. 궐 안 곳곳에 무장한 병사들이 경계의 눈
빛을 번득이며 바쁘게 오갔다.

채윤은 긴 한숨을 쉬며 내각사를 걸었다. 가리온은 검안소에 있을 것이
었다. 오늘밤에 또 어떤 일이 벌어질지 알 수 없으니 밤새 검안소를 지켜
야 했다. 코앞으로 다가온 목멱의 짐승이 우는 소리가 들렸다.

한참을 걷자 외딴 검안소가 눈에 들어왔다. 불은 꺼져 있었다.

가리온은 벌써 잠든 것일까? 아니면 어둠 속에서 홀로 지새고 있을까?

문짝을 밀자 삐걱하며 기분 나쁜 소리가 났다. 자물쇠 같은 것은 소용
조차 없는 곳이었다. 어느 누가 시체와 죽은 자의 혼백이 서성거리는 으

숙한 곳을 드나들 것인가? 느닷없는 한기가 몸을 휘감았다.

"가리온 어른, 어른 계시오?"

어둠 속에서는 대답이 없었다. 채윤은 침침한 책상 위의 등잔을 더듬어 심지에 불을 붙였다. 타닥타닥 굳은 고래 기름이 튀었다.

가리온은 날이 어둡기 전에 이곳을 떠났을 것이다. 어두워진 후라면 등잔을 켰을 것이고 꺼진 지 얼마 되지 않은 등잔의 기름이 굳었을 리 없다.

등잔불이 너울거리며 실내가 밝아왔다. 검안대는 말끔히 씻겨 있었다. 쑥 냄새와 마른 약초 냄새가 났다.

채윤이 보고 싶은 것은 지하의 밀실이었다. 궁궐에서 죽은 자들의 시신을 보관한다는 밀실. 치밀어오르는 구역질을 참지 못하고 달려나온 방을 다시 확인하고 싶었다.

검안대 뒤쪽 흙벽 한쪽의 나무 시렁을 조심스럽게 밀었다. 스르릉 소리를 내며 흙벽 구석이 뒤로 물러났다. 벌어진 문틈 사이에서 지하의 음습한 바람이 불어나왔다. 휘리릭, 등잔 불빛이 흔들렸다.

어둠으로 이어지는 계단을 내려섰다. 전쟁터를 헤매며 수많은 시신과 주검을 보아왔지만 이런 공포는 처음이었다.

시신 안치대 위의 윤필의 시신은 그의 동생이 인수해간 후였다. 발걸음은 자신도 모르는 사이에 맞은편 벽면에 큰 서랍장으로 다가가고 있었다.

조심스럽게 서랍장을 열던 채윤이 기겁을 한 듯 뒤로 나자빠졌다. 서랍 속에는 피를 뺀 돼지와 소 대가리가 놓여 있었다. 흉측한 물건들은 두려움에 질린 채윤을 비웃는 듯했다.

다음 서랍에는 가죽을 벗긴 소의 뒷다리와 앞다리, 창자와 내장들이 쪼그라들어 있었다. 향기 나는 약초로 닦았다지만 가시지 않은 비릿한 육비린내로 보아 얼마 전에도 이곳에서 무슨 일이 일어났음 직했다.

이 은밀한 지하에 어찌 해괴한 사체의 조각들이 보관되고 있는가? 아무리 소, 돼지를 잡는 반인이라도 어떻게 이런 엽기적인 일을 할 수 있는가?

어둑한 선반 위에 놓인 갈색 가죽 두루마리를 펼치자 섬뜩한 기구들이 쏟아졌다. 날카로운 날의 갖가지 칼, 뼈를 쫄 때 쓰는 작은 손도끼와 골을 썰 때 쓰는 듯한 가는 날의 톱, 크고 작은 가위와 집게…… 소스라친 채윤은 흉물스런 물건들을 둘둘 말아 있던 자리로 던졌다.

맞은편 서랍장 뚜껑을 열자 수십 장의 한지들이 포개어 쌓여 있었다. 맨 위의 한지에는 기괴한 그림이 그려져 있었다. 채윤은 치밀어오르는 구역을 억지로 삼키며 그림을 들여다보았다.

반으로 짜개진 돼지의 두개골과 그 안의 뇌수와 골, 그 아래로 콧구멍과 통하는 공기구멍, 목으로 통하는 갖가지 관과 코 안의 주름과 반으로 잘린 혀…… 아무리 죽은 짐승이라지만 어찌 그 두개골을 쪼개는 잔혹한 짓을 할 수 있으며 그것을 그림으로까지 그려 은밀히 보관한단 말인가?

돼지 다음에는 소간과 위의 그림이, 그 다음에는 토끼 배를 갈라 내장을 세밀히 그린 그림이, 그 아래에는 까치의 목구멍과 입에서 통하는 밥통과 창자의 그림이 나타났다. 점입가경이었다.

복잡한 머릿속으로 수십 가지의 생각과 감정이 섞였다. 불안, 공포, 경악, 배신감, 분노…… 거대한 격정의 덩어리가 머릿속을 맴돌며 어지럼증과 구토를 유발했다. 걱, 걱, 거억…… 몇 번의 헛구역질을 간신히 참으며 채윤은 도망치듯 계단을 달려 올라갔다.

채윤은 단숨에 중문을 열어젖히고 외소주간 잡역 숙사로 달렸다. 숙사 끝방 문살 너머로 흐릿한 등잔 불빛이 새어나오고 있었다. 채윤은 와락 툇마루로 뛰어오른 채윤은 왈칵 문고리를 잡아당겼다.

시큼한 땀 냄새와 퀴퀴한 술 냄새가 와락 달려들었다. 웅크린 채 퀭한 눈을 부릅뜨고 있던 사내들이 화들짝 놀랐다. 잡역들이 모인 투전판이었다.

사내들은 겁에 질린 눈으로 젊은 겸사복을 쏘아보았다. 궐 안에서 벌어진 투전판에 겸사복이 들이닥쳤으니 제대로 걸린 참이었다.

구석자리에 웅크리고 퀭한 눈으로 패를 노려보던 덩치 큰 사내가 반색을 했다. 핏발 선 눈의 가리온이었다. 채윤은 신발도 벗지 않은 채 방 안으로 뛰어들어 억센 팔목을 잡아채고 문을 박차고 나왔다.

사내들은 우당탕 소리를 내며 문밖으로 나서는 두 사람을 보고서야 안도의 숨을 내쉬었다. 겸사복이 노리던 것이 투전판을 벌인 자신들이 아니라 반인 가리온이라는 것을 눈치챘기 때문이었다. 향원지의 기슭에 다다라서야 채윤은 막무가내로 잡아끌던 가리온의 팔을 뿌리치듯 놓았다.

"네놈만 아니었으면 판을 쓸어버릴 수 있는 기찬 패였는데……"

투전판에서 잃은 돈 생각을 떨칠 수 없어 영 아쉬운 가리온이었다. 시큼한 술 냄새가 풍겼다.

"또 술을 드셨군요?"

"허허…… 허구한 날 시체 염하는 놈이 시체 닦고 남은 소주 몇 방울이 아까워 홀짝 마시고 말았다."

채윤은 한심하다는 듯 고개를 내저었다.

"술을 드셨으면 곱게나 잘 일이지 어찌 투전판을 기웃거린단 말입니까?"

"그게 이놈아! 마음대로 되질 않더라."

"자기 몸조차 자기 마음대로 하지 못한단 말입니까?"

"내 사람 몸을 다스리는 방도는 약간 안다만 마음 다스리는 데는 전혀 깜깜이니…… 허허……"

가리온이 누런 이를 드러내며 실없이 웃었다. 채윤은 사내를 착잡한 표정으로 바라보았다. 덩치는 산만 하지만 한없이 여리고 순한 사내다. 그러나 남들이 보지 않는 곳에서는 죽은 짐승의 사체를 조각조각 내어 보관하고 그리는 엽기적인 이 사내를 어떻게 대해야 좋을지 난감하였다.

"아무리 겸사복이라도 막무가내로 방문을 빼개고 들어와 끗발 붙는 판을 엎어버리는 법이 어디 있느냐?"

그의 오른손이 가볍게 떨리고 있었다. 아마 또 술기운이 떨어진 것이겠지. 곧 그는 말을 더듬게 될 것이었다.

채윤은 대답 대신 품안에 구겨둔 종이 한 장을 가리온의 가슴 앞에 내밀었다. 천천히 종이를 펼치던 가리온의 얼굴에 서늘한 찬바람이 돌았다.

"지하 밀실에 들렀던 것이냐?"

그 목소리는 불안과 분노를 동시에 담고 있었다. 채윤은 대답하지 않고 달빛이 어리는 잔잔한 호수의 수면을 바라보았다.

"역시 그랬었구만……"

가리온은 채윤이 내민 종이를 조심스럽게 다시 접어 품속에 넣었다. 흉칙하고 끔찍한 짐승의 사체가 그려진 그림이었다.

"도대체 어른은 무엇을 하는 사람이오? 소 돼지를 잡는 반인이면 백정이라 할 터인즉 백정들도 하지 않는 흉악한 일을 행하니 말입니다."

말을 이으려던 채윤이 북받치는 토악기를 참지 못하고 헛구역질을 했다. 가리온은 묵묵부답이었다. 안타까운 쪽은 오히려 채윤이었다.

"지하의 밀실에서 내가 본 것이 헛것이면 헛것이라 말을 하고 내가 오해를 하고 있다면 오해라고 말을 해줘요."

채윤의 목소리는 어느새 애원처럼 들렸다. 그가 원하는 대답은 자신이 본 것이 헛것이며 오해일 뿐이라는 가리온의 말이었다.

"네가 본 것은 헛것도 오해도 아니다."

"죽은 짐승을 산산조각 내 보관하고 죽은 자의 그림을 그린 것이 정녕 어른의 짓이란 말입니까?"

가리온은 지그시 눈을 감았다.

"내가 아는 가리온 어른은 그런 사람이 아니었어요. 어린 무수리의 언 발을 품속에 넣어 녹이고, 다리를 삔 궁녀를 보살피기 위해 한밤에도 남의 눈을 피해 처소를 찾아주던 사람이 아니었습니까? 그렇게 따뜻한 마음씨를 가진 어른이 어찌 그리 잔인할 수 있단 말이죠?"

채윤이 아득해져 오는 눈앞을 향해 소리쳤다. 젊은 겸사복의 눈물을 아프게 바라보는 가리온의 손끝이 덜덜 떨렸다. 초저녁에 들이켰던 소주 기운이 떨어진 것이었다.

"내, 어찌 네, 앞에서 핑계를 대겠느냐? 다, 다만 너 또한 내 뜻을 알 날이 올 것이다."

가리온은 눈에 띄게 말을 더듬었다. 채윤은 억센 목소리로 고함쳤다.

"무슨 뜻을 안단 말인가요? 죽은 짐승을 난도질하는 잔혹함 말인가요? 죽은 사람의 시신을 훼손하는 해괴함 말인가요? 그런 뜻이라면 알 필요도 없고 알고 싶지도 않아요."

돌아서서 저벅저벅 걸었다. 어디로 가는 줄도 몰랐고 어디로 가야 할지도 알 수 없었다.

"이…… 도깨비 같은 놈아! 끗발을 다 죽여놓고 어디로 가려는 것이냐?"

그제야 날려버린 돈이 새삼 생각난 가리온이 끓는 목소리로 외쳤다.

이순지는 말없이 향원지의 못물을 바라보았다.

반듯한 정방형의 못 안에 둥근 섬이 떠 있었다. 그것은 완벽한 직선과 곡선의 조화였다. 그 조화는 하늘과 땅이 존재하는 한 지극히 단순하고 지당한 원리였다. '하늘은 둥글고 땅은 평평하다'. 천원지방(天圓地方).

지극한 그 단순함에서 하늘과 땅 사이의 모든 원리가 생성되고 발전했다. 천지의 원리는 건곤의 이치이며 동시에 태극의 원리이기도 했다.

싸늘한 바람이 수면 위를 미끄러지듯 스쳤다. 잔비늘 같은 물결이 내각사 쪽으로 몰려갔다.

"세월 편하군. 한가롭게 연못의 가을 정취에 젖어 있으니 말일세. 요즘 같은 어수선한 세월엔 못물이라도 보며 마음을 다스려야 할 테지만……"

회색 수염을 바람에 날리며 정인지가 웃고 있었다. 순지가 화들짝 놀라 허리를 숙였다.

"천원지방이라. 저 물을 보며 어찌 그 깊은 이치를 떠올리셨나?"

"보십시오. 저 연못의 기슭은 사각으로 평평하고 저 섬의 윤곽은 둥글지 않습니까?"

순지가 팔을 들어 연못 기슭과 섬의 윤곽을 따라 그리며 말했다.

"그렇구나. 내 나이 들어 미련해 그토록 오랜 세월 저 연못을 보면서도 깊은 이치를 깨닫지 못하였더니…… 보는 대로 보이고 아는 만큼 보인다 하더니 그 말이 틀리지 않다."

정인지가 연못에서 눈을 떼지 못했다.

"장성수의 시신을 열상진원에 빠뜨린 것은 그 물이 흘러드는 향원지를 더럽히려 함이었습니다. 이 연못에 담으신 주상전하의 뜻을 더럽힌 거죠."

정인지의 얼굴이 흙빛으로 변했다.

"이런 날이 올 것을 염려하지 않은 바 아니었다. 새로운 격물과 실용이 힘을 얻고 꽃을 피울수록 가진 것을 빼앗기지 않으려는 자들의 반발은 거센 법. 그 저항은 가을바람이 아름다운 화초를 먼저 시들게 하는 것과 다르지 않다."

그렇게 말하던 정인지의 얼굴에 놀라움의 빛이 떠올랐다.

"저들이 전하의 뜻을 더럽힘이 처음이 아님을 이제 알 만하다. 그래, 천원지방이라니 기억이 난다."

"천원지방의 이치가 이전에도 짓밟힌 적 있습니까?"

순지가 정인지의 관복 자락에 닿을 듯 다가서며 물었다. 정인지는 지그시 감았던 눈을 뜨고 다시 연못을 바라보았다.

"전하께서 보위에 오르신 후 천문, 역사, 군사, 지리, 음악 등 온갖 분야에 실용이 성하지 않은 곳이 없었다. 소출이 늘고 농군들의 세상살이가 윤택해지자 전하께서는 장사와 매매를 통해 상업을 진흥시키고자 하셨다."

"상업을 진흥하는 특별한 방편이 있었습니까?"

"물자 유통이다. 여러 지방의 물자와 재화를 활발하게 유통하는 것이야말로 사람의 몸에 피가 도는 것처럼 나라를 건강하게 할 것이 아니겠느냐?"

"하오나 농사짓는 자가 쌀가마니를 수레에 싣고 팔도를 돌며 팔수야 없지 않습니까?"

"그래서 매매와 유통을 하는 상인을 양성하고 거래할 시전을 확장하시었다. 그중에서도 재화 매매를 획기적으로 늘리고 유통 구조를 바꾸는 방편이 온 나라에 화폐를 통용케 하는 것이었다."

"화폐라 하시었습니까?"

"그러하다. 화폐가 통용되면 백성들의 삶이 그만큼 편해진다. 쌀 한 가마니를 온 종일 지고 와서 갖신 세 켤레와 바꾸려 한다면 그 고통이 오죽하겠느냐? 하지만 통보 몇 닢이면 갖신을 열 켤레, 백 켤레라도 살 수 있다."

"화폐라면 고려 때도 은병과 쇄은이 쓰였고 선대왕 시절에도 저화라는 종이돈이 쓰이지 않았습니까?"

"그렇다. 하지만 그것들은 실제 가치만큼의 은으로 만들어 무겁고 간수하기도 불편했다. 저화는 종이로 만들어 한두 번 돌면 찢어지고 훼손되니 어물전 상인들에게는 무용지물이었다."

"그러면 주상전하께서 만드신 통보는 어떤 것입니까?"

"주상전하께서 지니기 편하고 절대 훼손되지 않는 동을 납작하게 만들어 이름을 조선통보[56]라 하였으니 그 모양은 이와 같다."

---

56 세종 5년 동으로 엽전을 주조케 하여 조선통보라 이름하고 사섬서에서 관장하게 하였다. 동 1근을 가져오면 동전 160문을 만들어주고 사적으로 제조하는 것을 엄격히 금했다. 경기도 양근군(양평군)에도 주전분서를 두어 장인으로 하여금 주전을 만들게 하였으니 조선 팔도에 널리 통용되는 보배란 뜻이다.

정인지는 손바닥 위에다 동그란 큰 원을 그린 후 그 가운데에 작은 네모를 그려 넣었다.

순지의 두 눈이 점점 커졌다. 그것은 향원지를 보고 커지던 정인지의 눈과 다르지 않았다.

"그…… 그것은 천원지방의 형상이 아닙니까?"

"그러하다. 향원지와는 정반대의 천원지방이지."

"그렇군요. 향원지는 평평한 땅이 둥근 하늘을 감싸고 있지만 조선통보는 둥근 하늘이 평평한 땅을 감싸고 있으니까요."

"지금 생각하면 전하께서는 새 화폐에 아무도 모르는 큰 뜻을 숨겨놓으셨던 것이다."

"하늘과 땅이 조화롭고 수화목금토가 어울리고 남녀가 즐겁게 화합하고 군신이 아름답게 어울려 만물이 피어나는 경지가 곧 천원지방이 뜻하는 바일 것입니다. 전하께서는 그 원리가 만백성의 손에서 손으로, 품에서 품으로 막힘없이 두루 도는 나라를 꿈꾸셨던 것이군요."

말을 계속할수록 주상의 뜻을 이제야 깨달음이 순지는 송구스러울 따름이었다.

"아! 그 큰 뜻을 왜 미리 헤아리지 못했던고. 이 미련한 자를 학사라 뽑으신 전하께 들 낯이 없다."

정인지가 통탄하며 고개를 숙였다. 순지 또한 숙연해진 표정으로 삼가 허리를 숙였다.

"그런데 어찌 조선통보가 저자와 시전을 돌지 못한 채 사라지고 말았습니까?"

"화폐가 본래의 제구실을 잃었기 때문이다. 시전상인들도, 저자의 매매꾼들도 통보를 본체만체하고 물물을 직접 교환하는 오랜 습관을 버리지 못한 것이다."

"군왕이 큰 뜻으로 하고자 하나 할 수 없는 일이 있을 것입니다. 그것은 백성이 군왕의 뜻을 모르거나 알고도 받아들이지 않기 때문입니다."

"주상전하께서도 같은 말씀을 하시며 탄식하시었다. '제도를 세우고 문물을 개혁하는 것은 한지에 먹이 스며 퍼지듯 해야 하거니 기름을 뱉어 내는 물처럼 해서야 어찌 되겠느냐? 내가 백성의 뜻을 미처 살피지 못하였음이라……' 그 하교를 들은 나는 머리를 대전 바닥에 찧으며 원통해하였다. 지금 와 생각하니 간악한 무리들이 술수를 썼음을 알겠노라."

"그것이 어떤 술수입니까?"

"주전된 통보는 먼저 시전 상인들의 물자를 거두어들인 후 배분했다. 그러나 통보는 돌지를 못하고 혹은 문신들의 도포 소매 솔기에 바느질로 감춰지고, 새로 짓는 대가의 대들보 위에 감추어졌다."

"어떤 연유로 시전과 팔도를 돌아야 할 통보가 외진 구석에 처박힌단 말입니까?"

"통보가 물자를 유통하는 방편이 아니라 민가의 쓸데없는 부적처럼 쓰인 때문이었다. 구리 동전을 간직하면 돈을 부르고, 장수하며, 행운이 깃든다는 민간의 소문이 있었던 것이다."

"누가 그런 소문을 퍼뜨린 것입니까?"

"저 향원지를 훼손한 자들과 같은 자들이 아니겠느냐? 조선통보의 유통을 막는 것은 그들에겐 단순히 주상전하의 뜻을 꺾는 것 이상으로 급박한 일이었을 테니까……"

"어찌하여 그렇습니까?"

"화폐를 유통시킨다는 것이 무엇이냐?"

"그것은 이 나라의 모든 재화와 물자의 흐름을 뒤엎는 일이겠지요."

"그렇다. 모든 물자와 용역이 돈으로 환산된다면 엄청난 재화와 용역이 엄청나게 빠른 속도로 나라 안팎을 돌 것이다."

"그야말로 실용과 기술이 지배하는 세상이군요."

"천지개벽이라 해도 크게 틀리지 않을 것이다."

"그렇습니다. 서안 앞에서 서책에 묻힌 사대부보다 논밭에서 새로운 농법으로 일하며 소출을 내고 새 의기를 개발하는 상민이 더 큰 돈을 벌 수도 있을 테니까요."

"그런 일이 올 것이 가장 두려운 자들이 누구겠느냐?"

"오랜 권신들과 벼슬아치들, 경학파 사대부들, 성균관 유생들, 그리고 시전의 큰 상인들…… 매매의 방편이 바뀌면 지금까지 쌓아올린 그들의 부는 헛것이 될 테니까요."

"그러하다. 소문을 퍼뜨린 것은 그들이다. 새로운 제도를 막아야 살 수 있는 자들이지."

정인지가 이를 부드득 갈았다.

경회루_네 번째 죽음

경회루 1412년(태종 12년)에 건립된 경복궁 안의 누각.
남북 113m, 동서 128m의 사각형 인공 연못 안 기슭 위에 지은 2층 누각 건물로
임금과 신하가 모여 잔치를 하거나 사신들을 접대하던 곳이다.
건축물 안에 당시의 치도 이념이던 유가의 세계관을 다양하게 구현했다.
현재의 건물은 1867년(고종 4년) 4월 20일에 새로 지었다.

1

집현전 학사 김정겸은 서울에도 꽃을 피우는 기묘한 온실 건축에 대해 말하지만
채윤은 자신이 결정적인 실수를 했음을 뒤늦게 깨닫는다.

검사복청에 당도한 채윤은 완전히 지쳐 있었다. 해진 갖신에 쓸린 발가락이 쓰라렸다. 퇴궐하지 않고 있던 정별감은 복권을 기별했다.

"서운관 이순지 나리께서 다녀가셨다. 내 산학과 천문에 무지하나 그 어른의 말을 들으니 너에게 죄 없는 줄을 알겠더라. 수사에 오류가 없었음이 인정되니 사건을 계속 수사하도록 하라."

마음 한쪽을 누르던 바윗돌이 굴러나가는 듯했다. 그 자리에 엎드리자 뜰의 냉기에 무릎이 시렸다.

"살인자는 물과 불과 쇠의 암시로 살아남은 다른 사람들에게 경고를 하고 있습니다."

"살아남은 사람이라니? 그렇다면 아직도 덜 죽었다는 이야기인가?"

"두 명의 희생자가 남았습니다. 장성수가 화, 윤필이 금, 허담이 목이라면 어딘가에 토와 수가 있을 것입니다."

"그들이 누구더냐?"

"문신을 가진 학사들이 유력한 표식입니다. 죽은 학사들의 몸에는 어

김없이 문신이 있었으니까요."

"쯔쯧. 또 그놈의 문신 타령…… 그럼 오늘밤에 죽을 사람은 누구냐?"

"순서에 의하면 목극토입니다. 흙을 방편으로 삼는 누군가가 나무 도구로 살해될 것입니다."

대청마루 난간에 팔을 걸치고 앉은 정별감은 기가 차다는 듯 피식 웃었다.

"이놈아! 살인을 수사하라고 했지 일어나지도 않은 살인을 예견하라더냐? 네가 그렇게 신통하다면 시전거리의 점바치로 나서거라!"

헛웃음과 함께 정별감은 농을 흘렸다. 채윤은 간곡하게 무릎걸음으로 축대 앞을 기며 아뢰었다.

"이것은 점쟁이의 허울 좋은 예견이 아닙니다. 지금껏 일어났던 사건의 원리에 따른 예측입니다."

"좋다. 네 말대로라 하자. 흙을 방편으로 일하는 자가 한둘이더냐? 허물어진 전각의 흙벽을 보수하는 잡역들이 널리고 널렸다. 권문마다 소유의 농장이 있으니 흙으로 연명한다 하지 않을 것이냐?"

"소인의 예측이 틀린다면 기뻐할 일이나 만에 하나 일이 일어난다면 뒷감당을 어찌 하시렵니까?"

"나무로 된 살인도구라는 것도 그러하다. 나무 꼬챙이인지 나무 몽둥이인지도 모르고서야 회초리를 흔들어 파리를 잡겠다는 말이 아니냐?"

일리 없는 말은 아니었다. 추측은 추측일 뿐. 그러나 할 수 있는 모든 것을 하고 싶었다. 사나운 운명 앞에 넋을 놓고 기다리다가 당하고 싶지는 않았다. 무슨 일이든, 어떻게든 해보고 싶었다. 결국에는 교활하고 감당할 길 없는 운명에 굴복당하더라도 끝까지 저항하고 싶었다.

"소인에게 수색 검사복 다섯만 붙여주십시오. 몇몇 의심 가는 곳에 심어두면 만에 하나 일이 일어났을 때 바로 대처할 수 있을 것입니다."

"그래 네가 의심 간다는 곳이 어디냐?"

"궐내 도자기를 굽는 도자소와 장원서입니다."

"장원서?"

"집현전 원예학사가 궁중 정원의 꽃과 과일나무를 관리하고 온실까지 두었으니 흙을 방편으로 한 연구가 아니겠습니까?" 정별감은 할 수 없다는 듯 입을 열었다.

"네 말이 아니라도 궐내 경계가 삼엄하다. 내금위군들이 궐내에 쫙 깔렸고 겸사복청 또한 모든 겸사복들을 집현전의 전각에 배치했다. 그러니 허황된 추론에 혹하지 말라." 정별감이 차분하게 타일렀다.

"하오나 집현전의 장원서는 후원 끝에 있어 취약합니다."

"병력의 배치와 이동은 겸사복 별감의 권한이다. 보잘것없는 말단 겸사복으로 병력의 배치에 대해 이래라저래라 하는 것이냐?"

정별감이 벌떡 일어나 휭 하니 방으로 들어갔다. 채윤은 냉기 서린 땅바닥에 고개를 조아릴 뿐이었다.

이 살인들을 어떻게 할꼬? 지난 며칠 밤과 오늘밤, 또 앞으로 며칠일지 모를 밤마다 일어날 살인들. 목극토 다음에는 토극수, 그다음에는 또 무엇일꼬? 당장 오늘밤에는 또 어떤 사람이 죽어나갈꼬?

알 수 없다. 아무것도 알 수 없다. 알고 있는 사실은 단 하나.

머지않아 이 살인의 사슬은 끊어질 것이며 악한 자들은 심판받을 것이다.

채윤은 후원 북쪽의 장원서를 향해 걸었다. 터덜터덜 달빛이 깔린 낙엽길은 고적했다. 가슴은 만지면 버스럭 소리가 날것처럼 메말라 있었다.

채윤은 단 한 번도 가리온을 의심해본 적이 없었다. 궁궐에서 유일하게 기댈 언덕이었으며 사고무친인 채윤의 보호자이기도 했다. 그런 가리온이 짐승의 시체도 모자라 사람의 시체를 가르고 그린 참혹한 그림을 무엇으로 설명할 수 있을 것인가? 설명은 고사하고 그 사실을 믿을 수조차 없었다.

가리온을 처음 만난 날이 생각났다. 검사복청에 배치된 지 한 달 후였다. 북한산 자락에서 내려온 멧돼지가 후원에서 설친다는 급한 전갈을 받고 달려갔다. 예닐곱 살은 족히 되었을 듯한 우람한 수컷이었는데 먹이를 쫓아 내려온 모양이었다. 독이 바짝 오른 놈은 내시들과 금군 몇과 대치하고 있었다.

채윤이 앞으로 나서자 놈은 눈빛을 번득였다. 주린 놈이니 얼마간 배를 채울 것을 주면 산으로 돌아갈 것이었다. 조용히 구슬리자 놈의 포악한 숨소리가 조금씩 잦아들었다.

그러나 때마침 중문으로 들어선 무수리의 찢어지는 비명에 놀란 놈이 맹렬한 기세로 달려들었다. 허리춤의 단도를 빼어들었으나 거대한 몸집과 앞이빨이 정면으로 부딪쳤다. 골이 흔들릴 정도의 충격으로 나가떨어지면서 채윤은 놈의 멱을 땄다. 그때 중문이 벌컥 열리며 들어선 자가 가리온이었다.

"나 말고도 기차게 돼지 멱을 따는 사내가 있었군." 쓰러진 멧돼지와 채윤을 번갈아보며 가리온이 히죽 웃었다.

가리온은 엎어진 채윤을 땅바닥에 눕히고 두 눈을 까뒤집어 보고, 목과 가슴을 조심스레 만지더니 양쪽 팔을 더듬어 내렸다. "쇠로 만든 몸이라 해도 이 정도 덩치라면 뼈가 조각조각 났을 터인데…… 그나마 오른팔 하나 부러진 것이 다행이여." 밉살스런 어투에 화가 났지만 대꾸조차 할 수 없을 정도로 숨이 턱턱 막혔다.

"이 막무가내 덕에 상감마마께서 오늘 저녁에는 별미 멧돼지구이를 맛

보시겠군. 허허허!"

채윤은 온몸에 전해지는 통증 속에서 그 시원한 웃음소리를 들었다.

"부러진 뼈가 붙으려면 두어 달은 족히 걸릴 거야." 팔에 부목을 대고 광목천을 감으며 가리온이 말했다. "촌놈 같으니라고."

"어떻게 아시오?"

"이놈아! 요즘 도성 샌님들 중에 멧돼지와 맞서는 그런 맹랑한 놈이 어디 있느냐?"

나무라는 말투였지만 싫지 않았다.

"마셔두어라. 어린 송아지의 도가니를 끓인 진국이다. 뼈를 다시 붙게 하는 데는 이만한 약이 없다." 가리온이 따뜻한 국물을 담은 사발을 내밀었다.

그 따뜻한 음성이 어둠 속에서 들리는 듯했다. 그러나 그는 잔혹한 도살자. 어두운 지하의 밀실의 미치광이. 그자를 어찌해야 할지 막막했다.

멀리 장원서의 불빛이 보였다.

장원서는 후원 북쪽 끝에 있는 정방형 화원이었다. 낮은 돌담이 장원서와 그 북쪽의 초화각을 아우르며 쳐져 있었다. 한쪽 옆에는 지붕 대신 하얀 창호지로 바른 낮은 온실이 보였다. 가리온은 그 온실 안이 봄날처럼 따뜻하여 한겨울에도 꽃이 피고 채소가 자라고 열매를 맺는다 하였다.

채윤은 장원서 담 너머 낮은 구릉에 자리 잡고 안쪽을 살폈다. 어둠은 깊어갔고 밤이슬에 옷섶이 눅눅해졌다. 약간의 미열이 몸살이 아니기를 빌며 장원서와 온실에서 눈을 떼지 않았다.

모든 겸사복들은 집현전과 정침 주변에 배치되었다. 살인은 늘 집현전을 중심으로 일어났고 희생자 또한 집현전 학사들이었기 때문이다. 하지만 장원서야말로 목극토의 가장 유력한 장소였다. 매일 흙과 씨름하고 흙을 일구고 화초를 심고 흙을 북돋우는 자야말로 살인자가 노리는 표적일 것이었다.

장원서를 가꾸는 김정겸 또한 집현전 학사였다. 삼십 대 초반의 나이로 온후하고 인덕이 성한 그는 부처 같은 인물이었다. 학문의 깊이 또한 범상치 않으나 초목과 화초에 관심이 많아 난과 화초 가꾸기에 탐닉했다. 경학파들은 아까운 사람 버렸다며 힐난했지만 그는 괘념치 않았다.

밤이 깊을수록 사위는 냉기로 식어갔다. 거친 올의 적삼은 밤이 되자 찬바람이 술렁술렁 스며들었다. 채윤은 팔장 낀 두 손을 겨드랑이에 끼고 몸을 움츠렸다. 그때 목덜미에 서늘한 것이 와 닿았다.

"웬 놈이기에 궁궐의 후미진 곳에 숨어들어 전각을 기웃거리는 것이냐?"

고개를 돌리려 하자 시린 칼날이 목덜미를 눌렀다. 뜨끔한 느낌이 나며 목덜미에 진득한 액이 흘러내렸다. 채윤은 안심했다. 왜냐하면 나무 몽둥이나 목검이 아니기 때문이었다.

"겸사복 강채윤이라 하오. 허리춤을 젖히면 호패가 보일 것이오."

거친 손길이 허리춤을 훑어 올리고 우악스럽게 호패를 잡아끌었다. 거두어진 칼날이 칼집을 스치는 소리가 부드럽게 들렸다.

"연 사흘 학사들이 죽어나가는 살벌한 판이다. 낯모르는 자가 장원서를 훔쳐보는데 어찌 죽은 듯 있으리."

달빛 아래에 반듯한 얼굴이 드러났다. 사내는 자신이 김정겸이라고 밝혔다. 집현전 수찬이니 정6품. 그 자리에서 무릎을 꿇었다.

"보잘것없는 선비를 지키겠다니 안됐군. 추운 곳에서 도둑감시는 그만두고 안으로 들어가세."

김정겸이 채윤의 어깨를 툭 치며 앞장섰다.

가까이에서 본 온실은 정교하고도 복잡한 장치로 이루어져 있었다. 먼저 동·서·북면은 진흙과 볏짚으로 빚은 흙벽돌을 쌓았다. 45도로 경사진 남쪽은 창살을 만들고 기름 먹인 한지를 붙였다.

안으로 들어서자 후끈한 기운이 굳은 몸을 순식간에 녹여주었다. 실내에는 촉촉한 습기와 더불어 온갖 화초와 채소의 냄새가 감돌았다.

실내를 크게 세 등분한 화단 가운데로 두 개의 긴 통로가 나 있었다. 화단에는 배추, 무, 상추, 시금치, 달래, 미나리 열무 등의 채소와 수국이나 배나무 화분도 보였다. 작은 영산홍은 꽃망울을 터뜨리려 하고 있었고 채소화단은 우묵하게 군락을 이루고 있었다.

"채소란 봄에 씨 뿌리고 여름에 거두어들이고 꽃나무는 여름에 꽃피우고 가을에 열매 맺는 것이 자연의 섭리이거늘 이 찬바람 부는 계절에 어찌 이런 일이 있을 수 있습니까?"

채윤이 벌어진 입을 다물지 못했다.

"식물이 어찌 사계절을 알아 꽃 피우고 열매 맺겠느냐? 한겨울이라도 여름 같은 온도와 습도를 만들어주면 꽃 피고 열매 맺을 것이요. 성장에 좋은 조건을 만들어주면 더 빨리 싹 틔우고 꽃 피울 터…… 이 온실에서는 씨 뿌린 지 한 달이 되지 않아 채소를 수확하고, 한겨울에도 여름 꽃을 진상할 수 있다."

천장에서 들어오는 은은한 달빛이 등잔불 아래의 하얀 달맞이꽃에 내려앉았다. 수줍은 듯 꽃잎을 떠는 그 꽃을 보자 문득 한 여인이 떠올랐다.

"소인의 눈에는 그저 신묘하기만 합니다. 어떻게 이런 일이 가능한지……"

"식물이 자라는 세 조건이 있으니 난방, 가습, 채광이다. 먼저 난방은 화단 아래에 깔린 구들로 해결한다. 온돌 위에 세 뼘 높이의 배양토를 깔고 아침저녁으로 두 시간씩 불을 때면 공기와 흙이 따뜻해져 뿌리가 자란다."

"온도가 높아지면 온실 안이 바짝 말라 식물이 말라죽지 않겠습니까?"

"아궁이의 가마솥에 끓인 물의 김을 온실 안으로 통하는 나무 관으로 흐르게 하면 습도를 높일 수 있다."

"그러면 햇빛은? 식물이 태양빛을 보지 못하면 곧 말라 죽지 않습니까?"

"기와 대신 기름 먹인 한지를 지붕에 올리면 채광은 물론 습도까지 조절할 수 있다. 들기름을 먹인 한지는 팽팽하게 얇아지면서 반투명해져 빛이 쉽게 든다. 들기름이 종이의 틈새를 메워 눈비에도 젖지 않고 온실 안에 이슬이 맺히지도 않는다. 대신 김과 습기는 한지를 통해 들고 날 수 있어 습도를 조절하는 것이다."

학자와 지자들이 명리에 밝음을 잘 알고 있다. 그들은 수천의 서책을 독파하고 깊고 깊은 유가의 이치를 궁극까지 파고드는 자들이다. 그런데 이 궁궐 외딴 구석에 지붕과 서까래가 없는 어수선한 집을 짓고 화초를 돌보는 자는 수많은 지자들의 관념과 연구를 비웃듯 하고 있지 않은가?

봄이 가면 여름이 오고 가을이 가면 겨울이 오는 만고의 진리도 이 학사 앞에서는 사정없이 무너졌다. 겨울에 꽃이 피고 채소가 자라는 곡절을 주씨의 이론을 신봉하는 자들이 어떻게 이해할 것인가?

"이 채소와 꽃들은 전하의 수라상과 편전 장식에 쓰이겠지요?"

"주상전하께서는 한겨울에 갓 수확한 채소를 잡수시고 아름다운 꽃으로 편전을 장식하기를 원하시지 않는다. 오로지 이용후생의 구실로 궁궐 안에 온실 짓기를 허락하신 것이다."

"온실을 지음과 백성의 이용후생이 무슨 상관있다 하십니까?"

"백성 열 중 아홉이 농사를 생업으로 삼고 천하의 대본으로 여긴다. 그렇다면 그 군왕 된 자의 할 일이 무엇이겠느냐? 한 방울의 땀이라도 아껴주고 한 톨의 소출이라도 늘려주는 것이 아니겠느냐? 추운 계절에 소채를 재배하고, 양식을 건사한다면 보릿고개에 죽어나가는 백성을 구할 것이 아니냐?"

"그러면 온실농법이 조선의 토질과 기후에 맞는 새로운 농사기술입니까?"

"그러하다. 겨울이면 사람이 얼어 나가는 혹한에다 여름이면 찌는 듯한 삼복인 조선의 척박한 기후와 토질을 어찌 일 년 사시 온후한 대륙의 기후와 비옥한 화남의 토질에 대겠느냐? 이 온실 농법이라면 팔도의 백성들이 겨울에도 소출을 볼 수 있을 것이다."

"주상전하께서 팔도의 농꾼들에게 〈농사직설〉을 내리신 지 십 년, 이제 새로운 농법을 펴신다니 감읍할 따름입니다."

"나라의 일이 전하의 뜻하신 바대로 이루기 힘들어 걱정이다. 〈산가요록〉[57]이 찬술된 지 삼 년이 지났어도 반포되지 못하고 하찮은 잡서들에 휩싸여 비서고에서 곰팡이가 슬어가고 있으니 어찌 통탄할 일이 아닌가?"

"이 신기술에 관한 책이 편찬되어 있단 말씀입니까?"

"의관 전순의 어른이 쓴 〈산가요록〉의 '동절양채(겨울에 채소 키우기)' 편에 온실 건축과 작물 재배에 관해 기록되어 있다."

---

57   山家要錄. 궁궐 의관 전순의(全循義) 찬술한 농서. 중국 농기술을 조선의 토질과 기후에 맞도록 고치고 온돌기술을 이용한 온실 건축과 작물 재배법을 기술했다.

"그런데 어찌하여 그렇듯 소중한 서책이 비서고에서 먼지를 덮어쓰고 있습니까?"

"정식 문과급제자가 아닌 의원 출신의 저술이니 금서로 지정되어 비서고에 처박히고 말았다. 어른이 쓴 또 다른 책 〈의방유취〉와 〈식료찬요〉 또한 비서고에 잠들어 있다. 몹쓸 병에 걸려도 의원 한번 찾지 못하고 죽어가는 백성들에게 식이로 병을 예방하는 긴급한 지식인데도 비서고에서 잠자고 있을 따름이니 통탄할 일이다."

"아무리 경서와 사서에 천착하는 유생들과 학사로 구성된 검서관들이라 하나 어찌 온 백성의 삶을 낫게 할 양으로 저술한 이용후생서를 잡다한 사문난적과 같이 대할 수 있습니까?"

"일전에 대제학 영감께 이 온실에서 키운 영산홍 화분 하나를 올리고 연구 결과를 보고한 적이 있다. 영감께서 한 말이 무엇이겠느냐? 동월개화출어인위자(冬月開花出於人爲子)."

"그것이 무슨 뜻입니까?"

"'천지의 기운을 받는 초목의 꽃과 열매는 그 시기가 있는데, 제때에 피지 않은 꽃은 인위적인 것으로서 좋은 일이 아니다.' 라는 것이었다. 그렇게 서슬 퍼런 괄시를 용케 피해 겨우 남은 한 권이다."

김정겸이 좁은 서안 위의 서책을 건넸다. 〈산가요록〉이었다. 김정겸이 얼마나 읽고 읽었던지 검은 손때와 흙 때가 묻은 책갈피를 조심스레 펼치자 '동절양채' 편이었다.

떠듬떠듬 읽어 내려가던 채윤의 머릿속에 번개 같은 생각이 스쳤다.

"실내가 한여름처럼 따뜻하니 겉옷자락이 불편하군요."

채윤이 소맷자락을 걷어 올렸다.

"하루 종일 개 한 마리 얼쩡거리지 않으니 소맷자락, 바지자락 둥둥 걷

은들 누가 무어라 할까? 허울 좋은 양반의 행색일랑 성균관 유생들과 권신들이나 실컷 챙기라지."

김정겸 또한 옷자락을 둥둥 걷어붙였다. 순간 채윤의 얼굴이 낭패감으로 일그러졌다.

채윤은 책갈피를 덮고 온실 문을 박차고 달려나갔다. 여린 달빛이 흘러드는 온실 뒤편 마구간에 수말 두 마리가 매어 있었다. 마구간 걸침목을 빼내며 훌쩍 말 잔등에 올라탔다. 적막한 밤, 갑작스런 난입자에 말은 놀라 버둥대었다. 채윤은 흔들리는 말 잔등에서 애써 균형을 잡으며 등자에 발을 걸었다. 저만치서 뛰어온 김정겸이 엉거주춤 서 있었다.

"나리께는 오늘밤 아무 일이 없을 터이니 안심하십시오. 이 말은 소인 놈이 잠시 빌려갑니다."

말이 끝나기도 전에 말은 달려나갔다. 차가운 바람이 쉭쉭 얼굴을 스쳤다. 전각 담벼락들이 획획 눈앞을 지나갔다. 천추전 근처를 지날 무렵 바루종이 울렸다.

순간 어디선가 철철 물 흐르는 소리가 들리는 듯했다. 종소리와 북소리, 그리고 징소리가 들리는 듯도 했다. 등짝에 서늘한 땀이 솟아올랐다. 천추전 뒤에 사는 귀신이 깨어날 때 들린다는 물소리, 징소리, 북소리. 그렇다면 오늘밤에도 예외 없이 한 학사가 죽어나가야 한다는 말인가?

채윤은 달리는 말 잔등 위에서 간절히 빌었다.

기다려라. 아직은 때가 아니다.

달리는 말발굽 소리가 가슴속에 어지러운 발자국을 남겼다.

2

희생자의 방을 조사하던 채윤은 마방진보다 더욱 복잡하고 정교한
새로운 수수께끼의 그림을 발견한다.

입김을 내뿜으며 말은 집현전 앞에 멈추었다. 채윤은 영문을 묻는 내금
위 병사를 밀치며 학사 정초의 방으로 달렸다.

정초는 반듯한 얼굴에 선하고 분명한 눈매를 가진 문사였다. 문과 급제
이 년 후 중시에 합격하고 이조판서로 이름을 떨쳤다. 격물치지와 이용후
생에 관한 한 누구보다 깊은 이해를 가지고 있었다.

돌연 이곳으로 달려온 것은 김정겸의 걷어붙인 팔뚝에 문신이 없음을
확인한 후였다. 목극토의 밤. 흙을 방편으로 삼는 집현전 학사라면 김정겸
과 정초였다. 김정겸을 택한 것은 그가 죽은 학사들과 비슷한 또래였기 때
문이었다. 장원서는 규모가 작지만 직접 흙을 방편으로 운영하고 있었다.

〈농사직설〉 또한 흙이 방편이었으나 오래전 일이었다. 편찬자 정초 또
한 나이든 데다 판서까지 지낸 권신이니 어떻게 해할 수 있을까 하는 생
각에 소홀했던 것이다. 그러고 보면 〈농사직설〉이야말로 흙과 관련된 중
대하고도 광범한 저술이었다. 그것을 왜 몰랐던고.

채윤은 아비가 신주단지처럼 품고 다녔던 그 낡은 필사본을 기억한다.

문득 침침한 호롱불 밑에서 떠듬 책을 읽던 아비의 낭랑한 목소리가 떠올랐다.

"농군에게는 신주 같은 서책이니 잘 보아두어라."

"글하는 것은 선비이온데 어찌 밭가는 농군이 서책을 읽는단 말이오? 글자 한 자 들여다볼 시간에 밭 한 이랑을 더 가는 게 낫겠소."

어미는 한숨을 내쉬며 아비를 원망하였다. 그러나 아비는 서책에서 눈을 떼지 않았다. 아비가 기댈 언덕 하나 없는 북관행을 선뜻 결심한 것도 새로운 농법이라면 어떤 땅이라도 경작할 수 있다는 자신감 때문이었다.

"이 책에는 땅 가는 시기와 방법, 땅을 기름지게 해서 소출을 늘이는 법, 볍씨를 뿌리는 법, 풀을 없애는 법, 거름을 주는 법까지 나와 있소. 가르친 대로만 하면 소출이 두 배는 늘 것이오."

아비는 그렇게 말하며 마른 입술을 핥았다.

"그만하세요. 어차피 잘난 양반들이나 끼고 노는 책 나부랭이니 전 못 알아들은 걸로 할게요."

채윤은 퉁명스레 내뱉었다. 그따위 농서 한 구절이 어떻게 소출을 높일지…… 양반도 아니면서 매일 농서만 끼고 사는 아비가 내심 불만이었다. 가물가물 잠들려 하는 채윤을 가만히 흔들며 아비는 말했다.

"주상전하께 감읍하여라. 땅이 다르고 하늘이 다른 중국 농사법을 이 땅의 풍토에 따라 새롭게 가르치셨다.[58] 이 산촌 구석 무지렁이 농군들에게조차 보릿고개를 넘길 새로운 농사법을 보급하셨다."

나직한 아비의 목소리를 떠올리며 긴 툇마루 아래를 달려 정초 대감의

---

58 세종 이전의 농사는 중국의 휴한농법(休閑農法)이었지만 조선은 땅이 좁아 휴경이 어려웠다. 여름과 겨울의 기온차가 심해 일 년 내내 연달아 농사짓는 연작상경농법(連作常耕農法)이 제격이었다. 〈농사직설〉은 이렇듯 중국과 다른 조선 토질과 기후에 대한 인식에서 출발했다.

방 앞에 엎드리었다.

"대감마님! 대감마님!"

두 번을 연거푸 불렀지만 기척이 없었다. 무릎을 꿇은 채로 방문 고리를 잡고 조용히 당겼다. 방문은 안으로부터 잠겨 있지 않았다. 채윤은 무슨 일이 일어났음을 직감했다.

"마님! 대감마님!"

하얀 달빛만이 마당 가득 흰빛을 뿌리고 있었다. 끼이익 하는 날카로운 소리와 함께 마당 앞의 중문이 열리며 겸사복 예닐곱이 들이닥쳤다. 겸사복조장 윤정후가 하얗게 바랜 얼굴이 되었다. 채윤이 툇마루를 구르듯 내려섰다.

"망극한 일이다. 정초 대감께서…… 정초 대감께서……"

윤정후가 비뚤어진 입을 삐쭉거렸다.

"지금 어디 계십니까?"

얼음장처럼 차가운 목소리였다.

"경회루…… 경회루로 가보게……"

채윤은 고삐가 끌러진 말등 위로 훌쩍 올라탔다. 말은 좁은 중문을 빠져나가 경회루가 있는 뒷궐로 달렸다.

텅 빈 누마루 위에 흔들리는 정초의 시신을 보며 채윤은 철퍼덕 주저앉았다. 제발 일어나지 말았으면 하는 일이 일어나고야 말았다. 정초 대감이 대들보에 목을 맨 것이다.

뒷궐 경비를 맡은 금군들이 달려왔다. 횃불의 수가 점점 늘어나고 마당은 벌건 대낮처럼 환해졌다.

"무엇 하느냐? 어서 줄을 풀지 못할까?"

누군가의 목소리가 어둠을 갈랐다. 잡역 둘이 허둥지둥 매달린 시신으로 다가들었다.

"물러서시오! 검안이 올 때까지 시신의 증거를 훼손하지 마시오."

분노에 떨리는 고함소리는 누구를 향한 것도 아니었다. 자신이 대적하고 있는 살인자를 향한 것이었다. 채윤은 고개를 숙이고 누마루로 올라섰다.

시신은 근엄하게 누마루 위에 서 있는 생전의 정대감을 그대로 보는 듯했다. 발끝은 바닥에서 한 뼘도 채 되지 않게 들려 있었다. 삶과 죽음의 간극이 이렇게도 좁고 차이가 없다. 한 뼘 아래는 삶이요, 한 뼘 위는 곧 죽음이었다. 모여든 사람들의 탄식이 통곡 속에 간간이 섞여 나왔다.

"대감마님께서 저럴 분이 아니신데 어찌 저리 참담한 생각을 하셨을꼬……"

채윤은 시신의 목에 걸린 끈을 살폈다. 잘 삼긴 마로 겹쳐 꼰 튼튼한 줄이었다. 자살? 아니다. 이것은 명백한 타살이다. 그것도 자신을 마음껏 유린하고 놀리는 방식, 살아남은 자들에게 보란 듯이 경고하는 방식이었다.

누마루 아래에서 사내 하나가 통곡했다. 눈동자가 풀어진 사내는 정초 대감의 방을 돌보던 잡역부였다.

"어찌하여 대감마님께서 자진하셨다고 생각하오?"

당연한 질문을 왜 하느냐는 듯 사내는 두 눈을 끔뻑였다.

"요 며칠 대감마님의 성정이 몹시 피폐하셨소. 수심에 쌓여 밤늦도록 잠을 주무시지 못하고…… 밤이면 주변을 철저히 경비하라 하시고 수상한 자를 경계하라는 말씀도 자주 하셨소."

그렇다면 정초 대감은 자신에게 다가오는 위험을 감지하고 있었다는 말이다. 일련의 살인사건에서 경고의 표식을 분명히 읽고 신경증까지 앓고 있었던 것이다. 살인자의 의도는 정확히 맞아떨어졌다.

한 사람을 죽이는 것은 남은 사람들에게 던지는 가장 직접적이고도 강력한 경고였다. 정초 대감의 죽음으로 위험을 예감하고 불안에 떨 사람은 또 몇이나 될까? 정녕 그들이 다 죽어야 이 살인의 고리가 끊어질 것인가?

분하고 억울했다. 모든 것을 알고, 모든 것을 계획하며, 상대의 움직임까지도 예측하는 상대에 비해 몇 개의 조각난 단서로 사건을 예측하고, 뒤쫓아야 하는 자신은 너무나 초라했다.

채윤은 자신이 왜 이렇게 불공정하고 어이없는 장난에 빠져들었는지 알 수 없었다. 할 수만 있다면 피하고 싶었다. 하지만 그럴 수 있는 방법은 없다. 어떻게든 앞으로 나아갈 뿐이다. 지력이 모자라면 완력으로, 힘이 모자란다면 맨 몸뚱어리라도 진실을 향해 나아가야 했다.

"겸사복장과 반인 가리온이 오기 전에 누구도 이 누마루 위를 올라서는 아니 될 것이오!"

말을 마친 채윤은 누마루 기둥에 매었던 말을 훌쩍 올라탔다. 정초 대감의 방을 다시 살피기 위해서였다.

아랫목에는 구들장의 온기가 남아 있었으나 문을 열어둔 탓인지 방 안에는 썰렁한 한기가 느껴졌다. 판서까지 지낸 고관의 방치고는 볼품이 없었다.

비가 새어 얼룩진 벽, 서까래가 들여다 보이는 천장에서는 쥐똥이 흐르고 있었다.

대나무로 만든 옷걸개에 정갈한 관복 한 벌이 걸려 있었다. 반듯하게 놓인 서안은 옻칠이 바래 있었다. 그의 청렴과 올곧음을 알 것 같았다.

낡은 서안 위에 서책이 펼쳐져 있었다. 정대감의 문집인 듯했다. 일상적인 소회와 그날의 크고 작은 일들을 필사한 일지였다.

> 시월 열아흐레. 아침 일찍 입궐하다. 경연에 참가하고 예조에 들르다. 최
> 근 궐은 연쇄살인으로 흉흉하다. 주상전하의 심려를 어찌할꼬.

책을 내려놓던 채윤의 눈이 번쩍 띄었다. 우악스런 손이 삽시간에 뜯어
낸 거친 자국이 맨 마지막 장에 있었다.

일지를 묶은 종이는 사초를 풀어 말린 재생지였다. 거무튀튀하고 거칠
어 먹물을 잔뜩 묻혀야 종이가 먹을 빨아들일 수 있었다. 글씨 자국이 뒷
면으로 배어나오는 경우도 왕왕 있었다. 뜯겨 나간 종이의 뒷장을 펼쳤다.

알아보기는 힘들지만 그곳에는 분명한 자국이 남아 있었다. 글씨라기

보다는 낯선 그림이었다. 흐릿한 자국은 복잡했지만 일관된 단순성을 가지고 있었다. 흐린 선들을 유추하자 하나의 그림이 드러났다.

윤곽이 선명하지 않았지만 분명 거북등무늬의 육각형, 더 쉽게 말하면 벌집이 얽힌 모양이었다. 연속적으로 이어진 아홉 개의 육각형, 그리고 서른 개의 꼭짓점. 각 꼭짓점에는 숫자인지 글자인지 모를 무언가가 씌어 있었다. 한두 꼭짓점에서 희미하게 비치는 먹물은 一, 三, 六 등등의 숫자로 보였다.

이 요사스런 그림은 또 무엇일까?

도형과 숫자가 얽히면서 긴밀하게 연관된 하나의 법칙을 이룬다? 장성수 피살현장의 마방진이 떠올랐다. 하지만 이것은 사각형이 아니라 육각형이다. 그러면 이 그림은 마방진과 어떤 관련이 있는가? 또 장성수의 죽음과는?

갑자기 머리가 지끈거렸다. 먼 곳에서 동네의 개들이 다투어 짖는 소리가 요란스럽게 들렸다. 한 마리가 짖으면 또 다른 녀석이 따라 짖는다. 온 동네의 개들이 모두 깨는 것이다. 조용하던 북촌 골목골목이 사납고 극성스런 개 짖는 소리로 뒤덮였다. 어쩌면 그 소리를 살인자는 반가워할 것이다. 자신의 조심스런 발소리를 묻어줄 테니……

채윤은 어금니를 깨물었다. 예닐곱 기의 말발굽 소리가 점점 뚜렷하게 다가왔다. 정별감과 가리온이 달려오는 소리일 것이다.

3

정초 대감의 사인을 알게 된 채윤은
대전 호위감 무휼에게 달려가 목숨을 건 추궁 끝에 결정적인 증거를 확보한다.

두 명의 겸사복이 대들보의 밧줄을 풀고 시신을 내렸다. 가리온은 그 사이 술에서 깬 멀쩡한 모습이었다. 밀실의 잔혹한 야차와 이 온화하고 냉철한 사나이가 같은 사람이라고 도저히 생각할 수 없었다.

가리온은 여느 때처럼 침착하게 일에 착수했다. 누마루 대들보에 사다리를 걸치고 올라가 횃불을 디밀었다.

"이 밧줄의 자국을 보아라!" 횃불이 어른거릴 때마다 가리온의 넓은 이마가 번들거렸다. "이 죽음은 타살이 아니다."

채윤은 낯가죽이 확 줄어든 듯 당겼다.

"무슨 말씀이죠? 이 변고는 최근 궐에서 일어난 일련의 변고와 같은 살인입니다."

채윤의 얼굴이 벌겋게 달아올랐다.

"나는 대들보 자국이 타살이 아님을 말한다고 했을 뿐, 이 죽음이 자살이라고 말하지 않았다."

"그러면 이 죽음을 어떻게 설명할 겁니까?"

"자살은 대들보 위에 양쪽 끝이 퍼지는 부채꼴 모양의 밧줄 자국이 난다. 스스로 죽은 목숨이라도 밧줄에 매달리면 본능적으로 발버둥을 칠 수밖에 없고 밧줄이 흔들리면 대들보 위에는 양쪽이 부채꼴로 퍼지는 자국이 난다. 그러니 교활한 살인자들이 시신을 대들보에 매달았어도 대들보 위의 한 일자 형상은 자살이 아님을 말해준다. 밧줄에 매달린 자가 아무런 움직임이 없었음이니 이미 죽은 자를 매달아놓았기 때문이다. 그러나이 밧줄자국은 분명한 부채꼴 형상이다. 그것은 정초 대감이 밧줄에 매달린 채 버둥거렸다는 뜻이다."

"그렇다면 정초 대감이 자살했다는 겁니까?"

"우리가 확보한 증거는 하나뿐이다. 결론을 짓기에는 성급하지 않으냐? 시신을 보아야 하겠지?"

"그렇겠지요. 시신은 죽어서도 범인과 자신의 죽음에 대해 말하니까. 억울한 죽음이라면 더더욱……"

사다리를 내려간 가리온은 마루에 반듯이 누운 시신을 살폈다. 채윤은 사다리 위에서 물끄러미 시체에 빠져들 듯한 가리온을 내려다보았다. 가리온은 시신의 눈꺼풀을 까뒤집고, 맥을 짚었다. 그리고 시신의 저고리 깃을 풀고 가슴을 젖혔다.

시신의 가슴 부위는 검붉게 멍들어 있었다. 가리온은 기계적으로 배를 눌러 내장을 살폈으며, 관절을 만져 부러진 부분을 확인했다. 한동안 사자의 몸 이곳저곳을 짚고, 쓰다듬고, 문질렀지만 외상은 전혀 없었다. 가리온이 검사복 둘을 불렀다.

"시신을 반듯이 엎어주시오."

가리온은 시신의 속곳 저고리를 벗겨내었다. 채윤은 구르듯 사다리를 내려와 시신 옆에 붙어 섰다.

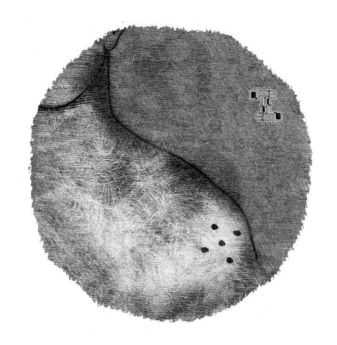

"문신입니다. 왼쪽 어깨에 문신이 있습니다."

가리온은 듣는 듯 마는 듯 시신의 등줄기를 살폈다. 어른거리는 횃불과 저물어가는 새벽 달빛으로는 시신 구석구석을 살필 수가 없었다.

"등잔을 가져오너라!"

종자 하나가 헐레벌떡 심지를 잔뜩 올린 등잔을 대령했다. 밝아진 등잔 불 아래 시신의 등이 파랗게 드러났다. 가리온은 그 가운데, 즉 경추 네 번째 마디의 작고 붉은 점을 눈여겨보았다.

"저것이 정초 대감을 죽게 한 상처다."

눈을 부릅뜨자 보일 듯 말듯 작고 붉은 점이 보였다.

"여인네들이 바느질하다 찔린 바늘자국이나 서투른 침쟁이의 침자국 보다 작은 자국이 어찌 사람을 죽일 수 있죠?"

"수침할심법이라는 살인법이다. 돗바늘보다 가는 한 뼘 길이 정도의 쇠꼬챙이를 단숨에 경추의 특정 부위에 꽂으면 전신으로 통하는 기혈이 막혀 정신이 있으나 옴짝달싹할 수 없게 된다."

"그런데 어찌 매달린 상태에서 몸을 움직였죠?"

"범인은 그 상태에서 정초 대감을 매달고 바늘을 뽑았다. 침을 뽑으면 잠시 어렴풋하게 의식이 돌아오고 발작하듯 온몸의 근육이 경직되는데 그때 밧줄 자국이 생긴 것이다."

"바늘 하나로 사람을 죽이다니 그런 살인법이 어디에 있단 말입니까?"

"고려를 침략한 몽골군에게서 전래된 비전의 침술이다."

"집도 절도 없이 초지에서 육축을 키우며 말고기로 주식을 삼는다는 무도한 몽골 족속이 비전의 침술을 개발했단 말이에요?"

"그들은 풀이 돋는 초지를 신성히 여겨 말과 양을 죽일 때 피로써 더럽히지 않으려 했다. 육축을 친자식처럼 대하다 보니 고통 없이 빠른 시간에 죽이고자 했다. 자연 피를 한 방울도 흘리지 않고 가장 빠른 시간에 죽이는 비전을 터득한 것이지. 고려를 침범한 몽골 군사들이 반인들에게 그 도살법을 전했다."

"전쟁 중이라 하나 그렇듯 야만적인 살생법이 횡행하다니……"

"무슨 기술이든 사람이 쓰기에 달려 있다. 치명적인 독이 좋은 약이 되듯이 참람한 살인법도 잘만 쓰면 사람을 살리는 침법이 되기도 한다. 살인침법이 침술의 고수들에게 전래되니 그 반대로 활인침법이란 침술이 되었다."

"사람을 죽이는 살인법으로 어찌 사람을 살릴 수 있단 말인가요?"

"혈을 막아 백 근의 황소를 쓰러뜨릴 만큼 치명적이지만 같은 원리로 혈을 뚫어주면 온몸이 굳고 혀가 꼬인 발작환자도 금방 일어나 걸을 수 있다."

"정대감의 사인이 그 침법임은 어찌 알 수 있죠?"

"사자의 가슴에 있는 피멍은 경추 네 번째 마디로 들어간 침이 숨골을 찌르고 피가 뿜어져 나오는 심실을 정확히 꿰뚫었음을 말해준다."

"수침할심법을 자유자재로 사용한다면 살인자는 침술과 의술의 달인이 아닙니까?"

"인체의 경혈을 정확히 알고 급소를 찔렀으니 상당한 무공의 경지에 오른 자다."

가슴이 덜컹 내려앉았다. 생각하고 싶지 않은 얼굴이 떠올랐다.

"그 비전의 살인법을 쓰고 전하는 자가 누구요?"

묻고 싶지 않은 질문이었다. 그러나 물어야 했다. 채윤은 흔들리는 가리온의 눈을 쏘아보았다. 마음은 점점 짙어오는 먹구름장처럼 어두워졌다. 마침내 가리온이 입가를 스윽 닦으며 입을 열었다.

"네 짐작이 옳다. 뛰어난 반인들이 대를 이어 피 한 방울 흘리지 않고 육축을 잡는 그 비전을 나 또한 익힌 바 있다." 눈앞이 아득해졌다.

"그러면 그 침법을 익힌 자가 어른뿐인가요?"

다그치는 듯한 목소리가 어색한 침묵을 깼다.

"궁궐에 들어온 나는 내의원으로 불려가 어의 영감 앞에서 그 침법을 시연했다. 어의 영감은 손수 그 침법을 배우시고 내의원 의원 서너 명과 대전 호위내시 무휼에게도 전수하기에 이르렀다."

"호위내시가 무슨 침술을 배운단 말인가요?"

"주상전하를 밤낮으로 지켜야 하니 죽은 사람도 살린다는 활인침법을 당연히 익혀두어야 하지 않겠느냐?"

안도와 분노가 동시에 얼굴을 달구고 관자놀이에 굵은 핏발이 섰다. 안도는 가리온을 위한 것이었고 분노는 무휼 때문이었다. 깊은 곳에서 끓는 분노가 뜨거운 청년의 심장을 타오르게 했다.

윤필이 죽던 날 향원지에서 주자소 쪽으로 가던 무휼의 뒷모습을 잊을 수 없었다. 명백한 심증이 있으나 내시부의 위세로 기름장어처럼 빠져나갔던 놈이 다시 일을 저지른 것이다. 채윤은 뚜벅뚜벅 누마루를 가로질러 아래층으로 가는 계단을 내려갔다.

"어딜 가느냐? 현장의 검증과 사체의 검안이 끝나지 않았다."

가리온의 굵은 목소리를 듣는 둥 마는 둥 기단에 매어둔 말 잔등에 훌쩍 뛰어올랐다. 하얏! 분노를 토해내는 목소리가 밤하늘을 날카롭게 가로질렀다. 채찍을 후려치자 말은 은빛으로 반짝이는 궐 안 길을 달리기 시작했다.

내시부 숙사는 어둠에 덮여 있었다. 멀리서 새벽닭이 우는 소리가 들렸다. 또 하룻밤이 지나갔고 또 한 명이 죽어나갔다.

막무가내로 내시부로 달려온 것은 어떤 분노, 알지 못할 노여움 때문이었다. 숱한 죽음의 실마리조차 잡지 못한 자신에 대한 분노와 아무런 증거를 내주지 않는 살인자에 대한 노여움.

내시부 중문을 밀치자 세 명의 수문장이 달려들었다. 드잡이 끝에 수문장은 이틀 전 이곳을 덮쳤던 검사복을 알아차렸다.

"밤고양이처럼 밤만 되면 나를 찾는 것을 보니 오늘 또 어떤 자가 죽어나간 모양이구나."

툇마루 끝 방문을 열고 나선 무휼이 이죽거렸다. 핏발 선 눈, 관자 아래로 삐쳐 나온 머리카락, 바짝 마른 입술……

무휼이 입고 있는 관복 자락에 바람의 냄새가 스쳤다.

"정초 대감이 절명하셨습니다."

무휼의 얼굴에 낭패감이 스쳤다.

"오늘밤 변고에도 내가 관여되었다고 생각하느냐?"

채윤은 대답하지 않았다.

"대답 없음은 부인하지 않는다는 뜻. 어떤 증거로 나에게 무도한 혐의를 뒤집어씌우는가?"

"어른의 허리춤에 차고 있는 침쌈지입니다."

채윤이 무휼의 허리춤을 가리켰다.

"이것은 주상전하와 어의의 허락으로 휴대하는 것이다. 침술의 이치를 터득함은 하루 열두 각 옥체를 지킴에 부족함이 없도록 함이다. 그런데 이 침쌈지가 어찌 정초의 죽음과 관련 있다는 것인가?"

가슴속에서 뜨거운 것이 들끓었다. 이 간악한 자는 자신의 더러운 범죄를 숨기는 데 주상의 이름을 팔고 있다. 주상의 광영 뒤에 숨어 더럽고 간악한 살인을 저질렀다. 채윤은 마른 입술을 침으로 적셨다.

"어른께는 보통 침쌈지와는 다른 특별한 침이 있지 않소이까? 다섯 자에 이르는 장침 말입니다."

"장침이 어쨌다는 말이냐?"

"정초 대감은 장침으로 숨골을 찔리고 심장이 뚫렸습니다. 비전의 살인 침법을 아는 사람은 반인 가리온과 그에게 배운 어의 영감과 내의원 의원 두어 명, 그리고 호위감 어른뿐입니다."

"나는 조금 전 인시까지 주상전하의 침전을 지키다 지금에야 막 돌아와 잠을 청하던 중이었다."

"어떻게 그 사실을 증명할 수 있습니까?"

"지밀한 대전의 일을 어찌 세인이 알 것인가? 오로지 나의 결백을 주상전하만이 알고 계실 터……"

"증명되지 못한 사실은 진실이 아닙니다."

"너는 내가 살인을 했다는 것을 확신하는데 그것을 증명할 수 있느냐?"

"어른의 침쌈지를 넘겨주시면 날이 밝는 대로 진실을 알게 될 것입니다."

"이놈! 전하의 옥체를 지키는 침쌈지를 내어달라? 그것을 어찌 역심이 아니라 말할 것이냐?"

"오라를 받으라 하면 오라를 받을 것이고 볼기를 까라 하면 볼기를 깔 것입니다. 하오나 소인의 역심인지 어른의 죄 있음인지를 먼저 확인해야 할 것입니다."

"좋다. 침쌈지를 넘겨주겠다. 해가 뜨면 네가 나의 결백함을 알 것이다."

무휼이 허리춤의 침쌈지를 끌러 던졌다. 핏발 선 그의 눈이 번들거렸다. 채윤은 두려웠다. 이 침쌈지가 정초를 죽였듯 자신을 죽이지 않을까 하는 두려움이었다.

채윤은 입술을 질끈 깨물고 침쌈지를 둘둘 말아 내시부를 나섰다.

4

최만리는 사저를 찾아온 자신의 수하에게
개혁파 진영에게 치명적으로 작용할 엄청난 계략을 은밀하게 지시한다.

　최만리의 사랑채는 적막에 싸여 있었다. 안뜰 여기저기 삼엄한 경계의
눈빛이 번득였다. 흰 저고리에 금빛 덧저고리 차림의 최만리는 부젓가락
으로 화로 안의 벌건 숯덩이를 이리저리 헤집었다.

　"나이가 드니 조금만 찬 기운이 돌아도 온몸에 구멍이 뚫린 듯하이. 불
때는 종놈에게 화로에 숯 몇 덩이를 담으라 일렀더니 싸늘한 밤을 보내기
한결 수월하구만."

　최만리가 벌겋게 타오르는 숯덩이에서 눈길을 떼지 않고 쓰게 웃었다.
아무리 돌본다 해도 어찌할 수 없는 것이 사람의 명이요, 늙은 몸뚱어리
임을 알고 있다. 서안 너머로 날카로운 눈빛의 사내가 허리를 숙였다. 방
문 밖을 의식한 최만리의 손짓에 사내는 무릎걸음으로 다가앉으며 속삭
였다.

　"궐 안이 소란스러우나 생겨야 할 일이 생기는 것입니다. 속이 찬 알
곡은 거두어지지만 경박한 자들은 바람에 날리는 겨와 같이 사라지겠지
요."

나직하지만 두부모를 자르듯 카랑카랑한 목소리였다. 집현전 직제학 심종수. 상왕대부터 출사한 명문가 출신. 스물둘에 급제한 후 예문관을 거쳐 집현전 학사가 되었다.

경서의 이론에 해박한 데다 문장이 출중해 최만리를 잇는 문사였다. 날카로운 직관과 예리한 판단력은 누가 보아도 최만리의 후계자였다. 최만리 또한 크고 작은 모든 일들을 심종수와 논의했고 그의 날카로운 통찰력을 믿었다.

"쓸데없는 잡서와 기괴한 의기들로 주상전하를 미혹시킨 무리들은 궁궐의 뜰에 돋은 잡초와 같고 용상에 뿌리내린 독초와 같으니 모조리 뽑아 없앨 것이다. 궁궐 곳곳을 요사스런 물건으로 어지럽히는 요망한 자를 내쳤으니 근심거리 하나를 뿌리째 뽑음과 같다."

최만리는 허리춤에 찬 향낭을 만지작거렸다. 누런 이빨이 어둠 속에서 번쩍 빛났다. 요망한 자라 함은 삭탈관직을 당하고 하옥된 대호군 장영실이었다.

"대호군의 일은 그러하나 변고로 죽은 학사들의 책임 소재를 가린다면 대제학께 책임 없다 하지 못할 것이온데……"

심종수가 말끝을 맺지 못하고 최만리의 안색을 살폈다. 최만리의 콧수염 끝이 바르르 떨렸다.

"사대부란 명분을 좇아 섶을 지고 불 속을 뛰어드는 것을 두려워하지 않는 자들이다. 내 어찌 일신의 책임이 두려워 잡사를 일소하는 데 주저할 것인가?"

한마디 한마디를 힘주어 말하며 최만리는 자신에게 주어진 과업을 되새겼다. 학사연하는 어리석은 잡인들을 집현전에서 몰아내는 일, 잡스러운 책으로부터 성스러운 학문의 정결을 보호하는 일, 잡설과 요설로 주상을 미혹케 하는 자들을 축출하는 일, 진지한 학문의 전을 둘로 나누어 그 권위를 떨어뜨리는 자들에게서 집현전의 정결을 지키는 일…… 그 모든 일들이 대제학인 자신의 어깨에 짐 지워져 있었다. 간악한 자들의 수군거림에 미혹된 주상의 성심을 돌리는 일도 시급했다.

"대제학 어른의 추상같은 뜻으로 장영실과 박연이 거꾸러지고 쥐새끼 같은 신숙주는 왜국으로 도망을 갔습니다. 세상모르고 날뛰던 젊은 학사 놈들도 이제 끝장입니다."

최만리가 흰 수염을 쓸어내리며 말했다.

"그것으로 끝이 아니다. 어설프게 손발을 자르는 것은 화근을 만드는 일일 뿐…… 상대의 숨통을 정면으로 조르는, 도저히 헤어날 수도 없고 빠져나갈 수도 없는 치명적인 먹잇감을 잡아야 한다."

최만리는 자기가 내뱉은 말을 깊이 음미했다. 화로 안의 불덩이가 타닥 소리를 내며 불똥이 튀었다.

"어떤 계책을 말씀하시는 것입니까?"

"세자빈이다."

돌덩이처럼 묵직한 음성이었다. 심종수의 두 눈이 번쩍 빛났다.

"세자빈 하나를 물어뜯으면 저들 모두가 치명상을 입게 된다."

최만리가 부젓가락을 화롯불 속에 깊이 찔렀다. 이 늙은이는 정말 끝간 데까지 가고자 하는 것일까? 상대를 죽이지 않으면 자기가 죽는 위험한 승부를 벌이려는 것일까? 심종수의 머릿속으로 복잡한 생각이 오갔다.

"조정의 문신들과 사간원, 사헌부 등 삼사의 관원들, 그리고 성균관 또한 대제학 어른의 뜻에 찬동하고 있습니다. 공맹의 가르침을 떠난 실용이란 스스로 오랑캐가 되려는 몸부림에 불과하지요."

"조정 관원들과 삼사의 간관, 그리고 성균관 유생들과 각 지방 향교를 이끄는 자들과 적절히 교섭하고 연계하라. 그들이야말로 여론을 창출하고 동원할 방편이다. 그들의 소리는 곧 백성의 소리요 그들의 상소는 곧 백성의 울부짖음이니 그들을 어떻게 포섭하느냐에 따라 명분을 얻을 것이다."

허리춤의 향낭에서 아슴푸레한 향기가 피어올랐다. 시전 객주 윤길주가 선물한 귀한 사향 주머니였다. 구수한 참나무 숯불의 향기와 사향 냄새가 섞인 향기로운 냄새가 방 안을 떠돌았다. 멀리서 밤부엉이가 울어댔다.

"사라진 금서 또한 저들의 손아귀에 넘어가기 전에 반드시 찾아야 한다."

최만리의 눈빛은 먹이를 쫓는 맹렬한 사냥개처럼 불타올랐다. 심종수는 한 인간의 열망과 집념이 그토록 강할 수 있음에 새삼 놀랐다. 그 맹렬한 집념이 잡학에 찌든 이 나라의 학풍을 살리고 바른 학문이 자리잡을 수 있게 만드는 힘일 것이다.

"전쟁에는 두 가지가 있다. 강역을 걸고 싸우는 전쟁과 시간을 걸고 싸우는 전쟁이다. 나라의 영토를 두고 싸우는 전쟁이 공간의 전쟁이라면 역사의 명분을 걸고 싸우는 전쟁은 시간의 전쟁이다."

다혈질의 최만리는 스스로 말하며 감동했다. 심종수는 이 여우같은 노인이 현란한 수사와 놀라운 달변의 행간에 숨겨둔 뜻을 알아챌 수 없었다.

"시간의 전쟁이라 하시는 깊은 뜻을 헤아리기 어렵습니다."

"우리는 지금 역사를 건 전쟁을 하고 있다. 앞으로 수백, 수천 년이 지나도 이 시대가 우리에게 맡긴 정당성과 명분을 저들에게 넘겨주어서는 안 될 것이다. 허물어져가는 도덕을 다시 세우고, 어지러운 정신을 곧추세우고, 천한 오랑캐의 법도를 버리고 위대한 중화의 사상과 바른 고전의 주춧돌 위에 반듯하게 선 시대, 위로 군왕에서 아래로 백성까지 자신의 분수에 맞는 가지런한 시대를 우리가 세워야 한다."

그제야 심종수가 비로소 환한 웃음을 지었다.

"절친한 자 중에 사관으로 있는 자가 있습니다. 소인과 동문수학하여 같은 해 문과에 급제한 자입니다. 평소 대제학 어른의 뜻을 따르던 바이니 능히 설득할 수 있을 것입니다."

그것은 곧 사관을 포섭하는 일이었다. 그들은 이 며칠 동안의 전쟁으로 역사의 물줄기가 바뀔 것을 알고 있었다. 싸움에 이기는 것도 중요하지만 그 싸움의 명분을 지키고 보존하는 것은 더욱 중요했다.

사관은 곧 기록하는 자이니 이날의 모든 정황을 글로 남길 것이었다. 그리고 그 기록은 곧 실록으로 남을 것이다. 백 년이 지나고 천 년이 지나도 사라지지 않을 역사로 남을 실록. 사관이 기록하는 바에 따라 역사는 전해질 것이었다. 그 사실을 누구보다 잘 아는 최만리였다.

"기록되지 않은 역사는 역사가 아니다."

최만리는 은은한 사향 냄새를 한껏 음미하며 혼잣말인 듯 여유롭게 되뇌었다.

5

채윤은 간의대로 이순지를 찾아간다.
그리고 그곳에서 뜻밖의 인물을 만나 마방진 해법에 결정적인 실마리를 얻는다.

검안소 안에는 긴장이 흘렀다. 가리온은 크고 작은 약사발들과 색색의 가루와 액체가 든 작은 종지들을 번갈아보았다. 채윤은 꿀꺽 소리가 나도록 깊이 침을 삼켰다.

"얼마나 더 기다려야 할지요?"

무휼의 침쌈지를 빼앗아온 것은 진실을 향한 실낱같은 믿음 때문이었다. 그러나 난감한 가리온의 표정에서 경솔함이 일을 그르쳤음을 깨달았다. 침쌈지를 넘겨받은 것은 활인침법을 무력화시키는 일이었다. 호위감의 허리에 침쌈지가 없는 동안 옥체에 변고라도 생긴다면?

가리온은 말간 액체에 담긴 길고 가는 침에서 눈을 떼지 않았다.

"사람의 피 속에 녹아 있는 여러 물질들은 몸 밖에서도 성질이 변하지 않는다. 시체가 불에 완전히 타버려도 시체가 있던 땅을 잘 치운 뒤 강한 식초를 뿌리면 혈흔을 찾아낼 수 있다. 사람을 벤 칼도 깨끗이 씻으면 핏자국이 사라지지만 강한 식초 그릇에 담고 기다리면 핏자국이 드러난다. 이 침에도 사람의 피가 묻어 있다면 아무리 소량이라도 식초와 반응할 것이다."

"그런데 왜 반응이 없는 것인지……"

"먼저 침을 씻어 핏자국을 없앴을 가능성이 있다. 칼날에는 너비가 있고 요철이 있으니 핏자국을 없앨 수 없겠지만 돗바늘보다 가는 이 침은 깨끗이 씻는다면 핏자국이 남을 수 없을 것이다. 두번째 이유는 원래 이 침에 사람의 피가 묻어 있지 않았을 가능성이다."

관자놀이가 찌릿했다. 범행의 증거를 발견하지 못하면 무휼을 겨누었던 칼끝은 곧 자신을 향하게 된다. 호위감에게서 호위기구를 빼앗은 죄는 반역의 죄. 당장 의금부로 끌려가 고초를 당하게 될 것이다. 역심이 발각된다면 저잣거리에서 거열에 처해질 것이다.

"어느 쪽입니까?"

"지금으로서는 알 수 없다. 이 침이 말해주는 것은 단지 피가 묻어 있지 않다는 것일 뿐……"

나흘 동안 네 명이 죽었다. 일련의 살인사건을 잇는 고리는 무언가를 상징하고 있다. 가장 낮은 말단 저작에서 박사-교리-판서로 이어진 피살자들의 신분은 경고를 점점 강하게 하려는 의도다. 그렇다면 이 살인의 고리는 결국 어디까지 올라가게 될 것인가? 채윤은 모골이 송연해졌다. 추위 때문이 아니라 긴장 때문이었다. 더 솔직해지자면 두려움 때문이었다. 무휼의 침에서 핏자국을 발견하지 못했으니 목숨마저 보장받기 힘들게 생겼다. 그나마 하소연이라도 할 수 있는 사람이 이순지였다.

서리가 내린 후원 저만치 간의대가 보였다. 순지는 간의대 위에서 지난밤 별의 운행표와 해 뜨는 시간을 점검하느라 정신이 없었을 것이다.

간의대 석벽에 등을 기대자 차가운 냉기가 몸속으로 스며들었다. 바로

이 순간 의금부에서 들이닥쳐 오라를 던질지, 내시부의 무장호위 내시들이 들이닥쳐 문초조차 없이 거열에 처할지 모르는 일이다.

마음이 산란하고 머리가 복잡할 때 마방진에 빠져드는 것은 채윤의 새로운 습관이 되었다. 서리가 내린 하얀 땅 위에 반듯한 선을 그었다. 가로세로 여덟 개의 선들이 정확히 맞물리며 만들어낸 아홉 개의 사각형. 숫자들의 움직임이 복잡해질수록 머릿속은 점점 맑아졌다. 늘어진 해금의 줄을 팽팽하게 조이는 것처럼 탄탄한 긴장감이 머릿속을 날 서게 했다.

"보이는 세계만이 존재하는 것은 아니다."

등 뒤에서 들려오는 나직한 목소리에 정신이 아득해지며 채윤은 자신도 모르게 머리를 조아렸다.

"진실은 보이지 않는 곳에 있다. 지금 존재하는 세계를 벗어나야 새로운 세계가 보이느니……" 목소리는 조아린 머리 위로 부드럽게 다가왔다.

"전하! 미천한 것이 요사스런 숫자놀음으로 심기를 어지럽게 하였으니 죽을죄를 지었습니다."

"죽을죄란 없다. 마방진을 괴이한 숫자놀음이라지만 만학의 근원이 되는 수의 이치를 정묘하게 풀이한 것이니 어찌 요망한 숫자놀음이라고만 하겠느냐?"

채윤은 감히 고개를 들 수 없었다. 주상이 해뜨기 전이든, 한밤중이든, 일몰경이든 시도 때도 없이 간의대를 오간다는 것을 모르는 바 아니었다.

"이 청년이 순지가 말한 겸사복이던가?"

"그러하옵니다. 북변 온성, 회령의 김종서 장군 휘하에서 종군한 강채윤이라 하옵니다." 순지가 채윤을 대신해 대답했다. 천한 자신의 이름을 들은 채윤은 망극함에 고개를 처박았다.

"그래." 다시 물 흐르듯 부드러운 목소리였다. "지난밤 호위감의 침쌈지를 빼앗아간 놈이렷다?"

뒤통수 위로 무거운 돌 하나가 내려앉는 느낌이었다. 어느새 그 일이 주상에게까지 알려졌을꼬?

"죽을죄를 지었사옵니다."

"그래 침쌈지에 무휼의 혐의를 입증할 증거가 있더냐?"

"아니옵니다. 침은 깨끗했사옵니다. 소인의 미련한 억측으로……"

"그럼 됐다. 그 침쌈지를 호위감에게 돌려주어라. 내 그 대침의 덕을 톡톡히 보고 있느니……"

"예!" 채윤이 서둘러 품속에 품고 있던 침쌈지를 두 손으로 받들었다. 주상의 뒤에 섰던 무휼이 빼앗듯이 침쌈지를 낚아채갔다.

채윤은 생각했다. 이제 죽는 일만 남았다고…… 어찌 그다지도 미련한 짓을 했던고? 하지만 이미 엎질러진 물, 더이상 생각하지 않기로 했다.

"침쌈지를 강탈한 것은 큰 죄로 물을 것이나 네 덕에 호위감의 결백이 밝혀졌다니 그만 되었다." 채윤은 고개를 더 낮게 들이박을 땅이 없음이 원망스러웠다. "고개를 들어라."

멈칫멈칫 고개를 들었다. 반듯한 이마와 곧게 뻗어내린 콧날, 두텁지도 얇지도 않은 입술에는 희미한 미소가 어려 있었다. 단정한 턱수염이 용안을 더욱 환하게 해주고 있었다.

"마방진은 부끄러운 숫자놀이가 아니다. 그 해를 구하려면 내 말을 잘 더듬어보거라."

채윤은 땅속으로 파고들 듯 사지를 더욱 낮추었다. 부드러운 낙엽 위를 미끄러지는 듯한 발소리가 나지막이 들렸다. 주상의 붉은 용포자락이, 무휼의 질긴 갓신이, 이순지의 소박한 흰 데님이 차례로 멀어져갔다.

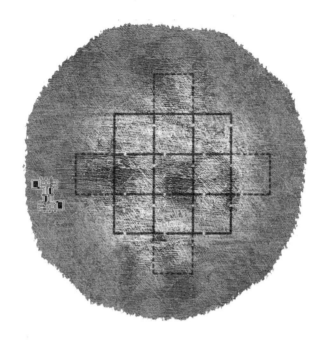

혼자 남은 채윤은 얼이 빠진 기분이었다. 무휼이 아니라면 정초를 죽인 범인은 누구인가?

채윤은 일시에 폭발하듯 터져 나오는 생각들을 멈추고 그 목소리를 또렷이 떠올렸다. "보이지 않는 세계, 보이진 않지만 존재하는 곳……" 주문을 외듯 되뇌며 숫자들을 썼다가 지우고 또 썼다.

문득 머릿속으로 거대한 생각이 해일처럼 밀려왔다. 진실이 서서히 뚜렷해지며 눈앞에 떠올랐다.

그것은 이전에 보지 못한 그림, 보이지 않았던 진실이었다. 채윤은 돌조각을 주워 들고 머릿속에 떠오른 그림을 땅 위에 그렸다.

아홉 개의 사각형 속에 갇혀서는 결코 볼 수 없었던 세계. 완벽한 사각형을 넘어 그 바깥쪽에 존재하는 또 다른 경지. 채윤은 새롭게 생긴 네 개

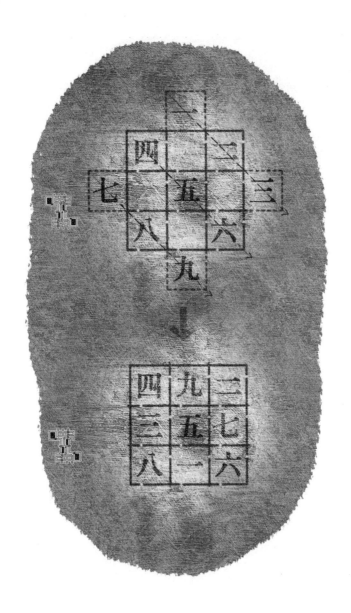

의 사각형 속에 숫자를 써 넣었다.

질서는 바로 거기에 있었다. 완벽한 질서 속의 숫자는 아홉 개의 숫자들을 반대편으로 옮긴 형상이었다. 1에서 9까지의 숫자는 질서정연한 사선으로 일직선상에 완벽하게 존재했다. 그것이 마방진 안의 혼돈을 떠받친 보이지 않는 조화의 밑그림이었다.

숫자들을 반대편으로 옮긴 후 돌출된 사각형을 손으로 문질러 지웠다. 완벽한 마방진이 만들어졌다.

돌출된 사각형들은 흔적도 없이 사라졌으나 머릿속에는 또렷하게 존재했다. 그것이 마방진의 해법이었다. 사각형을 벗어난 새로운 공간이 마방진을 있게 만든 진실이었다. 그 진실은 좀처럼 모습을 드러내지 않았지만 분명히 존재하고 있었다.

채윤은 진실을 말하던 부드러운 목소리를 다시 떠올렸다.

"진실은 보이지 않는 곳에 있다. 지금 존재하는 세계를 벗어나야 새로운 세계가 보이느니……"

'그렇다면 주상전하께서는 마방진의 비밀을 이미 알고 계셨단 말인가?'

6

강희안은 세자빈을 둘러싼 입에 담을 수 없는 소문에 대해 걱정한다.
채윤은 가리온의 미심쩍은 과거 행적을 조사한다.

시간이 지나도 범인의 종적을 찾지 못하자 학사들의 불안은 극에 달했
다. 학사들은 퇴궐 후에도 삼삼오오 모여서 밤을 나곤 했다. 성삼문과 박
팽년은 궐에서 가까운 이석형의 집에 묵었다.

달빛이 뜰 안에 하얗게 빛났다. 사랑채의 발간 등잔불이 문밖으로 비쳤
다. 얇은 문살 너머로 어른거리는 그림자가 비쳤다. 두런두런 불온한 말
소리가 들렸다.

느닷없는 강희안과 이개의 방문에 삼문은 그저 불안을 달랠 겸 함께 밤
을 나려는 것이거니 생각했을 뿐이었다. 등잔불에 희안의 표정이 드러났
을 때에야 뭔가 잘못되고 있음을 깨달았다. 백지장처럼 하얀 얼굴로 희안
은 말했다.

"동궁에 변이 생겼네."

"세자저하께 말인가?"

"세자저하가 아니라 세자빈이라네."

"무슨 말인가? 세자빈은 유순하고 온화한 데다 지력까지 갖췄으니 책

을 가까이하시는 세자저하께는 더할 나위 없는 배필이 아닌가?"

탄식을 끊고 강희안이 말을 이었다.

"믿을 수 없는 일이 일어나는 곳이 사람 사는 세상이니 구중궁궐도 다르지 않구만. 얼마 전부터 세자빈의 음행과 호색에 대한 해괴한 소문이 궁궐 잡인들과 무수리들 사이에서 돌고 있었다 하네."

"휘빈 김씨 일이 있은 후 새 세자빈은 세자저하께서 능히 감당할 규수로 간택하지 않았나? 세자저하께서도 장성했으니 철모르고 장가들었을 때와는 다를 텐데 호색이라니?"

이개가 도포자락을 홱 뒤로 펼치며 다가들었다. 희안은 애써 침착함을 유지했다.

"나도 해괴한 풍문을 접했을 때 요망한 말을 입에도 올리지 말라며 큰소리를 냈다네. 그런데 풍문으로 그칠 일이 아니었어. 좋지 않은 소문일수록 빨리 퍼져가니까 말일세."

"좋지 않은 소문이 무엇이란 말인가?"

"가냘프고 아담한 세자빈이 음탕하고 호색하기로는 폐빈 김씨보다 한 술 더 뜬다는 것일세."

"무어라?"

"신혼 초 세자저하께서 거의 매일 세자빈 침소에 드시던 때는 큰 문제가 없었다지. 그러나 저하께서 동궁 시비 권순임의 처소에 드시면서 일이 삐끌어졌다네."

"세자빈께서 휘빈 김씨처럼 투기에 눈이 멀어 저하의 마음을 돌릴 사악한 비방이라도 썼다던가?"

이석형이 뜨악한 표정으로 물었다.

"그 정도라면 다행이지. 망극하게도 대식이라는 요망한 짓으로 욕정을 채울 방법을 찾았다 하네."

삼문의 머리카락이 쭈뼛 서고 가슴이 방망이질 치듯 쿵쾅거렸다.

"대식이라면 여자와 여자가 남녀 간의 교합을 흉내 내어 벌이는 요망한 짓이 아닌가? 시전의 잡년들도 못할 음탕한 짓을 어찌 일국의 국모될 세자빈께서……"

박팽년이 두 눈을 휘둥그레 까뒤집었다. 강희안은 핏발 선 눈을 내리깔며 말을 이었다.

"지난 사월 권순임이 잉태하여, 승휘(承徽. 세자의 소실로 동궁에 속한 종4품직)로 봉해진 것이 세자빈의 질투에 불을 질렀다 하네. 저하께 배지도 않은 원자를 배었다고 속여 잠자리를 피하고 종년들을 불러들여 음행을 일삼는가 하면 변소에 숨어들어 일 보는 여종들을 엿보았다는 것일세. 요망한 짓을 한 소쌍과 석가이라는 종년들이 세자저하의 침전 뒤에서 서로 사랑을 다투며 싸웠다는 것일세."

삼문은 더 이상 듣고 싶지 않았다. 그러나 희안은 말을 멈추지 않았다. 어리둥절한 동지들의 가슴에 자신의 말이 비수처럼 날아들 것을 희안은 알고 있었다. 그러나 그에게는 사실을 전해야 할 의무가 있었다.

"그뿐이 아니라네. 주벽까지 있어 큰 사발로 술을 퍼마시다가 여종에게 업혀 뜰을 나다녔다 하네. 술이 모자라면 친정집에서까지 가져와 마시고 궁녀들 사이에 몰래 떠도는 음탕한 노래를 불렀다 하니……"

삼문은 통탄했다. 해괴한 소문이 처음 나돌 때 미리 정황을 파악하고 단속하지 못한 것이 새삼 후회스러웠다. 그러나 돌이키기에는 너무 늦어버렸다.

"주상전하의 하교를 저버렸다 함은 무슨 말인가?"

삼문은 희안에게 물었다. 대면하기 힘든 현실일수록 정면으로 맞서야 한다. 그러기 위해 필요한 것은 용기다.

"주상전하께서 〈열녀전〉[59]을 읽으라 하명하셨는데 '내가 이것을 배운 뒤에 어찌 생활하겠는가' 하며 책을 뜰에 던져버렸다는 것일세."

"참람하고 욕되도다. 그렇지 않아도 궁 안 사정이 말이 아닌 이때에 동궁에서까지……"

이개와 이석형이 탄식을 내뱉고 야윈 골상의 박팽년이 서안을 탕 치며 혀를 찼다. 몇 번이나 목울대를 움찔거리던 이석형이 입을 열었다.

"반갑지 않은 일이란 늘 한꺼번에 일어나는 법. 동궁의 내밀한 일이니 외부에 알려지기 전에 빨리 수습해야 할 뿐……"

"팔 년 전에 있었던 휘빈 김씨의 폐서인 사건이 아직도 종로거리와 저자에 흉문처럼 떠돌고 있네. 이번 일까지 겹친다면 장차 보위에 오르실 세자저하께 엄청난 누가 될 거야."

삼문의 가슴은 타들어가는 등잔의 심지처럼 다급하고 착잡했다.

"우리들에게까지 알려졌으니 대전 용상 앞에는 곳곳에서 상소문이 올라갔겠군."

"요망한 여인을 폐출시키는 것으로 그치지 말고 극형에 처해야 한다는 삼사의 득달같은 상소가 올라갔다 하네."

어금니를 굳게 물고 힘주어 다문 이석형의 입술이 씰룩였다.

"주상전하께서도 삼사의 상소를 어쩔 수 없을 것일세. 이 일이 빨리 마무리되지 못한다면 궁인들의 입에 오르내릴 것이고 저자거리에까지 퍼지겠지. 아 이 일을 어찌 수습해야 할꼬?"

---

59 한나라 때의 〈열녀전〉을 발췌하고 덧붙여 번역한 책. 여인의 덕과 선악이 국가의 안정·혼란과 관계가 있다고 했다.

삼문의 혼란스런 머릿속으로 뜨거운 바람이 부는 듯했다.

외소주간의 민상궁은 쉰을 넘겼으나 넉넉한 품성이었다. 벌쭘하게 선 채윤을 본 그녀는 이내 웃음 띤 얼굴이 되었다. 가리온을 찾아 드나드는 채윤을 잘 알고 있는 터였다.

"가리온은 도축장에서 돼지껍질을 벗기고 있을 게다. 궐 안이 흉흉하나 소주간이란 곳이 늘 눈코 뜰 새 없다. 그래 이 늙은이에게 무슨 일이더냐?"

눈가에 자글자글한 주름을 잡으며 민상궁이 웃었다. 그 따뜻한 눈웃음이 오래전에 여윈 어머니처럼 안온했다.

"가리온 어른이 궁에 들어온 경위와 이후의 행적이 궁금합니다."

"겉보기가 거칠다 하나 그처럼 온후한 사람을 나는 보지 못했다. 궐 안의 모든 나인 무수리, 잡역들과 금군들 중 가리온의 덕을 입지 않은 사람이 몇이나 되겠느냐? 다만 시도 때도 없이 취해 다님을 내 그토록 말렸으나……"

"그렇게 온화한 사람이 취해야만 견딜 수 있는 까닭이 무엇입니까?"

후덕한 정상궁의 표정이 어두워졌다.

"술이라도 마셔서 마음의 원을 달랠 수 있다면 굳이 말려서 무엇 하랴?"

"마음에 품은 원이라니오?"

"가리온은 육축을 도축하는 도살자가 아니라 죽어가는 사람을 살리는 의원이 되고 싶어 했다. 온갖 날짐승과 산짐승을 도살하면서 그는 짐승의 내장과 뼈대와 근육과 인대의 위치와 작용을 소상히 알고 있었다. 눈을 감고도 사백여 곳이 넘는 소의 각 기관을 그릴 수 있을 정도였다. 그런 사람이니 소 잡는 일보다 사람의 환부를 들여다보는 것이 더욱 끌렸겠지."

"가리온 어른은 어떻게 궁에 들어왔습니까?"

"뛰어난 의술 때문이지. 반촌에 살 때부터 가리온은 싸움질로 뼈가 부러지거나 살이 째진 자들을 치료하는 데 탁월했다. 뭉친 근육을 풀고 상한 인대를 고치며 째진 창상에는 덧나지 않는 처방을 썼다. 그것은 병든 소나 육축들을 통해 검증을 거친 것들이었지. 가리온의 소문은 성균관에까지 퍼졌다. 관절염을 앓는 노교수와 대사성까지도 반인을 불러댔다. 치료를 받은 유생들이 관직에 나가자 가리온 또한 궁궐을 출입하게 되었다. 마침내 호조의 맹현달 어른의 추천으로 입궐하게 되었으니 반인의 신분으로는 다시 못 올 큰 기회였지."

"그런데 어찌 입궐한 후에도 술로 세월을 보냈답니까?"

"궁궐에서도 하는 일이란 육비린내 나는 고기와 씨름하는 일뿐이었지만 향기로운 꽃은 숨겨도 향을 감출 수 없고 아름다운 꽃은 홀로 피어도 귀한 법. 병을 돌보고 치료하는 재주는 입에서 입으로 퍼지고 마침내 지체 높은 관원들 사이에도 오르내렸다. 관원들은 병에 걸리거나 다치면 내의원이 아니라 가리온에게 달려갔다. 정식 의원은 아니지만 정성을 다해 아픈 자를 돌보는 것만으로도 행복한 짧은 시절이었지."

"짧은 시절이라뇨? 그 소박한 기쁨이 어찌 오래가지 못했는지요?"

"내의원 의원들에게 가리온은 눈엣가시 같은 존재였다. 불법 치료행위는 바로 고변되고 말았다. 대주조는 즉시 가리온을 잡아들였다."

"의원을 찾지 못하는 궐 아랫것들의 병을 치료했으니 상을 주어도 모자랄 판에 어찌 잡아들인단 말입니까?"

"의료행위란 사람의 목숨을 다루는 일이다. 그래서 엄정한 과거를 통해 학식과 실력을 검증한 후에야 의원 자격을 주는 것이다. 소, 돼지나 잡는 백정의 알량한 사술이 어찌 귀한 사람의 육체에 통하겠느냐? 죄로 보면 마땅히 퇴궐시키고 극형으로 다스려야 마땅하나 장 팔십 대로 대신했으니 그나마 성균관의 탄원 덕이었다."

"그런데 소인 또한 가리온 어른의 치료를 받은 것은 어찌된 일입니까?"

"팔십 대의 장형을 당하고 돌아온 가리온은 밤새 궁둥이를 까고 몽둥이질에 터진 핏줄과 해진 살갗과 말라붙은 피딱지를 살폈다 한다. 몽둥이의 너비에 따라 달라지는 상처의 너비, 그리고 그 가장자리의 멍 자국과 터진 피가 굳는 시간, 해진 살이 아물기 시작하는 시간, 따끔거리는 통증과 욱신거리는 통증의 차이…… 팔십 대의 장형은 오히려 생체에 대한 더 많은 지식을 쌓는 계기가 되었지."

"내의원에서 그런 가리온을 어찌 그냥 두고 보았습니까?"

"석 달 후 의금부에서 살인사건의 용의자로 패악치 하나를 조사했는데 이자가 압슬과 물고에도 자백을 하지 않았다 한다. 범인을 꼼짝 못하게 할 증거를 잡기 위해 내의원과 이름 높은 의원들을 수소문했으나 사람을 살려야 할 의원이 어찌 죽은 자의 시신을 대할 수 있을 것이냐며 도리질을 쳤다. 하지만 그것은 시신을 마주하는 것에 께름칙해하는 그들의 변명일 뿐이었지. 아니면 그것이 두려웠거나……"

"매일 죽은 짐승을 대하는 가리온이 그 일을 떠맡는 데는 적격이었겠군요."

"가리온이 의금부에 도착한 두어 식경 후 범인은 죄를 자백했다. 자살로 고집하던 사자의 목에 있는 멍이 죽은 후에 생긴 것으로 보아 누군가 죽인 후 일부러 목을 매달았다는 움직일 수 없는 증거 때문이었다. 사자의 입에서 빼낸 은 숟가락이 검게 변한 것을 본 가리온은 포승당한 채 무릎을 꿇고 있는 범인의 손끝에 침을 뱉었다. 그곳에 수저가 닿자 검게 변했다. 한나절 동안의 압슬과 매질에도 끄떡하지 않던 범인의 입에서 자백이 흘러나왔지."

"그 뒤로 가리온 어른이 검안을 맡게 된 것이군요."

"살인이 의심되는 사체나 의문사한 사체는 검안을 하는 것이 원칙이다. 가리온에게는 천재일우의 기회였지."

정상궁의 살집 좋은 얼굴이 미소로 가득 찼다. 하지만 그녀가 가리온의 무엇을 알고 있을까? 채윤은 핏발선 눈을 희번덕이며 밀실 안에서 사체들을 난도질하는 가리온의 야차 같은 얼굴을 떠올렸다.

(2권에 계속됩니다.)

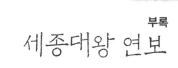

부록

세종대왕 연보

세종의 이름은 '이도'이며 자는 원정(元正)이고, 시호는 '세종장헌영문 예무인성명효대왕(世宗莊憲英文睿武仁聖明孝大王)'이다. 태종과 원경(元敬) 왕후 민씨의 아들이며, 심온(沈溫)의 딸 소헌(昭憲)왕후의 남편이다.

◎ 1397년(태조 6년, 1세)
4월 10일 한성부 북부 준수방에서 정안군(태종) 이방원과 여흥 민씨(원경왕후)의 셋째 아들로 태어나다.

◎ 1400년(태종 원년, 4세)
11월 정안군 조선 3대 왕 태종으로 즉위하다.

◎ 1408년(태종 8년, 12세)
2월 11일 충녕군에 책봉되다.
2월 16일 우부대언 심온의 딸 청송 심씨(소헌왕후)와 혼인하다.

◎ 1412년(태종 12년, 16세)
5월 3일 충녕대군에 진봉되다.

◎ 1418년(태종 18년, 22세)
6월 3일 왕세자에 책봉되다.
8월 10일 근정전에서 즉위 조선조 제4대 임금이 되다. 다만 군사에 관한 일은 상왕인 태종이 계속 관장하기로 하다.
12월 사은사로서 명나라에 간 심온이 강상인(姜尙仁) 옥사사건의 배후로 지목되어 사사되고 그 식솔은 관노로 배속되었으나 뒤에 무고로 밝혀지다.

◎ 1419년(세종 1년, 23세)
6월 17~29일 삼군도체찰사 이종무가 병선 227척과 장병 1만 7,385명을 이끌고 대마도를 정벌하다. 대마도에 상륙한 이종무 군은 적선 129척을 나포하고 왜구가 사는 집 1,939호를 불질러 태웠다.
9월 19일 경연에서 정도전이 지은 〈고려사〉 중 정적을 깎아내리거나 사실과 다른 부분을 개수하게 하다.

◎ 1420 년(세종 2년, 24세)

윤1월 23일 "대마도는 조선을 주군으로 하며, 그 주명(州名)을 지정받고자 한다. 동시에 조선 조정에서 주군인(州郡印)을 사여(賜與)해달라"는 대마도주의 요청에 따라 예조판서 허조를 통해 대마도를 경상도에 편입시키고, 관인을 하사했다.

2월 22일 경기도 양근(楊根), 광주(廣州) 등 전국 각지에 강무장을 만들고 군사 훈련을 강화하다.

3월 16일 집현전을 궁중에 설치하고 영전사 대제학 직제학의 직제를 설치하다. 재주와 행실이 뛰어난 젊은 문신을 학사로 삼아 경전과 역사의 강론을 일삼고 고문에 대비하다.

◎ 1421년(세종 3년, 25세)

1월 30일 유관과 변계량 등이 〈수교고려사〉를 편찬해 올리다.

3월 24일 주자소에서 금속활자인 경자자를 완성하고 인쇄법을 개량하다. 모양이 크고 거칠던 계미자에 비해 하루에 이십 배의 능률을 올리다. 이에 주자소에 술 백이십 병을 내리고 〈자치통감강목〉을 인쇄하라고 명하다.

6월 9일 신장(訊杖)의 제도를 정하여 태장을 마구 치지 못하도록 하다.

10월 27일 여덟 살 난 원자인 맏아들 향(후일의 문종)을 세자로 책봉하다.

◎ 1422년(세종 4년, 26세)

1월 1일 중국 역법으로 계산하여 일식을 1시간 앞당겨 잘못 예측한 역관 이천봉에게 곤장을 치다.

6월 20일 새로 개조한 저울을 중외에 반포함으로서 도량형을 정비하였으니 이때의 도량형 기준이 조선 후기까지 이어지다.

◎ 1423년(세종 5년, 27세)

2월 10일 당의 선명력, 원의 수시력 등 여러 역법서들을 참고하고 교정하여 서운관에 내려 감수하게 하다.

2월 26일 남산에 봉화대를 축조하다.

3월 의영고 부사 박연으로 하여금 제생원의 젊고 총명한 의녀 서너 명을 골라 가르쳐 문리를 통하게 하다

6월 24일 집현전 관원에게 사관을 겸하게 하다.

9월 16일 구리로 〈조선통보〉를 주조해 화폐제도를 창설하다.

10월 3일 찰방(어사)을 각 도에 파견하여 수령의 비리와 폭정을 수집하게 하다.

12월 29일 유관과 윤회 등에게 〈고려사〉를 다시 개수하게 하다.

◎ 1424년(세종 6년, 28세)

2월 7일 경상도, 전라도에 주전소를 두고 화폐를 주조하였으나 원활하게 유통되지 못하다.

4월 5일 조계종 · 천태종 · 통남종은 선종으로, 화엄종 · 자은종 · 중신종 · 시흥종은 교종으로 하여 불교의 여러 종파를 선종, 교종 양종 36사로 통합하다. 양종 각 열여덟 개의 절만 남겨 불도를 정리하다.

8월 11일 윤회가 〈고려사〉를 수교 편찬 완료하다.

11월 15일 조선의 지형지물과 주부군현의 역사와 풍속 등을 조사하여 편찬하는 지지 작업을 하다.

12월 9일 평안도 절제사로 있던 최윤덕에게 그곳에 더 머물며 국경의 방비를 강화하라는 글을 보내다.

◎ 1425년(세종 7년, 29세)

2월 24일 향악이 아닌 당악 연주를 비판하다. 악서를 편찬하게 하고, 악기와 악보법을 그리고 써서 책을 만들게 하다.

8월 26일 악기도감에서 경기 남양에 옥인(玉人)을 보내어 돌을 캐어 석경을 만들어 시험하게 하다.

9월 25일 평양에 단군사당을 별도로 세우게 하다.

11월 29일 집현전 학사들에게 사학을 연구하게 하다.

12월 11일 젊고 장래가 있는 집현전 학사를 뽑아 사가독서하게 하다. 이때 사가독서한 신숙주, 박팽년, 이개, 하위지, 이석형 등이 집현전의 대표적인 개혁 학사들로 등장한다.

◎ 1426년(세종 8년, 30세)

5월 18일 심온의 아내와 자녀들에게 지첩을 돌려주고 관노의 신분에서 면천시키다.

12월 1일 권채 등 집현전 학사 세 명에게 사가독서를 하게 하다.

◎ 1427년(세종 9년, 31세)

4월 9일 김구덕의 딸을 첫 번째 세자빈으로 들이고 휘빈 김씨로 하다.

5월 15일 악학별좌 봉상판관 박연이 석경을 새로 말들어 올리다.

9월 11일 〈향약구급방〉을 간행하도록 하다.

◎ 1428년(세종 10년, 32세)

4월 13일 함길도와 평안도의 낙후한 농법을 거론하며 나이든 농사꾼들에게 물어 이모작법 등 우리나라의 토질과 기후에 맞는 새로운 농법을 담은 농서를 만들어 보급하게 하다.

◎ 1429년(세종 11년, 33세)

5월 16일 정초 등이 각도 경험 많은 농부들의 농법을 듣고 이 땅의 토질과 기후에 맞는 새로운 농법을 적은 〈농사직설〉을 찬술하다.

7월 16일 갈수록 늘어나는 명나라 사신들의 무리한 공물에 대한 요구가 이어지다.

7월 20일 휘빈 김씨가 압승술(연적의 신발을 태운 재를 남편에게 먹이는 일) 등을 썼다는 죄로 요망과 투기의 죄라 하여 폐출하고 그 친족의 관직을 몰수하다.

11월 20일 명나라 황제가 해청 등 요구하는 물품을 구체적으로 적은 공식 요청서를 보내다. 이를 근거로 사신들의 개인적이고 무리한 요구를 거절할 수 있게 되다. 이러한 외교력으로 명 황제에게 해오던 금은세공품의 조공을 면하게 되다.

◎ 1430년(세종 12년, 34세)

2월 14일 정초가 지어올린 〈농사직설〉을 여러 도의 감사와 수령에게 보내어 새로운 농법으로 농사에 힘쓰도록 하다.

7월 5일 및 8월 10일 납역의 편의 여부를 각도의 수령과 인민들에게 물어 가부의 숫자를 파악하다(우리나라 최초의 여론조사).

8월 3일 정초 등이 수시력법 등을 참고해 조선의 북극고도와 칠정의 운행을 밝혀낸 뒤로는 일식, 월식과 별의 운행 등에 대한 계산 오차가 크게 줄어들다.

9월 11일 궁중음악이 중국의 음악으로 된 아악 일변도인 데 대해 문제를 제기하다.

9월 27일 수차(水車)를 장려하다.

10월 19일 및 25일 공처 노비의 산아 휴가에 대한 법을 정해 산후 휴가를 100일 더 주게 하다.

10월 23일 정통 경학이 아닌 산학과 수학을 탐구하기 위해 산학책인 〈계몽산〉을 정인지에게 배우다

윤12월 1일 아악보를 이룩하다.

◎ 1431년(세종 13년, 35세)

3월 2일 중국의 역법을 그대로 쓰고 있는 우리나라의 역법을 고치기 위해 사역원 주부 김한, 김자안 등을 선발하여 중국으로 보내 산법과 천문을 배우게 하다.

3월 17일 춘추관에서 〈태종실록〉 편찬을 완료하여 그것을 보고 싶어 했으나 신하들의 만류로 보지 않다.

4월 18일 광화문을 세우다.

7월 11일 정초가 역법의 교정을 맡아 연구한 지 여러 해인데 함께하는 이들이 무능하여 성과가 나기 어려움을 아쉬워하며 정인지를 보내달라고 청하니 이를 허락하다.

12월 조선 땅에서 나는 약초의 종류와 월별로 채취하는 법을 적은 〈향약채취월령〉을 편찬하다.

◎ **1432년**(세종 14년, 36세)

1월 19일 맹사성 등이 〈신찬 팔도지리지〉를 편찬하다. 실물은 전하지 않으나 각 도별 지리지 중 〈경상도지리지〉를 통해 모습을 유추할 수 있다.

2월 10일 우리나라의 외환은 북쪽에 있다며 병조로 하여금 연대, 화포 등을 개량하여 대비하게 하다.

6월 9일 설순 등이 〈삼강행실도〉를 편찬하다.

7월 함길도(지금의 함경도)에 경성도호부를 설치하다.

◎ **1433년**(세종 15년, 37세)

1월 4일 황희 등이 〈신찬 경제속육전〉을 올리니, 인쇄하게 하다.

1월 19일 맹사성, 권진, 윤회 등이 조선의 지형을 수록한 〈팔도지리지〉를 편수해 올리다.

4월 야인을 칠 것을 결심하고 의논을 거쳐 최윤덕을 평안도 도절제사로 삼다. 최윤덕은 황해도 · 평안도 병사 1만 5,000명을 이끌고 북쪽 변방의 파저강 야인을 토벌하다.

6월 1일 서북 방면 여진족의 침입을 막기 위하여 압록강 상류의 자성군, 여연군, 무창군, 우예군 등에 4군을 설치하여 국경이 압록강에 이르다.

6월 11일 전국의 약재를 한방에 쓸 수 있는 처방을 담은 〈향약집성방〉을 편찬 완료하다.

8월 11일 정초, 이천, 정인지, 김빈 등이 만든 혼천의로 천체를 관측하고, 세자와 함께 매일 간의대에 올라 천문을 관측하고 연구하다.

9월 12일 남녀 간의 사랑 등 솔직한 감성을 표현한 고려시대 평민들이 부르던 속요인 고려 민속 가요를 채록시키다. 후에 한글 창제 후 〈악장가사〉〈악학궤범〉〈시용향악보〉 등에 실려 전해진다.

9월 16일 장영실이 자격궁루(自擊宮漏)를 만들다.

12월 8일 김종서를 함길도로 보내 북변의 영토를 개척하게 하다.

◎ **1434년**(세종 16년, 38세)

2월 14일 함길도 관찰사 김종서가 영북진을 강화하고, 이곳을 중심으로 이 일대에 종성군을 설치하다. 김종서의 의견에 따라 남쪽의 백성들을 새로 개척한 북변으로 이주하여 살게 하는 사민정책을 실시하다. 이로써 세종 31년(1449)까지 온성, 회령, 경원, 경흥, 부령 등 6진을 개척하다.

6월 26일 〈자치통감훈의〉 편찬에 들어가다.

7월 2일 이천 등이 조판 주조의 법을 개량하여 새 활자 갑인자를 만들고 물시계(새로운 자격루)를 사용하다.

10월 2일 혜정교와 종묘 앞에 뒤집어진 솥 모양의 해시계 앙부일구를 설치하다.

◎ 1435년(세종 17년, 39세)

9월 12일 원래 훈도방(지금의 충무로 부근)에 있던 주자소를 경복궁 안에 옮겨서 설치하고 활자 개발을 독려하다.

◎ 1436년(세종 18년, 40세)

10월 16일 북방의 국경과 관련하여 '조종께서 이미 정한 국경을 절대 버릴 수 없다'고 확고한 입장을 피력하다.

10월 26일 두 번째 세자빈 봉씨가 처소의 종인 소쌍, 석가이와 대식(동성애)을 행하고 질투를 행하였다 하여 폐출하다.

12월 구리활자보다 가볍고 편리한 납활자인 병진자를 만들다.

◎ 1437년(세종 19년, 41세)

1월 9일 세자에게 업무를 이관할 것을 강하게 주장하다. 그 후 3월에도 세자에게 업무를 이관할 뜻을 비추었으나 대신들의 만류와 상소로 그만두다.

4월 15일 낮에는 해, 밤에는 달과 별로 시간을 측정하는 주야 측후기인 일성정시의를 만들다.

9월 7일~16일 평안도 도절제사 이천 등이 파저강 야인을 정벌한 제2차 야인 정벌작전을 이루다.

10월 20일 함길도 도절제사 김종서가 두만강 하류의 동북 지역에 경원성과 경흥성을 쌓다.

◎ 1438년(세종 20년, 42세)

1월 7일 대호군 장영실이 경복궁 침전인 강녕전 곁에 흠경각을 세우고 자동 시보장치인 옥루를 설치하다.

11월 범죄 수사와 검시에 관한 과학적 지식을 담은 〈신주무원록 음주〉를 편찬하다.

◎ 1439년(세종 21년, 43세)

6월 21일 병을 말하며 세자로 하여금 강무를 대행하게 하겠다고 말하지만 신하들이 완강히 반대하다.

11월 함길도에 온성군을 설치하여 6진을 강화하고 영토를 넓히다.

◎ 1441년(세종 23년, 45세)

4월 29일 세자가 구리로 만든 그릇을 궁중에 두어 빗물이 그릇에 고인 물의 양을 시험하다.

6월 28일 정인지 등에게 역대의 훌륭한 전범을 모은 〈치평요람〉을 편찬하게 하다.

8월 18일 측우기를 만들어 궐 안팎 곳곳에 설치하고, 양수표를 세우다.

◎ 1442년(세종 24년, 46세)
3월 16일 장영실이 만든 안여의 장식물이 부러지다.
3월 압록강, 두만강의 변경 일대에 허물어진 성을 대대적으로 보수하고 축조하다.
5월 3일 장영실에게 곤장을 치고 직첩을 빼앗다.
7월 28일 첨사원을 두어 세자가 직접 국가의 업무를 처리하도록 하다. 최만리는 이의 부당함을 아뢰는 상소를 올리다.
8월 12일 신개, 권제 등이 찬술한 《〈고려사〉》를 올리다. 안여 장식이 부러지는 사건으로 대호군 장영실이 파직되고 하옥당하다.

◎ 1443년(세종 25년, 47세)
4월 17일 세자(문종)에게 서무를 섭행시키다.
2월 21일 신숙주가 통신사 변효문의 서장관으로 일본 교토로 가다. 대마도, 유구(지금의 오키나와) 일본 본토 각 지역의 정치세력의 강약과 지형 등을 살펴 〈해동제국기〉를 편찬하다. 이해 10월 돌아오는 길에는 대마도주와 속령을 규정하는 계해조약을 체결하다.
12월 30일 훈민정음 28자를 창제하다.

◎ 1444년(세종 26년, 48세)
2월 16일 언문으로 운회를 번역하게 하다.
2월 20일 최만리가 신석조, 김문, 정창손 등과 더불어 훈민정음 창제에 반대하는 6가지 이유를 담은 상소문을 올리다.

◎ 1445년(세종 27년, 49세)
1월 7일 신숙주, 성삼문 등을 요동에 보내어 운서를 질문하여 오게 하다.
2월 11일 진양대군을 수양대군으로 고쳐 부르게 하다.
3월 30일 화약을 발명한 최무선의 아들인 군기감 제조 최해산에게 화전, 화포를 개량하게 하니 천자화포, 지자화포, 황자화포, 가자화포, 세화포의 사정거리가 배 이상 늘어나다. 〈제가역상집〉〈칠정산 내외편〉 등 천문서와 역법서를 편찬하다.
4월 5일 권제, 정인지의 주도로 〈용비어천가〉 10권을 짓고 주해를 붙여 판에 새겨 발행하게 하다.
10월 28일 세계 최대 한의학 백과사전 〈의방유취〉를 편찬하다.

◎ 1446년(세종 28년, 50세)
3월 24일 왕비 소헌왕후가 수양대군 집에서 승하하다.

9월 상한(양력 10월 9일) 훈민정음을 반포하고 훈민정음 해례본을 편찬하다.

9월 27일 새 영조척으로 곡·두·승·홉의 체제를 정해 들쭉날쭉하던 도량형을 통일하다.

10월 11일 〈〈고려사〉〉를 다시 교정하게 하다.

11월 8일 한글의 연구와 보급, 다양한 한글 편찬사업을 주관하는 언문청을 설치하다.

12월 26일 이과와 이전 취재 때에는 훈민정음도 아울러 시험 과목으로 포함하다.

◎ **1447년(세종 29년, 51세)**

2월 〈용비어천가〉의 주해가 완성되어 간행하다.

6월 5일 〈치화평〉 〈취풍형〉 〈여민락〉 등의 궁중 아악보를 이룩하다.

7월 25일 〈석보상절〉이 간행되고, 〈월인천강지곡〉이 이루어지다.

8월 30일 새로 숭례문(남대문)을 짓게 하다.

9월 29일 중국 사성체계와 다른 우리말 운학서 〈동국정운〉이 완성되다.

11월 신숙주가 〈사성통고〉를 편찬하다.

◎ **1448년(세종 30년, 52세)**

3월 28일 집현전에서 언문으로 사서를 번역하게 하다.

7월 17일 문소전 서북의 공지에 불당을 짓게 하다.

◎ **1449년(세종 31년, 53세)**

1월 28일 김종서, 정인지, 정창손의 관장으로 춘추관에서 〈고려사〉를 보수하다.

◎ **1450년(세종 32년, 54세)**

2월 17일(양력 4월 8일) 영응대군 집의 동별궁에서 승하하다.

뿌리 깊은 나무 1

1판 1쇄 발행 2015년 9월 1일
1판 7쇄 발행 2022년 12월 16일

지은이 · 이정명
펴낸이 · 주연선

(주)은행나무
04035 서울특별시 마포구 양화로11길 54
전화 · 02)3143-0651~3 | 팩스 · 02)3143-0654
신고번호 · 제 1997-000168호(1997. 12. 12)
www.ehbook.co.kr
ehbook@ehbook.co.kr

ISBN 978-89-5660-926-3 04810
ISBN 978-89-5660-928-7 (세트)